大师课徒

魏邦良 著

辽宁人民出版社

ⓒ 魏邦良 2022

图书在版编目（CIP）数据

大师课徒 / 魏邦良著 . —沈阳 : 辽宁人民出版社，
2022.1

ISBN 978-7-205-10273-9

Ⅰ . ①大… Ⅱ . ①魏… Ⅲ . ①传记文学—作品集—中
国—当代 Ⅳ . ① I25

中国版本图书馆 CIP 数据核字（2021）第 192621 号

出版发行：辽宁人民出版社
　　　　　地址：沈阳市和平区十一纬路 25 号　邮编：110003
　　　　　电话：024-23284321（邮　购）　024-23284324（发行部）
　　　　　传真：024-23284191（发行部）　024-23284304（办公室）
　　　　　http://www.lnpph.com.cn
印　　刷：北京长宁印刷有限公司天津分公司
幅面尺寸：145mm×210mm
印　　张：10
字　　数：235 千字
出版时间：2022 年 1 月第 1 版
印刷时间：2022 年 1 月第 1 次印刷
责任编辑：娄　瓴
封面设计：乐　翁
责任校对：耿　珺
书　　号：ISBN 978-7-205-10273-9

定　　价：59.80 元

["回顾丛书"序]

约半年前，艾明秋女士来电，要我"再做点贡献"。小艾是辽宁人民出版社文史编辑室主任，也是我的第一本书《大汉开国谋士群》的责任编辑，我们的合作，非常愉快，进而"成为生活中的益友"（张立宪语）。

对小艾的要求，我一向近乎有求必应。听她谈过初步构想后，觉得挺有意思，可以操作。今年初，辽宁人民出版社副总编辑张洪兄来电，进一步讨论、商定了相关细则。这便是"回顾丛书"的由来。

"回顾丛书"拟每年出一辑，每辑6册左右。以经过时间和市场淘洗的旧书再版为主，新作为辅；以专著为主，文集为辅；以史为主，政治经济军事社会思想文学为辅。入选的各类书籍，都是我所感兴趣的，有料，有趣，有种。回顾的目的，当然是为了更好地前瞻、前行。

太白诗：却顾所来径，苍苍横翠微。2008年初夏，收到首册样书时，欧洲杯激战方酣。去年秋天再版，新书出炉时，我正沿着318国道驱车前往珠峰大本营。此情此景，宛如昨日。我想，再过五年、十年，回过头来看这套"回顾丛书"，又会是什么心境呢？

是为序。

梁由之
夏历癸巳芒种后一日于深圳天海楼

[自 序]

在中国学术文化源流中，师承关系极为重要。不少大家就是在名师的言传身教下开始了自己的学术人生，踏上了一条通向成功的道路。

一位性情刚毅，不苟言笑的学者，谈及老师，言语间不禁溢满感情："在这样的氛围里，我忽然碰见业师金岳霖先生，真像浓雾中看见太阳！这对我一辈子在思想上的影响太具决定作用了。他不仅是一位教逻辑和英国经验论的教授而已，并且是一位道德感极强烈的知识分子。昆明七年的教诲，严峻的论断，以及道德意识的呼吸，现在回想起来实在铸造了我的性格和思想生命。"

著名学者叶嘉莹曾出资设立"驼庵奖"，以纪念自己的恩师顾随先生，她用"师弟恩情逾骨肉"来形容自己和老师的深厚感情。她说，老师和学生之间的情谊，有时甚至比骨肉更亲近，因为骨肉是天生的、血缘的关系，而师生的情谊"是他们的理想和志意的一种传承"。叶嘉莹幼年受家中长辈熏陶，学会了作诗、填词、谱曲，但她认为，打开她眼界，领她步入学问的殿堂的却是顾随先生："我觉得自己本来像一只苍蝇，关在屋子里边，东撞一头，西撞一头，等到忽然间有一天开了一扇天窗，我一下飞出去了，看到天光云影的高远美丽，那是顾先生为我打开的这一扇窗，所以我对老师是特别感念的。"

由此可见，求学生涯，得遇良师，是多么重要的事！

我忝为人师多年，由于天性愚笨，对如何当好老师，还是懵懵懂懂。好在我国历史上，良师之多，不胜枚举，那么，看看他们如何传道授业，如何设帐课徒，对我岂止不为无益，简直大有好处。

我撰写此书的初衷正在于此。

钻研学问，大师如何解惑答疑？做人处世，大师如何指点迷津？大师与弟子之间的那些意味深长而又妙趣横生的交往对后人又有哪些启迪？相信读者能从大师的言传身教中获得做人与为学的养分。

经师易得，人师难求。书中十余位名家，既是经师，也是人师，在各自的学术领域堪称大师。写作过程中，大师们倾囊"课徒"的无私，对弟子牵肠挂肚的关爱，对教育事业执着坚持的情怀以及他们做人之温厚，做事之谨严，都予我"高山仰止，景行行之；虽不能至，心向往之"之感。

在我，写这本书，是朝圣之旅，也是取经之路。倘若，日后在教学中，能从大师那里"偷"得一招半式的"武功"，那就是我的福分与造化了。

春风化雨，沾溉后人，权以这本小书向大师致敬。

最后要感谢家人对我多年的支持。这本小书也送给家人。

[目 录]

李叔同与弟子

1912 年 8 月,《太平洋报》停刊。此后,经亨颐先生邀请李叔同去浙江两级师范学校(后改为浙江省立第一师范学校)任教。其间,李叔同还应南京高等师范学校校长江谦之请,在南京高师兼课。

这两校的校歌都是李叔同谱曲。浙一师校歌的词作者为夏丏尊:

人人人,代谢靡尽,先后觉新民。可能可能,陶冶精神,道德润心身。吾侪同学,负斯重任,相勉又相亲。五载光阴,学与俱进,磐固吾根本。叶蓁蓁,木欣欣,碧梧万枝新。之江西,西湖边,桃李一堂春。

南京高师的校歌歌词出自校长江谦之手:

大哉一诚天下动,如鼎足三分,曰知、曰仁、曰勇,千圣会归兮,集成于孔。下开万代旁万方兮,一趋兮同。踔海西上兮,江东;巍巍北极兮,金城之中。天开教泽兮,吾道无穷;吾愿无穷,如日方瞳。

经亨颐与高谦延请李叔同,看中的不仅是他的学问,还有他的人品。李叔同教学生时也特别强调人品的重要,嘱咐他们要先器识后文艺。无论对自己还是对学生,李叔同要求必须做到一个"诚"字。经亨颐执掌浙一师,推行"人格教育",将育人放在首位。同时,他认为"人格之最完成者为天,即一诚字。各个人不遗余力秉其至诚以形成人格,即思诚者,人";江谦的教育理念也是如此,他在校歌、校训中一再突出"诚"的重要性。在一份报告书中，江谦对南京高师的校训主旨作了说明："本校校训所用诚字，诚者自成，所以成务；先圣至言，实为教育精神之根本。演言之诚，则有信心、有信力。有信心，乃知非教育不足以救国；有信力，乃知非实行教育，不足以救国。期望学生以信心为体，以信力为用，此本校训之主旨也。"

李叔同还专门为"诚"作了一首歌词：

大哉一诚，圣人之本，弥纶六合炳日星；唯诚可以参天地，唯诚可以通神明。大哉一诚，圣人之本，大哉，大哉，一诚！

夏丏尊是李叔同在浙江第一师范任教时的同事，也是他最好的朋友。七年中，李叔同和夏丏尊晨夕一堂，相处十分融洽。李叔同后来的削发为僧，得益于夏的"助缘"。

一次，学生宿舍遭窃，大家怀疑是某个学生所为，却苦无证据。夏丏尊当时身为舍监，无奈之下向李叔同请教。李叔同对他说："你肯自杀吗？你若出一张布告，说做贼者速来自首。如三日内无自首者，足见舍监诚信未孚，誓一死以殉教育。果能这样，一定可以感动人，一定会有人来自首。——这话须说得诚实，三日后如没有人自首，真非自杀不可。否则便无效力。"

夏丏尊没勇气接受李叔同的建议，但他从这番话领教了李叔同做人的纯粹与认真。

给学生上第一堂课，李叔同能准确叫出每个学生的姓名，因为此前他已熟读学生的名册。通过这件小事，学生们感受到老师的细致与热忱，并为此而折服。

在浙江第一师范，图画与音乐两门课学生原本兴趣不大，但李叔同任教后，这两门课受到学生的热捧。夏丏尊分析，原因一半是李叔同"对这两科实力充足",一半是他的感化力大。学生们是因为崇敬他佩服他才争先恐后去听他的课。

当时的学生丰子恺证实了夏丏尊的推测。

丰子恺说,那时他们每天要花一小时练习绘画,花一小时去练习弹琴,不以为苦,乐在其中,是因为"李先生的人格和学问"统治了学生们的感情,折服了学生们的心。弟子们真心崇拜李叔同……如果说,李叔同在学生心目中的形象高大而完美,那是因为他的人格与学问让他们深深叹服。

从人格来看,李叔同当教师不为名利,全力以赴;从学问上看,他国文水平比国文先生更高,英文功底比英文先生更厚,历史知识比历史先生更多;书法金石,他是专家;中国话剧,他是鼻祖。丰子恺说:"他不是只教图画、音乐,他是拿许多别的学问为背景而教他的图画、音乐。"

夏丏尊认为,李叔同好比一尊佛像,有后光,故能令人敬仰。

课堂上,李叔同多次向学生灌输"先器识后文艺"的思想,要求学生首重人格修养,再谈文艺学习。而他本人正是这样。

广博学识与高洁人品构成李叔同的"后光"。

在浙一师任教的李叔同,人淡如菊,温和中自有一种威严。一位弟子多年后对李叔同有这样的回忆:

"个子是修长的,面貌是清癯的,态度是温温穆穆的。当我们面对着这样一个伟大人物的时候,会把一切贪鄙、欺妄、嗔怒……完全消减。

……

先生的服饰,不久便由西装改为布袍布褂,上面除了几条应有的折痕以外,没有一丝皱纹,穿了数年,终于也找不出一点尘垢来。到现在，我仿佛还看得见他一进教室，便把那件黑布马褂脱下来，谨谨慎慎地折起来，搁在那架钢琴上的神气。

……

他的容止气度，不知道为什么真有那样的力量，使每一个人都胁服于他，谁也不敢发出一些声息来。虽然他是那么和悦地对待我们。"

丰子恺与刘质平是李叔同在浙江一师任教的门生。李叔同对这两位弟子的悉心指教与热诚相助，谱写了教育史上一段堪称绝响的佳话。

情深如父子

刘质平家境贫寒，学习刻苦，一次，他拿着习作去请教老师。李叔同对他说，晚上 8 点在音乐教室见。当晚突降大雪，刘质平顶着寒风准时赴约，却见教室门关着，里面黑漆漆的。他站在走廊里等。10 分钟后，教室里的灯突然亮了，李叔同从里面走了出来。原来他在考验刘质平。

刘质平考验过关，李叔同决定每周额外指导他两次。

1915 年，刘质平因病休学。李叔同去信宽慰弟子，说："人生多艰，不如意事常八九。"鼓励弟子要"镇定精神，勉于苦中寻乐"。在信末，李叔同劝弟子多读古人修养格言，因为"读之，胸中必另有一番境界"。

在老师的宽慰鼓励下，刘质平边养病边读书，学业大有长进，病愈后听从老师的建议赴日本留学。

在李叔同眼中，刘质平"志气甚佳，将来必可为吾国人吐一口气"，故对这位弟子寄予厚望。尽管弟子不在身边，李叔同仍通过书信细心指点。在一封信中，他叮嘱弟子要特别注重以下六点：

一、注重卫生，保持健康，避免中途辍学。适度运动，早睡早起。

二、登台演奏要慎重，避免遭人嫉妒。尽量做到抱璞而藏。

三、慎重交游，避免是非。

四、要循序渐进，勿操之过急。

五、不浮躁不矜夸不悲观不急近不间断，日久自有适当之成绩。

六、要有信仰，以求心灵平静精神安乐。

信中，李叔同还抄录数则格言供刘质平吟咏学习。

因经济困顿，健康欠佳，刘质平留学期间，常感"愈学愈难"，甚至心灰意冷，学不下去。这时候，李叔同的书信便如一缕春风吹散他心头悲观的雾霾。

在一封信中，李叔同开导弟子说："愈学愈难，是君之进步，何反以是为忧？"李叔同劝弟子切勿"忧虑过度，自寻烦恼"。李叔同指出，刘质平消沉灰心的根本原因是"志气太高，好名太甚"，所以他给弟子开出的药方是"务实循序"。

在另一封信中，李叔同叮嘱弟子要"按部就班用功，不求近效"，因为"进太锐者恐难持久"；另外，他告诫弟子"不可心太高"，因为"心高是灰心之根源也"。

家境愈来愈糟，刘质平终失去了家庭资助，眼看学业要中断。此时的李叔同尽管薪水不高，家累又重，仍慷慨解囊，决意资助弟子完成学业。在给弟子的信中，李叔同详细列出自己收入支出：

> 每月薪水 105 元；上海家用 40 元；天津家用 25 元；自己食物 10 元；自己零用 5 元；自己应酬费、添衣物费 5 元。如此，每月可余 20 元。

他表示，这每月 20 元可供刘质平求学所需。

他在信中叮嘱弟子记住几点：一、这笔钱是馈赠不是借贷，不必偿还；二、不要对外人说起此事；三、安心读书。

可见，李叔同资助弟子，完全出于爱才，出于内心的善良，绝非沽名钓誉。

老师节衣缩食资助自己读书，刘质平虽万分感谢，却于心不忍，所以他请老师设法为自己争取官费。李叔同找到主管问询此事，遭对方婉言拒绝。于是李叔同写信劝弟子，不必费神谋求官费了，自己不会辞职，一定会如约资助他完成学业。由于在信中涉及对他人的评价，李叔同要求弟子"此信阅毕望焚去"，因为"言人是非，君子不为"。

李叔同喜欢抄录格言供弟子学习，而刘质平则以大旱望云霓的心情渴盼老师寄来的这些精神食粮、文化补品。一次他写信请老师再寄来格言"佳肴"，李叔同便将"近日所最爱诵者数则"抄录给弟子，这数则格言有一个共同的含义——躬自厚薄责于人：

> 日夜痛自点检且不暇，岂有工夫点检他人。责人密，自治疏矣。
>
> 不虚心便如以水沃石，一毫进入不得。

自己有好处要掩藏几分，这是涵育以养深。

别人不好处要掩藏几分，这是浑厚已养大。

涵养全得一缓字，凡语言动作皆是。

宜静默，宜从容，宜谨严，宜俭约，四者切己良箴。

谦退第一保身法，安详第一处世法，涵容第一待人法，洒脱第一养生法。

物忌全胜，事忌全美，人忌全盛。

世人喜言无好人，此孟浪语也。推原其病，皆从不忠不恕所致。自家便是个不好人，更何暇责备他人乎？

面谀之词，有识者未必悦心；背后之议，受憾者常至刻骨。

李叔同因尝试"断食"而热心佛学，终决意断发出家。入山剃度前夕，李叔同什么都放下了，亲情、友情、爱情，都已放下，唯独放不下的是远在日本的弟子的学费。他写信告诉刘质平，自己出家之前会借一笔钱做他的学费："余虽修道念切，然决不忍置君事于度外。此款倘可借到，余再入山。如不能借到，余仍就职至君毕业时止。君以后可以安心求学，勿再过虑，至要至要！"

这番话，体现出一诺千金的美德，更蕴含李叔同对弟子非同一般的深沉之爱。

李叔同皈依佛门后，与弟子的交往并未中断，他对弟子的开导依旧像往日那样恳切而真挚。得知刘质平幼子夭折后，李叔同去信安慰：

数月前闻仁者云：依星命者说，今岁暮假期内，令堂或有意外之变故。今母存而子殇，或是因仁者之孝思，感格神明，故有此报欤？若母亡则不可再得，子殇犹可再诞佳儿。务乞仁者退一步想，自可不生忧戚，而反因萱堂健康，更生庆慰之心矣。

务乞仁者自今以后多多积德，上祝萱堂延年益寿，下愿再诞佳儿，继续家业。如是乃可于事有济。若徒悲戚，未为得也。务望仁者放开怀抱，广积善德。

这番劝慰是否能化解弟子心中的悲痛，难以逆料；但一位老师期盼弟子驱散哀伤走出厄运的苦心，却因了这番话而历历在目感人肺腑。

作为老师，李叔同对刘质平的物质资助，肉眼看得见分得清；而在刘质平的精神成长自我形成方面，李叔同所倾注的心血，虽肉眼难以觉察却更加弥足珍贵。正是从这个意义上，我们才会感慨：一日为师，终身为父。提起老师李叔同，刘质平会忍不住流泪："老师和我，名为师生，情深父子。"

李叔同出家后，刘质平是他为数极少的几个供养人之一，常给老师寄去物品和用具。刘质平见老师衣裤单薄，且缝补多处，提出为老师添置衣服，弘一则一再婉拒。年岁渐高后，弘一才同意刘质平为他置办了一套驼毛裤袄。此后，弘一冬日一直穿着这套驼毛袄裤，再未添置棉衣。

出家后，弘一四处云游，居无定所，刘质平倡议募集资金为老师筑造一处精舍，供老师休憩养心。

1928年11月，由刘质平领衔公布了《为弘一法师筑居募款启》：

弘一法师，以世家门第，绝世才华，发心出家，已十余年。

披剃以来，刻意苦修，不就安养；云水行脚，迄无定居；卓志净行，淄素叹养。同人等于师素有师友之雅，常以俗眼，愍其辛劳。屡思共集资材，筑室迎养；终以未得师之允诺而止。师今年五十矣，近以因缘，乐应前请。爰拟遵循师意，就浙江上虞白马湖觅地数弓，结庐三椽，为师栖息净修之所，并供养其终身。事关福缘，法应广施。裘赖腋集，端资众擎。世不乏善男信女，及与师有缘之人。如蒙喜舍净财，共成斯善，功德无量。

刘质平　经亨颐　周承德　夏丏尊
穆藕初　朱稣典　丰子恺
同　启

在他的努力下，终在白马湖畔，为弘一建造了一所"晚晴山房"。

因为四处弘法，云游不定，弘一在"晚晴山房"居住时日不多，但对刘质平、夏丏尊等人的好意他自是心怀感激，对山房的落成，也甚感欣慰。在给夏丏尊的信里，他表达了对刘质平、夏丏尊等人的"谢意"：

……现在余虽未能久住山房，但因寺院充公之说，时有所闻。未雨绸缪，早建此新居，贮蓄道粮，他年寺制或有重大之变化，亦可毫无忧虑，仍能安居度日。故余对于山房建筑落成，深为庆慰。甚感仁等护法之厚意也。（秋后往闽闭关之事，是为宿愿，未能中止。他年仍可来居山房，终以此处为久居之地也。）以上之意，如仁者与发起诸居士及施资诸居士晤面之时，乞为代达。因恐他人以新居初成，即往他方或致疑讶者。故乞仁者善为之解释，俾令大众同生欢喜之心也。

抗战时期，刘质平一家避居山中，几至绝粮，但他仍克服重重困难，设法筹措供养费寄给远方的老师。

1932年夏，刘质平利用暑假时间在镇海伏龙寺陪伴老师一个多月。那段时间，刘质平每天早起，为老师研墨两小时，供老师一天的书写。弘一花了16天半时间，完成了书件《佛说阿弥陀经》。之后，又书写了100副字对。至此，弘一本该停笔休憩了，但他那段时间书兴大发，对刘质平说："此次写对会愈写愈有兴趣，想来艺术家的名作，皆在兴趣横溢之时无意中写成，凡文词、诗歌、字画、乐曲、剧本都是如是。"

暑假结束，弘一送刘质平回校时对弟子说："我入山以来，承你供养，从不间断。我知你教书以来，没有积蓄，这批字件，将来信佛居士们中间必有有缘人出资收藏，你可以将此留作养老及子女留学费用。"

李叔同前后送给弟子的书件达千件，装满了12口箱子，其中多为书法精品。

为保存这批书法精品，刘质平吃尽辛苦，甚至差点丧命。为避日寇，刘质平四处逃难，一次，只顾携带弘一的书件，竟忘了带干粮。结果遭同行者讥讽："书法能当饭吃？"还有一次逃难途中突遇大雨，因未带雨具，刘质平只能以身遮雨，保护书件，结果大病一场。

抗战时期，刘质平一家贫病交加，但他没有出售老师一件书法作品。孔祥熙曾托人开价500两黄金为美国博物馆购买李叔同手迹《佛说阿弥陀经》，刘质平一口回绝。

抗战结束后，有菲律宾华侨找到刘质平，表示愿意出资创办叔同艺术学院，条件是得到刘质平手中李叔同的书法精品。刘质平没有答应。

作为李叔同的得意门生，刘质平深知老师书法作品价值连城，无论在烽火连天的战争年代还是在文化遭劫的"十年动乱"，他都将老师的作品当作命根子，舍命相护。他曾这样说："生命事小，遗墨事大，我国有七亿人口，死我一人不过黄河一粒沙子，而李叔同遗墨，却是祖国艺术至宝，若有损失，无法复原……"

1973 年，刘质平身体日渐衰弱，他知道，人寿有限，自己不可能永远保护老师的书件，只有交给国家，这批书件才能得到最稳妥的保护，便将珍藏的所有李叔同遗墨都献给了国家。

高山安可仰

如果不是李叔同的慷慨解囊，刘质平的学业会过早中断；而如果没有李叔同关键时刻的出手相助，丰子恺恐怕早被学校除名了。事实上，如果不是在人生的关键时刻遇见恩师李叔同，刘质平和丰子恺的人生将完全不同。每一位成功的弟子身后都有一位春风化雨的恩师，对刘质平和丰子恺来说，这位恩师当然就是李叔同。

丰子恺原本喜欢数理化，从未想过专攻绘画与音乐。因为听了李叔同的课，才渐渐喜欢上绘画和音乐。在丰子恺眼中，李叔同从不疾言厉色批评学生。有学生在课堂上犯了错，他只在下课后和颜悦色向对方指出，然后向这位学生鞠一躬，提示你可以走了。对老师的呵斥，学生们司空见惯也就麻木不仁了；

对李叔同这样的彬彬有礼，学生们反而手足无措，消受不起。一位学生说："我情愿被夏木瓜（夏丏尊外号）骂一顿，李先生的开导真是吃不消，我真想哭出来。"

曹聚仁也是李叔同的弟子，他在回忆文章中说："在我们的教师中，李叔同先生最不会使我们忘记。他从来没有怒容，总是轻轻地像母亲一般吩咐我们。他给每个人以深刻的影响。"

有些老师满足于学生口服，居高临下以势压人，不过色厉内荏收效甚微；李叔同要的是弟子心服，动之以情，晓之以理，反而不怒自威，令人敬畏。用丰子恺的话来说就是"温而厉"。

李叔同讲授图画课时不用教材，教室里没有课桌，只有画架。画架前放着石膏头像。李叔同还拿几个馒头放在讲台上，这馒头不是给学生吃的，是让他们当橡皮用。之后，李叔同开始教学生用木炭画石膏模型的画法（内容已事先写在黑板上）。这种新奇的教学方法，让包括丰子恺在内的学生们对这门课产生了浓厚的兴趣。

学生们画好初稿后，李叔同会逐一指点。来到丰子恺身边时，他指着模型说："你看，眉毛和眼睛是连在一块的，并不分明；鼻头须当作削成三角形，这一面最明，这一面最暗，这一面适中：头与脸孔的轮廓不是圆形，是不规则的多角形，须用直线描写，不过其角不甚显著。"

绘画是丰子恺私下的爱好，他没想到会有专门的老师教授这种学问。老师的教法还那么新奇有趣，他对绘画的热情便一发而不可收了。

李叔同的绘画课让丰子恺觉得新鲜有趣，而李叔同的音乐课则让丰子恺感受到老师严肃的一面。

李叔同每周给学生们上一堂音乐课。他先把所教的曲子弹一遍，简单指导一下弹法要点，随后就让学生回去练习。一星期后，学生必须练熟弹给老师听。这叫"还琴"。这不是教务处安排的课，是学生们的课外自主学习。由于李叔同要求严格，学生们对这门课投入的精力大大超过一些主课。

学生"还琴"时，李叔同担心学生紧张，就斜站一旁，眼望别处。但只要学生弹错一个音符，他立即回头盯着学生，指着乐谱，让学生重弹，小错，从乐句开始处弹；大错，从乐谱开始处弹。有的学生重弹一遍，终于通过，有的学生越弹越紧张，出错更多。李叔同也不责备，只是平和而严肃地对学生说："下次再弹。"于是学生起身离开，回去后只能加倍练习。因为他知道，下次弹琴出错，老师还是会让他再弹的。多年后，丰子恺回忆老师李叔同，忘不了"还琴"这一幕，说："弹琴一事，在我心中永远留着一个严肃的印象。"

因为听从老师的指导，直接从石膏上写生，丰子恺的绘画进步迅速。正是在李叔同的指导下，丰子恺对写生才产生了浓厚的兴味。李叔同首次指导他画模型的情景，丰子恺一辈子也忘不了。在回忆中，他说："同学一向描惯临画，起初无从着手。40余人中，竟没有一个人描得像样的。后来他范画给我们看。画毕把范画揭在黑板上。同学们大都看着黑板临摹。只有我和少数同学，依他的方法从石膏模型写生。我对于写生，从这时候开始发生兴味。我到此时，恍然大悟：那些范本原是别人看了实物而写生出来的。我们也应该直接从实物写生入手，何必临摹他人，依样画葫芦呢？于是我的画进步起来。"

当时丰子恺担任级长，经常为班级事向李叔同汇报。一次，汇报完了，转身欲走，李叔同喊他回来，对他说："你的图画进步很快，我在南京和杭州两处教课，没有见过像你这样进步快速的学生。你以后，可以……"

听到老师说出这样的话，丰子恺如同数九寒天突然置身于灿烂的阳光中，那份温暖与喜悦，令他微微有些眩晕。看着老师期待的眼神，他激动而郑重地说："谢谢先生，我一定不辜负先生的期望！"那天晚上，李叔同敞开心扉，和这位得意门生聊到深夜。在后来的回忆中，丰子恺说："当晚李先生的几句话，确定了我的一生。这一晚，是我一生中一个重要关口，因为从这晚起，我打定主意，专门学画，把一生奉献给艺术。几十年来一直未变。"

少不更事的年轻人，遇到一些突发事件，往往处理不好，遂因此受挫。丰子恺在浙江师范读书时也曾犯下大错。当时学校有位姓杨的训育主任，作风粗暴，性情蛮横。丰子恺因琐事和他发生口角，一言不合，竟动起手来，虽然只是推推搡搡，并未真正开打，但一向盛气凌人的训育主任哪肯善罢甘休，立即要求学校召开会议处理此事。会上，训育主任痛斥丰子恺冒犯老师忤逆不敬，主张开除丰子恺。这时候，李叔同站起来，说了一番话：

学生打先生，是学生不好；但做老师的也有责任，说明没教育好。不过，丰子恺同学平时尚能遵守学校纪律，没犯过大错。现在就因了这件事开除他的学籍，我看处理得太重了。丰子恺这个学生是个人才，将来大有前途。如果开除他的学籍，那不是葬送了他的前途吗？毁灭人才，也是我们国家的损失啊！

李叔同这番话合情合理，怒气冲冲的训育主任做声不得。接着，李叔同提出自己的主张："我的意见是：这次宽恕他一次，不开除他的学籍，记他一次大过，教育他知错改错，我带他一道去向杨老师道歉。这个解决办法，不知大家以为如何？"

李叔同的建议得到大家一致赞同。丰子恺因此逃过一劫，保住了学籍。

李叔同宿舍的案头，常年放着一册《人谱》（明刘宗周著），这书的封面上，李叔同亲手写着"身体力行"四个字，每个字旁加一个红圈。

丰子恺到老师房间里去，看见案头的这册书，心里觉得奇怪，想：李先生专精西洋艺术，为什么看这些老古董，而且把它放在座右？后来有一次李叔同叫丰子恺等几位学生到他房间里去谈话，他翻开这册《人谱》指出一节给他们看：

唐初，王（勃）、杨（炯）、卢（照邻）、骆（宾王）皆以文章有盛名，人皆期许其贵显，裴行俭见之，曰：士之致远者，当先器识而后文艺。勃等虽有文章，而浮躁浅露，岂享爵禄之器耶……

李叔同把"先器识而后文艺"的意义讲解给丰子恺他们听，说这句话的意思是"首重人格修养，次重文艺学习"，简言之就是说"要做一个好文艺家，必先做一个好人"。李叔同还提醒几位弟子，这里的"贵显"和"享爵禄"不可呆板地解释为做官，应该解释为道德高尚、人格伟大。

李叔同那晚的一席话给丰子恺留下深刻印象，他说："我那时正热衷于油画和钢琴技术，对道德和人品重视得还不够。听了老师这番话，心里好比新开了一个明窗，真是胜读十年书。从此我牢记先生的话，并努力实行之。此后，我对李先生更加崇敬了。"

李叔同出家前夕把这册《人谱》连同别的书送给了丰子恺。丰子恺一直把它保藏在缘缘堂中，直到抗战时被炮火所毁。后来，丰子恺避难入川，在成都旧摊上看到一部《人谱》，想到老师从前的教诲，当即买下，以纪念老师曾经的苦口婆心。

李叔同曾留学日本，他深知，倘想学画，赴日深造非常重要。于是，他像劝刘质平那样劝丰子恺去日本研究绘画，他说："最近日本画坛非常热闹。他们很注意兼收并取，从而创作出极有本民族特色的崭新风格。这种经验值得我们借鉴。你今后应该多读一些日本的艺术理论书籍，最好读原文。我从现在起教你说日文。"

1918年春天，李叔同留学期间的老师黑田清辉带着几位日本画家来西湖写生。李叔同教学繁忙不能陪同，就让丰子恺做导游，一来可以向几位日本画家学习绘画，再者也可以锻炼日语。丰子恺后来听从师命赴日游学，虽然没有刻意去读一张文凭，但开阔了眼界，增长了见识。丰子恺后来重写意不重写实的画风形成，得益于游学期间对日本画家竹久梦二作品的揣摩与借鉴。

在李叔同的教导、帮助与勉励下，丰子恺才走上绘画这条路，并始终如一精益求精钻研画艺一辈子。

李叔同出家后，虽很少或不再对弟子耳提面命了，但他的一些举止行为依旧让丰子恺从中受教获益。

一次，丰子恺寄一卷宣纸给弘一法师请他写佛号。宣纸多了些，弘一就写信问丰子恺，多余的宣纸如何处置？又一次，丰子恺寄给弘一法师的信邮票多贴了一些，弘一就把多的几分寄还给丰子恺。后来丰子恺寄纸或邮票，就预先声明：多余的就奉送给老师。

丰子恺曾请老师去家中吃便饭，请他在藤椅上就座，弘一法师总是先摇一摇藤椅，然后再坐。每次都如此。丰子恺不解，问老师何以如此。弘一法师答："这椅子里头，两根藤之间，也许有小虫伏着。突然坐下去，要把它们压死，所以先摇动一下，慢慢地坐下去，好让它们走避。"

李叔同还曾告诉丰子恺，每当黄梅季节，他就很少出行，因为这季节地上各种生物活动频繁，一不小心，路上行走的人就会踩到它们。

以上几件生活琐事貌似寻常，却让丰子恺心灵受到极大震动，他意识到在做人认真方面，自己和老师还有很大差距。所以，无论做人还是绘画，自己不能存丝毫的懈怠之心。

1940年1月1日，丰子恺沐手敬绘释迦牟尼像五帧，其中两帧寄给了远在泉州的弘一。为何在1月1日手绘释迦牟尼像，因为元旦画佛，最为恭敬。寄给弘一两帧，则表明对老师的敬意和思念。这一年，为庆祝弘一师六十之寿，丰子恺发愿画佛千尊结缘。

桃李一堂春

如果刘质平、丰子恺算学霸的话，李鸿梁就是那种离学霸远，离学渣近的学生。该生性子急、脾气暴，不是老师心目中的好学生。一次，李叔同在后排指导一位学生改画，李鸿梁却站在前排看石膏模型上的说明卡，挡住了视线。李叔同便喊他让开，也许声音大了些，李鸿梁很不高兴，回到座位后把书本重重摔在课桌上以示不满。

晚上，有人给李鸿梁一张字条，说是李老师请他去一趟。李鸿梁知道一顿批评是免不了的，但他自认有理，满不在乎，一边走一边准备如何抗辩。到了老师的宿舍，李叔同和蔼地问他："你今天上午有点不舒服吗？下次不舒服可以请假。"然后对他说："没事了，你可以回去了。"

本来，李鸿梁铆足了劲要和老师唇枪舌剑一番，没想到准备好的词句派不上用场。他先是大失所望，继而惭愧不已。老师温和的语言、慈蔼的眼神如同清澈的溪水，李鸿梁从中看到了自己的蛮横与渺小。接下来的几天，他几乎不敢直视老师那张严正又温和的脸。

然而，过了一段时间，他一时头脑发热又做了件让自己后悔不迭的事。那次，他从图画室出来，高声问一位同学："李叔同到哪里去了？"哪知老师就在隔壁，闻声探出头来，平静地问："有事吗？"李鸿梁没想到唯一一次直呼老师大名，却被老师逮个正着，当下六神无主，逃之夭夭。事后，李鸿梁回忆道："听到我直呼其名，老师仍很自然地问：'什么事？'然而我已汗透小衫了。凭良心讲，我从来没有直呼其名，就是从他出家一直到现在，还是叫他李先生，不知道为什么，那一次，竟神经错乱地失了常态！直到现在想起来，还觉得脸孔热辣辣的。"

李叔同根本没把这当回事。他知道李鸿梁心直口快，性格倔强。担心这位弟子不通世故，锋芒毕露，李叔同还特意给他写了封信，指点他处世要圆融些，否则难免摔跟头。随信还附有一副对联"拔剑砍地，投石冲天"和一张条幅"豪放"，一半是鼓励一半是批评。

为了让弟子适应社会，提高业务水准，李叔同还安排李鸿梁去南京高师为自己代课，为弟子的锻炼和发展提供一个难得的平台。

李叔同没有因为李鸿梁的无礼莽撞对他心怀成见，而是一直以真诚与热情温暖感化他。李叔同对弟子的包容源自一种爱。正是这种爱，让一个班级的"刺头"变成学习标兵；让扎手的"仙人球"变成悦目的"君子兰"。

儒者云，闻伯夷之风者，顽夫廉，懦夫有立志。李鸿梁于恩师李叔同，正是如此。

丰子恺曾说，李叔同值得人们崇敬的有两点：第一点凡事认真；第二点多才多艺。

李叔同的多才多艺几乎是人们的共识了。国画大师刘海粟豪放不羁，心高气傲，但他特别佩服李叔同，他说："近代人中，我只拜服李叔同一个人。李叔同画画、书法、音乐、诗词样样都高明！"和李叔同共事七年的夏丏尊对李叔同的多才多艺就更有发言权了，他说："李先生教图画、音乐，学生对图画、音乐看得比国文、数学更重。这是有人格作背景的缘故。因为他教图画、音乐，而他所懂得的不仅是图画、音乐；他的诗文比国文先生的更好，他的书法比习字先生的更好，他的英文比英文先生的更好……这好比一尊佛像，有后光，故能令人敬仰。"

吴梦非出身于浙江农村一个贫苦家庭。1908年，他考入浙江两级师范学校的初级师范，后因辛亥革命辍学一年。1912年，他又以肄业生的身份考入浙江两级师范高师班，成绩名列榜首。入学后，他因成绩出众被任命为班长，李叔同是这个班的几位老师之一。吴梦非在后来的回忆中说，当时图画、音乐课处在可有可无的状况，自李叔同任教后，这一状况得到根本改变。对李叔同的教学，吴梦非的评价是：正规、科学、深入浅出。

吴梦非说，由于李叔同教学内容丰富，形式多样，同学们学音乐的积极性得到极大的提高，他回忆说："校中仅有钢琴两架，风琴若干架，每晨学生在天未亮时即起床抢坐在琴旁等候，起身号一吹，琴声齐鸣，校园中立时震荡起交响乐般的回响。"

李叔同还带领学生在学校举办了一次音乐会，这在当时的中国，堪称破天荒之举。音乐会的节目单出自李叔同的手笔。有人喜欢李叔同的书法，在音乐会结束时，将节目单撕下、收藏。

李叔同欣赏吴梦非的油画，1915年，美国举办"巴拿马太平洋万国博览会"征求作品时，李叔同推荐吴梦非的作品参会。当时中国国力弱，遭人歧视，吴梦非的作品被无故退回。李叔同很生气。担心弟子遭此打击，心灰意冷，就安慰他说："我们的作品，过了百年之后，总会有人了解的。"吴梦非知道，老师这样说是鼓励自己，在后来的学习中更加努力，画艺突飞猛进。

1916年暑假，吴梦非在西湖孤山苏公祠度夏，一个月光如水的晚上，李叔同竟然乘一叶小舟来看望弟子，并邀请弟子一道泛舟月下西湖。那天晚上，谈到万国博览会退回吴梦非作品，李叔同依旧耿耿于怀。李叔同因弟子作品的遭人漠视想到自己的怀才不遇，就从怀中拿出一张日本报纸，让弟子看上面的一则消息，大意是：上海艺术界如郑曼陀，专描美人月份牌，每月收入数千元；而中国第一批留学东京的李岸回国，却怀才不遇，作品频遭冷落云云。李叔同长叹一声后，对弟子说了一句话："我在日本研究艺术时，自己万万没有料到回国后会当一名教员的。"

吴梦非知道，老师说这句话并非表明他不热爱教育事业，而是感慨他创作志向未能施展。事实上，李叔同在教育上取得的成就已远远超过一般的音乐家或画家。因为献身教育，他在创作领域完成的作品数量、质量上难免不受影响，但他造就了江浙一带第一批的绘画、音乐人才，后来在江浙学校任教的音乐、绘画老师大多出自他的门下。正如吴梦非说的那样："经过李先生的教导，造就了一批图画、音乐专修科的学生，分配于全浙江的中等学校；加上初级师范的几届毕业生散布于全浙江的小学校，浙江的学校艺术教育才出现革新的气象，才纳入正常的轨道中。所谓五线谱、所谓合唱、所谓复音曲，到此时期才得出现于一般学校。"

出家后，李叔同成了弘一，在给俗侄李圣章的信中，他也表明对任教六年的成果表示满意："……任杭教职六年，兼任南京高师顾问者二年，及门数千，遍及江浙。英才蔚出，足以承绍家业者，指不胜屈，私心大慰。弘扬文艺之事，至此已可作一结束……"

虽然遁入空门，斩断情丝，但每每谈到杭州任教经历，弘一的话语里还是不自觉地充满感情，对任教取得的成绩也显露出十分的满意。在题为"遇见精神的出生地"的讲演中，弘一一开始就谈到杭州任教生活："作为一名高校的艺术教师，我在浙一师的六年执教生涯中业绩斐然；作为一个诸艺略通的人，那段时期也该算我艺术创作的一个鼎盛期吧。"

在"遁入空门的修行"讲演中，弘一再次谈到杭州任教经历："那种忙碌而充实的生活，将我在年轻时沾染上的一些所谓的名士习气洗刷干净，让我更加注意的是为人师表的道德修养和磨炼。因此我感受到了前所未有的清净和平淡，一种空灵的感觉在不知不觉中升起，并充斥到我的全身，就像小时候读佛经时的感觉，但比那时更清澈和明朗了。"

"春风桃李一杯酒，江湖夜雨十年灯。"作为学生爱戴的老师，李叔同关爱弟子的故事像酒一样芬芳而醉人；而他指点学生的话语则像不灭的灯，让暗夜中的他们，找到一条前行之路。

孤独求败

出家后，虽说告别了杏坛，但弘一在开示弟子时仍一如既往，像当年做教师那样细致、耐心。在给一位居士的信中，他详细指导对方如何攻读、研究"经论"。

首先，弘一指点要先读《起信论》："研究经论者，先学《起信论》最为妥善。杨仁山居士力倡此说，尔后学者，多依此法，悉获莫大之利益。但欲穷研此论，至少须一年之力。万勿粗心浮气，期于速就。"

读此书的具体步骤，弘一也做了开示："第一步，须先熟读论文，至背诵十分通利为止。既已背诵十分通利，乃可研习文义。"

由于佛学深奥，弘一提醒对方，最好请人讲解："若能请人讲解，尤为稳妥。""讲毕，须细心详阅。以前所讲者，亦须时时温习。"

其次，对于"疏文"与"科文"，弘一认为要区别对待："疏文虽不必背诵，然亦须记其大意。至于科文，最为切要，能背诵为善。"怎么背诵，弘一也给出了具体的方法："宜自己将论科别录一表，如家谱式直写。悬之座右，时时阅览，能辅助记忆之力。"

弘一强调，自己推荐的方法，不仅是自己的经验之谈，也为众多人所屡屡验证，"万无一失也"。

最后，弘一进一步开导，想弄懂经文，不仅仅限于案头攻读。"凡行、住、坐、卧，偶有寸暇，即可摄念为之。虽手未批卷，而文义了了，常在目前。犹如切事系心，即在造次，不妨密忆前事。"弘一说："若如是者，岂惟论义疾得了解，而无益之妄念亦可减少，诚修持之妙法也。"

身份由教师一变为高僧，倾心育人的宗旨，认真细致的习惯却一点也未变。

李叔同皈依佛门后，更多是通过身教而不是言传来教诲弟子，更多是通过自责而不是责人来感染他人。

他所在的寺院有几位学僧偷看《薄命鸳鸯》《可怜她》等佛门严禁的黄色小说。李叔同没有去责怪学僧，而是一味自责，伤心落泪，检讨自己教导无方。几位犯了错的学僧目睹老师内疚自责，感动又惭愧，决心痛改前非，严守戒律，苦读经书。

1937年，弘一法师给佛门弟子做了一次讲演，题目是"南闽十年之梦影"。谈及十年来的行脚生涯和自我修养，他说：

我在这十年之中，虽说在闽南做了些事情，成功的却很少很少，残缺破碎的居其大半。我常常自我反省，觉得自己的德行实在十分欠缺。因此，近来我自己起了一个名字，叫做"二一老人"。

什么叫"二一老人"呢？这有我自己的根据。记得唐代大诗人白居易《除夜寄微之》中有一句是"一事无成百不堪"，留头去尾，我把它改为"一事无成人渐老"。这是"一老"。另外"一老"借用的是清代吴梅村临终绝句"一钱不值何消说"。这两句诗的开头一句都是个"一"字，所以我就用来做自己的名字，叫做"二一老人"。意思是，十年来我在闽南所做的事情是并不完满的，而我也不怎样去求它完满了。

诸位要晓得：我的性格是很特别的，我只希望我的事情失败；因为事情失败不完满，这才使我常常发大惭愧，大内疚，能够晓得自己的德行欠缺，自己的修养不足，才能督促我努力用功。努力改过迁善！一个人如果事情做完满了，固是好事，但也容易心满意足，洋洋得意，反而增长功高我慢的念头，生出种种过失来。

李叔同这番话蕴含大智慧。

他知道，人无完人，事无完美，所以任何人在任何时候都不可能功德圆满；而心存失败之念，就会永远警示自己，不会自满，不会停下追求、修行的步子，这样，会充分释放自己的潜能，虽然最终难免失败，却与成功无限接近；虽然最终不会完美，却与完美无限靠拢。

李叔同这番话也显示出大境界。

他知道人的一生，夜以继日，不停攀登，也不会抵达峰巅，这看起来是失败，然而，不停攀登本身即赋予了人生的根本意义。

李叔同所谓"追求失败"，意在提醒弟子们不要以功利的尺度衡量追求的得失；而要从审美的角度探寻人生的价值。

弘一法师在泉州承天寺为佛教养正院学僧最后一次讲课的题目为"最后之忏悔"，通篇的主题为自责。授课中，他对自己的剖析，相当恳切，又极为严厉：

佛教养正院已办有四年了。诸位同学初来的时候，身体很小。经过四年之久，身体皆大起来了。有的和我也差不多。啊！光阴很快。人生在世，自幼年至中年，自中年至老年，虽然经过几十年之光景，实与一会儿差不多。

就我自己而论，我的年纪将到六十了。回想从小孩子的时候起到现在，种种经过，如在目前。啊！我想我以往经过的情形，只有一句话可以对诸位说：就是不堪回首而已。

我常自己来想：啊！我是一个禽兽吗？好像不是，因为我还是一个人身；我的天良丧尽了吗？好像还没有，因为我尚有一线天良，常常想念起自己的过失。我从小孩子起，一直到现在，都在埋头造恶吗？好像也不是，因为我小孩子的时候，常行袁了凡的功过格；三十岁以后，很注意于修养；初出家时，也不是没有道心。虽然如此，但出家以后，一直到现在，便大不同了。因为出家以后二十年之中，一天比一天堕落……就是我的朋友也说我：以前如闲云野鹤，独往独来，随意栖止，何以近来竟大改常度？到处演讲，常常见客，时时宴会，简直变成一个"应酬的和尚"了……尤其是今年几个月之中，极力冒充善知识，实在是大为佛门丢脸。别人或者能够原谅我，但我对我自己绝对不能原谅，断不能如此马马虎虎地过去……

讲演的最后，李叔同引用了龚自珍的一首诗，提醒大家，承认"缺陷"有时恰是好事：

未济终焉心缥缈，万事都从缺陷好；
吟到夕阳山外山，古今谁免余情绕？

在这最后一课中，李叔同为何一味自责？因为在他看来，作为肉体凡胎的人，自律再严，修行再苦，也不可炼成金刚不坏之身，也不会彻底斩除名利思想，断绝形形色色的贪念嗔欲。

那么，除了不断修行，不断提高，别无选择。倘若我们疏于自责，稍一松懈或满足，那些已被割断的欲念，很有可能死灰复燃，卷土重来。

李叔同通过自责，通过严厉剖析自己，提醒弟子们，皈依佛门，抑恶扬善，必须做到鞠躬尽瘁，死而后已。自满与懈怠即是堕落之开始。

李叔同提到了那位批评他的友人其实是位年仅15岁的少年。这位名叫李芳远的少年曾给李叔同写了一封长函，对自己敬重的法师提出善意的批评。李叔同收到信后，惭愧万分，又庆幸之至，立即接受对方的建议"闭门静修，摒弃一切"。1938年晚秋，在佛教养正院同学会上，李叔同再次谈到李芳远对自己的批评，并表示真诚忏悔，决心改过：

……他劝我以后不可常常宴会，要静养用功。信中又说起他近来的生活，如吟诗、赏月、看花、静坐等，啊，他是一个十五岁的小孩子，竟有如此高尚的思想，正当的见解。我看到他这一封信，真是惭愧万分了。我自从得到他的信任以后，就以十分坚决的心，谢绝宴会，虽然得罪了别人，也不管他……

一代高僧，面对一位少年的批评，满心惭愧，全盘接受，充分显示他的从善如流，虚怀若谷。

李叔同应邀为僧众授课时，从不居高临下，慷慨激昂。他习惯现身说法，娓娓道来。授课中多是自责，从不责人。在一次和僧众谈"律己"时，他这样说：

学戒律的须要"律己"，不要"律人"。有些人学了戒律，便专门拿来"律人",这就错了。记得我年少的时候住在天津，整天指东画西地净说人家的不对。那时我还有位老表哥，一天，用手指指我说："你先说说你自个。"这是句北方土话，意思就是"首先律己"，不要光说别人。这句话直到现在我还记得，真使我感激万分。大约喜欢"律人"的，总是看着人家的不对，看不见自己的不对。北方还有一句土话是"老鸦飞到猪身上，只看见人家黑，看不见自己黑"，其实它俩是一样黑。

还有，人们都为遭到诽谤而苦恼，总想出来解释解释，分辩分辩。其实是不必要的。何以息谤呢？两个字："无辩"。人要是遭到诽谤，千万不要"辩"，因为你越辩，谤反弄得越深。譬如一张白纸，忽然误染了一点墨水，这时候你不要再动它，它不会再向四周溅污。假使你立即想要它干净，一个劲地去揩拭，那么结果这墨水一定会展拓面积，接连玷污一大片的。

李叔同自剖愈严，僧众听了越是不安且惶恐，想：大师自律如此之严，我等庸凡之辈，在修行之路上，更应战战兢兢、如履薄冰了。

李叔同从不高谈阔论，只是随意拉家常，却更容易让僧众懂得人生真谛。其实，那些深邃的奥义不正蕴含在日常生活浅白的话语中吗？换句话说，倘若那些玄妙之理，与日常生活无涉，还得借助曲折晦涩之语方能道出，学它何益？不谈也罢！

李叔同授课，举的是耳熟能详的例子，说的是一听就懂的语言，人又那么谦和、那么慈蔼，这样的高僧、这样的老师，能不让我们望之俨然，即之也温吗？这样的指导、这样的开示，能不让我们茅塞顿开，心明眼亮吗？

第二章

陈垣与弟子

著名历史学家陈垣18岁即开始教私塾，此后，他孜孜矻矻，诲人不倦，在教育园地耕耘了74年。

暮年的陈垣在一篇文章中写道："假如我现在还是青年，正在选择学习志愿的时候，我将会毫不犹豫告诉我的老师，我仍要选择教师工作作为我的终身事业。"他对教师职业的热爱，于此可见。

闲时不学临时悔

1962年，为庆祝北师大成立60周年，陈垣写下这样的诗句：芬芳桃李人间盛，慰我平生种树心。其实，用这两句话来形容陈垣的人生也十分贴切。

作为老师，陈垣相当严格。他曾开过一门"史源学实习"的课。选一种近代史学名著作为教材，指定段落，让学生指出该段落所涉及的人物及史实的出处（史源）。这门课就是逼学生去翻阅大量的史料，培养基本功。有学生曾回忆这门别具特色的课：

先生在辅仁大学研究所开的一门课，名"清代史学考证法"，办法是教我们读《日知录》。同学五六人，每人买一本《日知录》，从卷八（卷八前为经学内容，略过）开始，要我们自己读，主要工作是要我们将书中每条引文都能找出原书查对一遍，并写出笔记。有的很容易，比如在正史里的，有的则很难，比如只有一个人名，年代、籍贯、行事、著述全不知道，简直像大海捞针。我们每读一卷，即翻检群书一遍，然后写出笔记。记得一次查一条故事，我走了"捷径"，翻一下《辞源》，说见《说苑》，一查《说苑》，果有此条，即写见《说苑》某篇，自以为得计。先生看了说不对。这条最早见于《吕氏春秋》，《吕氏春秋》在前，《说苑》在后，所以应写见于《吕氏春秋》某篇，不能用《说苑》。

陈垣用这种"笨"办法，培养学生的勤勉与谨严。

在博物馆工作的那志良是陈垣的弟子。多年后回忆老师的严厉，他似乎还有些"心有余悸"：

我在二年级时，陈先生担任我们的国文老师。他不用课本，上课前一天，由教务处油印一篇他指定的古文，不加标点与小注，上课时分发给学生，他便指定一个学生，立起来念，遇有读错的时候，他还指点一下，叫第二个人再读时，若读错，他便开始批评了。两三个人读过之后，他便指定一个人讲解了，讲不对时，也要挨骂。他这种教法，在当时，大家都觉得太过分了，背地里都叫他"老虎"。

不过，毕业后，在工作中，那志良才体会到，当年老师的严厉，让他受益无穷。"心有余悸"变成了心存感激。

陈垣认为，老师若不严格，放松了对学生的要求，待学生毕业后学业无成定会抱怨老师当年的不认真，他说："规矩严，功课紧，教授认真，学生在校时每不甚愿意也。及至毕业，所知所能者少，则又每咎学校规矩之不严，功课之不紧，教授之不认真，何也？语曰：书到用时方恨少；又曰：闲时不学临时悔。"

柴德赓是陈垣最赏识的学生之一。在他的一份讲稿中，有这样一条批语："十九年（1930）六月廿五日试卷，师大史系一年生柴德赓、王兰荫、雷震、李焕绶四卷极佳。"

陈垣论文写就，常请柴德赓提意见，这体现了陈垣的谦逊，也表明他对这个弟子的器重、依赖。柴毕业后，仍和老师经常通信，切磋学问。

陈垣藏书达4万册，全是线装书。书房不大，两排书架间的距离狭窄，陈垣戏称为"胡同"。陈垣晚上看书，遇到问题就会提着灯笼去"胡同"查资料。一个冬天，柴德赓担心老师身体，写信劝老师夜间不要去书房了。陈垣感谢弟子的关心，但不打算接受弟子的劝告，就给弟子回了封很风趣的信：

半夜提灯入书库是不得已的事情，又是快乐的事情，诚如来示所云，又是危险的事情。但是两相比较，遵守来示则会睡不着，不遵守来示则有危险。与其睡不着，毋宁危险。因睡不着是很难受的，危险是不一定的，谨慎些当心些就不至出危险。因此每提灯到院子时，就想起来示所诫，格外小心。如此，虽不遵守来示，实未尝不尊重来示。请放心请见谅为幸。

陈垣的"不思悔改"表明了他对学问的痴迷；而他和弟子的"拌嘴"，显得随意而亲切。足见师徒间毫无隔阂，亲如父子。

一些好学的青年，久闻陈垣大名，却没有听他讲课的福分，只得写信求教。对于这种"编外弟子"，陈垣从不怠慢，有问必答，而且像在课堂上一样耐心指导，循循善诱。

方豪年轻时在杭州天主堂修道院求学。修道院禁令严，不允许与外面通信。方豪求知心切，借兄长之名，偷偷给陈垣写信求教。在第一封信中，他就冒昧向陈垣求书："诸书价值颇贵，世人倒囊，或不易置，而晚以家贫，徒手为请，虽大君子乐成人之美，与人共善，必肯分惠，而晚蒙厚馈，则受之弥愧矣！"

陈垣接信后当即回复，不仅赠送对方所索之书，还寄去其他几本，供对方学习。

陈垣知道，一个人在困境中苦学，困难多，压力大，所以当对方稍有成绩，他便写信慰敏，同时也给予必要的指点：

所译拉丁文论犹太教一段，具见用功，唯原文材料，悉译自弘治、正德及康熙二年碑，不如仍求之汉文原本为愈。窃尝有一譬：先以中币换英币，又由英币换法币，复换德币，如是辗转兑换，若欲得回中币之原价，恐所亏巨矣。以汉文译外国文，复由外国文译回汉文，其意义之损失，当复如是。

一番话，肯定了对方的功力，也提醒对方要注重"原始材料"。

作为老师，陈垣对弟子有识人之明，也就是了解弟子的性格，再根据不同的性格，予以不同的教法。弟子自负他泼一下冷水，弟子自卑他鼓一把劲。

学生陈述读书用功，但自律太严，虽一肚子材料，却不敢写文章，怕写不好被人哂笑。陈垣就写信鼓励他不要"多所顾忌"：

理丛牍，得兄来书，具见近来闻见日广，心胆更虚，所谓学然后知不足，必然之过程也，可贺可贺。惟愚见只要心小，胆不妨大。少年人应保存少年气象，不必效老年人之多所顾忌也，高见以为何如？

在信中，陈垣还赠诗一首：

师法相承各主张，谁非谁是费评量。
岂因东塾讥东壁，遂信南强胜北强。

前两句是说，写文章不能轻易下结论。后两句中，"东塾"是陈澧，广东人，即"南强"；"东壁"是崔述，河北人，即"北强"。陈述是河北人，崔述的老乡。陈垣用这句话，鼓励陈述要自信，不能因为陈澧讥笑过崔述，就认为南边的学者就一定胜过北方的学者。

爱护学生自尊心

对于弟子，陈垣注重的是真才实学，不以文凭高低取人。书法大师启功的成长就得益于陈垣的"不拘一格降人才"。

启功因家道衰落，中学未毕业就辍学了。18岁后，好心的亲友想为启功谋一份稳定的职业，就请傅增湘先生去找陈垣。傅先生拿着启功的文章和绘画去找陈垣。回来后，傅先生对启功说："陈先生说你写作俱佳。他对你印象不错。你可以去找他。"

初次见陈垣，启功很紧张。陈垣却亲切地对他说："我叔叔和你祖父是同年的翰林，咱们还是世交呢。"一句话让启功轻松不少。其实，陈垣对科举制度很是不满，他这样"套近乎"，就是让启功别紧张。

启功没有大学文凭，陈垣安排他教初一的国文。知道启功是初上讲台，陈垣耐心地几乎是手把手地作了指导：

教一班中学生与在私塾屋里教几个小孩子不同，你站在台上，他们坐在台下，人脸是对立的，但感情万不可对立。中学生，特别是初中一年级的孩子，正是淘气的时候，也正是脑筋最活跃的时候。对他们一定要以鼓励夸奖为主，不可对他们有偏爱，更不可偏恶，尤其不可随意讥诮讽刺学生，要爱护他们的自尊心。遇到学生淘气、不听话，你自己不要发脾气，你发一次脾气，即使有效，以后再有更坏的事发生，又怎么发更大的脾气？万一无效，你怎么收场？你还年轻，但在讲台上就是师表，你要用你的本事让学生佩服你。

启功遵循老师的指导，认真备课，用心讲解，教学效果颇好。但一年后，因文凭不过硬，被分管中学的张院长解聘。

陈垣爱才，不忍心看到启功在家赋闲，虚度时光，就安排他去美术系任教。尽管工作很努力，完全可以胜任这一工作，但分管美术系的还是那个重文凭的张院长，一年后，启功再次落聘。陈垣依旧出手相助，想把启功安排在办公室做秘书，他让弟子柴德赓去问启功愿不愿意做秘书，启功当然求之不得，但他面皮薄，想客气一下，说自己能力不强，怕胜任不了。柴德赓以为他拒绝了，就如实向陈垣汇报。启功吃了假客套的亏，失业在家。正值抗战时期，启功不工作，家里就揭不开锅。为了活命，做了伪职。过了几个月，陈垣又找到启功，问他想不想教书。这一回，陈垣安排他去教大一的国文。接到聘书，启功喜出望外，想到一句戏词，忍不住喊出来："没想到我王宝钏还有今日！"

这次教的是大学，陈垣再次面授"诀窍"：

这次教大学生又和中学生不同。大学生知识多了，他们会提出很多问题，教一堂课一定要把有关内容都预备到，要设想到学生会提出什么问题，免得到时被动。要善于疏通课堂空气，不要老是站在讲台上讲，要适当地到学生座位中间走一走，一方面可以知道学生们在干什么，有没有偷懒、睡觉、看小说的？顺便看看自己板书的效果好不好，学生记下了没有，没有记下的就可顺便指点一下他们；更重要的是，这样可以创造一个深入他们的气氛，创造一个平等和谐的环境，让学生们觉得你平易近人、可亲可敬。到了大学更要重视学生实际能力的提高，要多让学生写作，所以上好作文课是非常重要的。批改作文一定要恰到好处，少了，他们不会有真正的收获；多了，就成了你给他重做。最好的办法是面批，直接告诉他们优缺点在哪里，他们要有疑问，你可以当面讲解，这样效果最好。要把发现的问题随时记在教课笔记上，以便以后随时举例，解决一些普遍性的问题。

启功没有大学文凭，现在要给大一学生上课，当然会抖擞精神，全力以赴。他一方面按老师陈垣的指导去做，一方面去观摩老师的课，认真揣摩，用心领会。在陈垣的课堂上，他见识了老师讲解的精彩，感受到老师知识的渊博，还学到了一些具体经验。

启功听陈垣的课，发现老师板书时，每行（竖写）只写四个字。启功不解就问老师。老师答，你坐教室最后一排就知道了。启功跑到最后一排，这才明白，原来最后一排的学生只能看到第四个字，多写一个字，就看不全了。从这件小事，启功醒悟，老师对待教学要比自己细心多了。

陈垣特别重视学生的作文，要求老师批改作文必须认真细致，评到点上。他经常把学生的作文贴出来，比一比谁的文笔好，当然也看看哪位老师批改认真。这样一来，包括启功在内的教师，批改作文时总是全力以赴，铆足了劲。谁愿意在全校师生面前丢脸呢？

陈垣的教诲，让启功在教学上入了门；而他的点拨，也让启功在治学方面开了窍。

一开始，启功虽有满腹材料，但不知在哪个领域、从哪个角度写文章。陈垣帮他出谋划策，问他："你原来读过什么书？哪些书读得熟？对什么有兴趣？"启功答："我的兴趣在艺术方面，我接触、积累了很多这方面的知识。"陈垣就说："那很好。艺术方面有很多专门知识，你就从这方面入手。"在老师的启发下，启功决定在艺术领域开始自己的研究。他最先的目标是研究《急就篇》。

抗战结束后，北平市某局局长想在辅仁大学找人帮忙，找到启功，请他做某科科长。做科长，薪水要高很多，启功犹豫不决，就去问老师。陈垣问："你母亲愿意吗？"启功答："她不太懂得，让我请教老师。"陈垣再问："你自己觉得怎样？"启功答："我少无宦情。"陈垣笑了，说："既然你并无宦情，那我告诉你，学校送给你的是聘书，你是教师，是宾客；衙门发给你的是委任状，你是属员，是官吏。你想想看，你适合做哪个？"启功恍然大悟。立即给那位局长写了封辞谢信。他把信给老师过目，老师点点头，说："值30元。"启功不能完全明白老师这句话的含义，但他知道，对自己的选择，老师是赞许的。

陈垣是启功的老师，也是他的恩人。没有陈垣的帮助，启功的生命之舟，要么搁浅在穷困的沙滩上，要么会误入歧途。

第二次被张院长解聘后，启功为生计所迫，做了一阶段的伪职。他知道这是污点、是耻辱，但他还是找到一个机会，鼓足勇气，向老师负荆请罪："报告老师，那年您找我，问我有没有事做，我说没有，是我欺骗了您，当时我正做敌伪部门的一个助理员。我之所以说假话，是因为太想回到您的身边了。"陈垣听了，愣了半晌，只说了一个字："脏！"

这个字，炸雷一般，让启功浑身一震。所谓"一字千钧"，启功算是领教了。后来回忆这件事，启功说："就这一个字，有如当头一棒、万雷轰顶，我要把它当作一字箴言，誓戒终身——再不能染上任何污点了。"

启功成名后，在多种场合申明：没有陈垣恩师，就没有启功今天。

恩师驾鹤西去，启功用这样一副对联表达了他对恩师的难分难舍：依函丈卅九年，信有师生同父子；刊习作二三册，痛余文字答陶甄！

为纪念恩师，他捐出 163 万元设立"励耘助学奖学金"。"励耘"二字取自陈垣书斋号"励耘书室"。

善用环境最要紧

陈垣在北京教书时，他的三儿子陈约在老家广东照顾母亲。陈垣只能通过书信来督促指导这个儿子。

陈垣是文章大家，儿子信中的问题他一目了然，批评起来也直截了当。

在一封信中，陈约写道："儿千日也是父亲的儿子，父亲也千日是儿的父亲"。

陈垣回信批评："此等话不必说，犹之说兄弟是男儿，说姊妹是女子，无甚意思，因不说亦一样也。"

如是批评了几次，陈约写信就舍弃了那些陈腐的套语，有话即长无话即短。

一次，陈约告诉父亲，他想学国学，但不知从何学起，不知何者该读何者不该读。陈垣教导儿子："无所谓国学。国学二字太笼统了，不如分为文学、史学、哲学、宗教等。"

明确了目标，读书就不会胡子眉毛一把抓了，就能根据自己的兴趣，集中精力打歼灭战。把文学、史学、哲学当作一个个山头，逐一攻占。

陈约一直待在老家，向父亲抱怨，家中藏书不丰，读书环境不佳。

陈垣劝导，读书要根据环境调整目标："如果家藏书籍丰富的，则宜于博览；如果家中书籍少的，则宜于专精。"陈垣对儿子说，既然无力购买大量的书，又没有图书馆可以利用，那么："唯一方法是先专精一二种，以备将来之博览。"

古人云：素其位而行。陈垣告诉儿子，这句话的意思，就是充分利用环境，"不能因未有书遂停止不学，等有多书乃学"。

陈垣多次对儿子强调，想成材，适应环境非常重要：

一个人最要紧系能够善用自己环境，所谓素富贵行乎富贵，素贫贱行乎贫贱。不管在甚么境遇中，要尽行利用自己境遇，如遇陆则走马，遇水则行舟，不必对于目前时时不满也。

听了父亲的教导，陈约打消了不切实际的东奔西跑的念头。老老实实待在家中，踏踏实实把家中仅有的几部经典啃完，学问见识随之大长。

陈约是个年轻人，有时发愤苦读，有时难免懈怠，陈垣便在信中教诲儿子，一定要有恒心："学怕无恒。凡学一事，必要到家。或作或辍，永无成功之可言也。胸襟要广阔，眼光要高，踏脚要稳。"

1931年，日本悍然挑衅中国，很多青年学生赴南京请愿，要求政府抗日。陈约来信，谓国事蜩螗之际，无心读书。

陈垣回信批评了儿子：

此次来信说日本事，云读书非其时。然则我辈舍读书外，尚有何可做？风雨如晦，鸡鸣不已，正是吾人向学要诀。近日此间学生纷纷往南京请愿，此等举动有同儿戏，借端旷课游行，于国事何补分寸，可为痛哭者也。凡事初一二次尚不甚感觉，多则变了无聊。如所谓政府不答应则将全体饿死于国府之前，此何语耶？壮则壮矣，其如大言夸毗何？此日本人所旁观而大为冷笑者也。人之大患在大言不切实，今全国风气如此，又何望耶。

为了让儿子接受自己的建议，陈垣以自己为例：

我本来就是一读书之人，于国家无大用处。但各有各人的本分，人人能尽其本分，斯国可以不亡矣。难道真要人人当兵去打仗方是爱国耶？我对国事亦极悲愤，但此等事，非一朝一夕之故，积之甚久，今始爆发。在历史家观来，应该如此，又何怨耶。我不能饮酒，到不高兴时，报亦不愿看，仍唯读我书，读到头目昏花，则作为大醉躺卧而已。

年轻人有热血当然是好的，但"无心读书"对国家又有何利？胡适曾对学生说，想有益于社会，最好的法子是把自己这块材料铸成器。陈垣对儿子这番教导与胡适的话可谓异曲同工。

陈约学了一段时间的法律，预备当律师，但不久又生厌倦之心，说当律师与自己的性情不合，便向父亲发牢骚，说想改行。

对此，陈垣提出批评："合不合，习惯耳，余于医亦然。今不业医，然极得医学之益，非只身体少病而已。近二十年学问，皆用医学方法也。有人谓我懂科学方法，其实我何尝懂科学方法，不过用这些医学方法参用乾嘉诸儒考证方法而已。"

知子莫若父。陈垣知道所谓"性情不合"，是儿子偷懒的借口，于是，对症下药。

陈约利用业余时间学习古文。对学古文，历史大家陈垣当然有很多心得体会，指导儿子自然驾轻就熟：

《论》《孟》《庄》、司马之文皆可背诵，《骚》、陶则纯文学而已，归有光等则浏览足矣。《韩非》《商君书》不可不读（论严谨，韩胜于庄）。其文深刻谨严，于汝学文有益。余生平喜阅雍乾上谕，其文皆深刻入里，法家、考证家均不可不阅也。

虽三言两语，却高屋建瓴。儿子因此少走不少弯路。

年轻人一旦走入社会，当然免不了和人打交道，也会有自己的交际圈。儿子陈约有了职业后，陈垣提醒他交友要慎重：

交友要紧，不交友则孤陋寡闻。但要识人，谁为益友，谁为损友，别择甚难。学问、道德、能力，三者最要。每交一友，必自审曰：此人学问能益我否？此人道德能益我否？此人能力能助我否？能则大善矣。反是则问此人能累我否？害我否？能则大害矣。此择交不可不慎也。

子曰：无友不如己者，说的就是这个道理。为让儿子更好地理解交友重要性，陈垣的分析比孔老夫子细多了。

陈垣是个老派的人，和人交往讲究礼数，所以对儿子，他谆谆教导：不管对谁，千万不能失礼。哪怕是写一封普通的信，也要字斟句酌，小心翼翼，特别是称呼，不能用错。他在信中对儿子作了详细的指点：

与汪希丈来信要注意。渠系读书世家，父兄曾游幕，说话尤须谨慎，切切。去信上款宜称某某世丈或某某丈尊鉴，下题称侄陈某。普通信不必称愚侄或世愚侄，只称侄便得。信内自称亦可称侄云云。称自己父亲为家大人或家君。对人称四姑姐为"家四姑"，称四姑则"梁四姑"以别之。对人称九公为"家九叔祖"，称三叔为"家叔"或"家三叔"。写信体裁及称呼至要紧。从前北关人最讲究，对汪希丈尤须注意，免为人家冷笑也。

俗谚：于细微处见精神。可知，陈垣这番关于称呼的"长篇大论"不是小题大做，而是见微知著。

陈约信中写道："连日报章频载平津为危，此处祖母以次各人均甚不安。大人等何不即离此地，以慰众人。临书不胜忧惧，望以祖母故即为避地，实所至愿。"

陈约在信中把"祖母"与"故"连在一起，陈垣看了大为不快，立即写信批评：

故者旧也，所以也，死也。此字家信要小心用，断不能用在
人名之下。好在老人不忌，若拆开信时忽然见此字，令人心打一
惊。你亦太不仔细了。"故"字凡家信及电报均不可用。用容易
吓着人。此是大毛病，不可不注意，你此次又受了大教训也。

儿子漫不经心将"祖母"与"故"连在一起，陈垣胆战心
惊以为"祖母"已"故"。凝神细读，方知虚惊一场，但人已吓
得半死。所以，他告诫儿子，小处不可随便。

陈垣和儿子远隔千里，他却能根据儿子的信看出儿子内心
是否浮躁。有一次，陈约信中说自己"愿学古人之为人"，因为
"古人之为人，有文可纪"，于是，"儿诵读古文"。

陈垣对儿子的信誓旦旦不以为然，因为他从儿子信函中觉
察出陈约的浮躁，便写信指出：

浮躁之人不能读书。何谓浮躁？如三日来信至十七日再来
信，乃云前奉一函，前者何日也？此所谓浮躁不经心也。又收
到莫氏藏书序，只云收到，不言几本，浮躁不精细，令人不能
看重也。

远隔万里，却"看"出儿子的浮躁，可见陈垣的目光有多
锐利。好的老师就该有一双锐利的眼。看不到对方的缺点，又
如何为对方修正？

当陈约有机会走上讲台后，陈垣一方面为儿子感到高兴，
一方面也担心儿子不能胜任教职，就在信中不厌其详地传授了
"讲授法"：

国文所要者，系教授法，如何得学生明白有兴趣，能执笔达心所欲言，用虚字不误，不论白话文言。白话必要干净流利，闲字少，的呢吗等字越少越好。文言至要句法，讲文时必要注意造句及用字，改文必要顺作者意思，为之改正其错用之虚字，及不达之意，与乎所写错之字。非万不得已时，不可改其意思。

……

至于讲文，最要紧注意学生听懂否。如有一二人不在心，是学生之过。若见全班都不在心，则必定教者讲得不明白或无兴趣，即须反省，改良教法，务使全班学生翕然为妙。至于批文章，尤要小心。说话宜少，万不可苟且。学生家长自有通人，教习批改不通，易贻人笑柄，必须慎之又慎，不可轻心相掉也。

……

上堂要淡定，改文不可苟且，但不必多改，最要改其错用及错写之字，批改宜少而不苟。

为了让儿子能站稳讲台，陈垣不厌其详，面面俱到。其苦口婆心，一如孩子首次出门时家长的千叮咛万嘱咐。

作为教师，如何避免出错，如何提高自己，如何和学生相处，这些方面，陈垣也把自己的经验全部教给儿子：

《字学举隅》常看，《康熙字典》常检，至紧至紧。

《孟子》《论语》宜熟读，文气自畅；曾读过之古文，亦宜常温。此古文也。至于今文，吾极欲汝看一家好论说之报纸。天津有《大公报》，其社论极有法度。……

对学生宜和蔼亲切，多奖励，令其有兴趣。

佳句宜注意。能背诵固佳，不能，亦须能记其佳句。

只有几句话，但句句是看家本领。所谓"家学"，这就是了。

陈垣身兼数职，要授课，要著书，还是校长，须处理很多行政事务。他要儿子不必蹈自己的覆辙，而是一门心思教学读书，最好能将生活和学问打成一片：

> 近来最感觉生活与学问不能打成一片。但尔现时境地，倒可以做到此节。因所教者系中学国文，而自己国文却仍然要用功。教学相长，即是生活与学问打成一片。

陈垣认为，当教师，要苦读文言文，但也要重视白话文。他建议儿子多读胡适，争取"白话与文言并治"：

> 单教国文，钟点恐不能多，必要伸张到教中学历史。如果急起直追，补回此两年功课，当先从文与史下手。一可保持现时钟点，二可希望下年新钟点也。粤中中学未识需用白话文否？如不需用，可暂缓；如需用，则要白话与文言并治。白话最要紧是简净、谨严，闲字闲句少，时人白话当先阅胡适论著。有《胡适文存》等书否？即复。文言目前最要是学改文，因为教书，即要改文，如何改法，非下一番功夫不可。此事要有师承，师承不易得，最好将《后汉书》与《三国志》同有之传，如董卓、袁绍、袁术、刘表、吕布、张邈、张鲁、臧洪、公孙瓒、陶谦、荀彧、刘焉、刘璋、华佗等十四传，以《三国》为底，与《后汉》对照，看《后汉》如何改作，即可悟作文及改文之法，于自己及教人均大有裨益。

为了改好作文，陈垣让儿子将《后汉书》与《三国志》比照着读。要求不可谓不严。

陈约在教学上取得了一些成绩，给父亲写信时难免有些飘飘然，谈到读书，俨然一副方家口吻。陈垣担心儿子骄傲，就给儿子泼了一点冷水：

真读书则读书矣，不必将"读书"二字日日挂在口头也。犹如今人好言科学方法，而所做出东西，并不合科学方法。又有人口不谈"科学方法"四字，而所作皆合科学方法。此二人谁对也？

对儿子，陈垣或鼓励或批评。何时批评何时鼓励，这个时机陈垣把握得很好。另外，他批评和鼓励的"度"把握得也很有分寸。

陈约忙于教学，没有时间写文、著书，便以大器晚成的严先生自慰，说："严先生亦四十一岁始研究《通鉴》，则来日方长。"

陈垣批评儿子，不可如此自我安慰："此语又错了。人家引此鼓励你则可，你自己以此为安慰则谬矣。同是一句话，要问是何人说，即此谓也。"

宽慰别人，是礼貌，是善举；宽慰自己，是懈怠，是逃避。

啃了一阵古书，陈约滋生了畏难情绪，就向父亲表示，想选择比较容易的书，去读，去研究。

陈垣点出儿子避难就易的想法，认为这样做不妥：

择其少者作一种练习则可。若图易，则天下无易事，易必不能长久。松柏一年不长一尺，蒲柳一夜可长数寸，然则其寿命之长短亦如之。为学何独不然。

比喻恰当，批评的效果就好。

陈乐素是陈垣的长子。陈垣在书信中对长子的教诲也值得我们品味。

一次，陈乐素在信中告诉父亲，家乡的四姑损失了一些财产。陈垣在回信中说，破财是好消息：

四姑财产稍有损失，是好消息，不是恶消息。我辈处今日，应该有些缺憾，不然，会招天妒也。天下哪有完全满意之事，稍有损失，是等于种痘，发些热，可以免疫也，请四姑放开心怀为幸。

陈垣其实是提醒儿子，对一个问题，换个角度，结论会完全不一样。陈垣的提醒虽是就事论事，但儿子想必会举一反三。

在同一封信中，陈垣教导儿子，做学问要有坚忍之心：

谋馆事诚不易，然要有恒心及坚忍心……二十年来余立意每年至少为文一篇，若能著比较有分量之书，则一书作两年或三年成绩，二十年未尝间断也。

对陈约，陈垣也强调过"恒"。可知做学问，"恒"乃不二法门。

儿子陈乐素也是教师。陈垣给他的信中也多次谈到如何当老师：

教书可以教学相长，教国文尤其可以借此练习国文（于己有益，必有进步）。教经书字音要紧，最低限度，要照《康熙字典》为主，不可忽略。吾见教书因读错字闹笑语而失馆者多矣，尤其在今之世，幸注意也。

初教书，先要站得稳，无问题，乃安心。认真（即尽心之谓）多奖励，要学生有精神，生趣味为要。凡说学生懒学生闹者，必教之不得法之过也。

今想起一事，久欲告汝，凡与学生改文，应加圈，将其佳句圈以旁圈，俾其高兴。改不必多，圈不妨多，平常句亦须用单圈圈之。因见有改文只改而不圈者，殊不合，故告汝。

大约教书以诚恳为主，无论宽严，总要用心，使学生得益。见学生有作弊（指考试偷看等）或不及格等等，总要用哀矜而勿喜态度，不可过于苛刻，又不必乱打八九十分讨学生欢喜，总不外诚恳二字为要。对同事尤须注意，得人一句好话，与得人一句坏话，甚有关系。

陈垣当了一辈子的老师，告诉儿子的这几番话，浓缩了他一辈子的教学经验。

陈乐素是大学老师，除了教学，还得写论文。陈垣学问深著述多，指导儿子写论文，自然是小菜一碟。他告诉儿子，写论文要分三步走：

论文之难，在最好因人所已知，告其所未知。若人人皆知，则无须再说，若人人不知，则又太偏僻太专门，人看之无味也。前者之失在显，后者之失在隐，必须隐而显或显而隐乃成佳作。又凡论文必须有新发现，或新解释，方于人有用。第一搜集材料，第二考证及整理材料，第三则联缀成文。第一步工夫，须有长时间，第二步亦须有十分三时间，第三步则十分二时间可矣。草草成文，无佳文之可言也。文成必须有不客气之诤友指摘之，惜胡、陈、伦诸先生均离平，吾文遂无可请教之人矣。非无人也，无不客气之人也。

写论文不仅要自己用功，还仰仗诤友的"指摘"。陈垣指导儿子，真是倾其所有，敞开心扉。其关爱之情，期望之殷，蕴含在这语重心长中。

陈乐素因文章不好而苦恼、消沉。陈垣去信鼓励，还以自己为例，说自己八股文写得好，完全是某老师"一激"的结果：

余少不喜八股，而好泛览。长老许之者夸为能读大书，其非之者则诃为好读杂书，余不顾也。幸先君子不加督责，且购书无吝，故能纵其所欲。丁酉赴北闱，首场冉求之艺，文之以礼乐，题本偏全，放笔直书，以为必售。出闱以示同县伍叔葆先生，先生笑颔之。榜发下第。出京时重阳已过，朔风凛冽，叔葆先生远送至京榆路起点之马家铺。临别，珍重语之曰：'文不就范，十科不能售也。'虽感其厚意，然颇以为耻。既归，尽购丁酉以前十科乡，会墨读之，取其学有根柢，与己性相近者，以一圈为识，得文数百篇。复选之，以两圈为识，去其半。又选之，以三圈为识，得文百篇，以为模范，揣摩其法度格调，间日试作，佐以平日之书卷议论，年馀而技粗成，以之小试，无不利矣。庚子、辛丑科岁两考皆冠其曹，即其效也。然非叔葆先生之一激，未必肯为此。

榜样的力量是无穷的。陈垣的现身说法想必让儿子懊恼顿消，豪气顿生。

陈约一直待在广东，有时在信中抱怨不能去北京在父亲身边读书。陈垣写信安慰，说：

远有远的好处，他们在平的，一年不能得我一字也……彼（指四子容之）喜欢物理工程一路，不甚好文科也。我与你讲话时候，比与他讲话时候多得多。你每一星期一函，他每星期不一定回家，回家未必细谈能如通信也。故汝受教训时比他多，所谓数见不鲜也。细察自觉。

确实如此。

由于种种原因，陈垣和儿子陈约相隔万里，聚少离多，但他通过一封封书信，向儿子灌输读书做人的道理。他给儿子的信内容广泛而具体，有批评有表扬；指点不厌其详，督促饱含热望。可谓用心良苦，"信"细如发。在其教导、督促下，儿子所处环境虽不佳，终经历坎坷，自学成材。

第三章

吴宓与弟子

吴宓弟子赵瑞蕻写过一篇《怀念吴宓师》的小诗：

> 吴宓先生走路直挺挺的，
> 拿根手杖，捧几本书，
> 穿过联大校园，神态自若；
> 一如他讲浪漫诗，柏拉图，
> 讲海伦故事；写他的旧体诗。
> "文革"中老师吃了那么多苦，
> 却还是那样耿直天真——
> 啊！这位中西比较文学的先驱！

短短几句诗，画出老师的神态，那么逼真，那么亲切！

现代教育家吴宓出生在陕西泾阳一个富裕之家，17岁那年，吴宓幸运地考取清华留美预备学校，不久，便公费留学美国弗吉尼亚大学和哈佛大学。

以文化为职志，是吴宓在美国留学期间给自己一生确定的方向。无论是读书还是做人，吴宓身上都显露出那种在黄土地里生长出来的倔强性格和吃苦耐劳精神。回国之前，他给自己定了一个计划：以后有了工资收入，每月必先拿50元捐给同人作办报刊的经费，再以50元买书，按日计时，自行研读。其余奉亲养家，一切无益学业品德的交游享乐，一概弃绝。"宁使人讥宓为怪癖，为寡情，而绝不随俗沉浮。"此后的吴宓基本上是按照这一要求来做的。

在担任清华国学研究院院长时，吴宓为文化作出的努力有目共睹。国学研究院成立之初，为聘请陈寅恪，吴宓费尽口舌不说，还自掏腰包，给陈寅恪加薪水。陈寅恪出身世家，生活待遇要求颇高，用他自己的话来说就是"生性非得安眠饱食不能作文，非是既富且乐不能作诗"，而清华又不愿给陈寅恪太高的薪水，吴宓只好自己破费。

吴宓是一位学者，也是一位教师，是一位教龄四十、弟子三千的成功教授。从"五四"后的东南大学，到"文化大革命"前的西南师院，在难以计数的讲堂上，吴宓口讲指画，教书育人。吴宓上课认真到什么程度，对此，北大教授温源宁说得十分形象，他说吴宓"上课像划船的艄公那样卖劲"。

就连钱穆也佩服吴宓备课认真，夸他"诚有卓绝处"：

当时四人一室，室中只有一长桌。入夜雨僧则为预备明日上课抄笔记，写提要，逐条书之，有合并，有增加，写成则于逐条下，加以红笔勾勒。雨僧在清华教书，至少已逾十年，在此流寓上课，其严谨不苟有如此……翌晨，雨僧先起，一人独自出门，在室外晨曦微露中，出其昨夜撰写各条，反复循诵，俟诸人尽起，始重返室中。余与雨僧相交有年，亦时闻他人道其平日之言行，然至是乃深识其人，诚有卓绝处。

贺麟、钱钟书、李赋宁、穆旦，这些大名鼎鼎的学者均出自吴宓的门下。作为学者，吴宓著述不多，但他在教书育人方面的卓越贡献完全弥补了这一不足。

学好古典文学四要点

立足讲台，吴宓认真地、卖力地划过了动荡不已的时代，也划过了他学而不厌、诲人不倦的一生。

每逢上课，吴宓早晨七点半准时到教堂，在黑板上写参考书，一写就是一黑板，详细列举书名、著者、出版社、出版年代等。写的过程中，他时不时习惯性看看手心。学生赵世开怀疑他手心里藏着小卡片。有一天，赵走到吴宓的背后偷看，发现他的手心里什么都没有。吴宓是凭着记忆写了一黑板又一黑板！

上过这样课的学生，谁会不记得这位敬业的老师！

有人说，当一个好教师，必须具备三个条件，首先，对讲授的内容熟读成诵；其次，对教授的内容兴趣盎然；最后，对学生关怀备至。无疑，吴宓三者都具备。

熟悉讲课内容不必说了，无论是品味《红楼梦》还是分析莎士比亚，吴宓都能大段大段背诵原文；另外，对中国文化和西方文化，吴宓均有浓厚的兴趣。他曾抄录了阿诺德的话和弟子共勉，大意是："对完美的追求就是对甜蜜和光明的追求""文化所能望见的比机械深远得多，文化憎恶仇恨；文化具有一种伟大的热情！——使甜蜜和光明在世上盛行""我们必须为甜蜜和光明而工作"。吴宓喜欢说"我本东方阿诺德"，表明他和阿诺德志趣相投。他还翻译了法国诗人解尼埃《创造》诗中的诗句，以明其融合中西、传承文化之志：

采撷远古之花兮，以酿造吾人之蜜；
为描画吾侪之感想兮，借古人之色泽；
就古人之诗火兮，吾侪之烈炬可以引燃；
用新来之俊思兮，成古体之佳篇。

吴宓热爱教育，爱生如子。早在 20 世纪 30 年代，他的一个学生有机会赴英国留学，但家庭遭遇意外，费用不足，吴宓慷慨解囊 300 元，助其留学。平时他也经常接济家庭困难的学生，有时还带学生下馆子，让他们补充一下营养。

吴宓关心爱护学生，但不摆师道尊严的架子。偶或，弟子无意中出言不逊，他也不计较。比如钱钟书在一篇文章中，拿老师的恋爱开玩笑，吴宓看到了心情黯然，但他还是原谅了弟子的一时莽撞，依旧在诗中对钱钟书做了极高的评价："才情学识谁兼具？新旧中西子竟通。大器能成由早慧，人谋有补赖天工。源深顾（亭林）赵（瓯北）传家业，气盛苏（东坡）黄（山谷）振国风。悲剧终场吾事了，交期两世许心同。"

作为老师，吴宓无论是上课还是课后批改作业，都非常认真细致。一次他检查某学生作业，发现该生把"伊利亚特"拼写成"Illiad"，多写了一个 l，就为该生改为"Iliad"，还有一次，该生把尼采拼写成"Nietsche"，少写了一个字母 z，吴宓又为他做了修正：Nietzsche。

有一次上课，吴宓提醒学生，英国小说家 Thackeray 不是 Thackery，他说，你们总是把结尾的 eray 写成 ery。谈到林语堂的小说《风声鹤泪》，吴宓大摇其头，说，我们都知道"风声鹤唳，草木皆兵"这句话，鹤会流泪吗？

有这样严格细心的老师，学生们无论是做作业还是听课都不敢掉以轻心了。

吴宓认真严肃一丝不苟，但他并不严厉，相反，他上课时总充满人情味，且不时幽上一默，以活跃课堂气氛。

一次上课，他用英文这样介绍自己："My Chinese name is Wu Mi, my English name is Mi Wu." 一句话逗乐了大家。还有一

次，他开场白是这样："我姓吴名宓（在黑板上写上这两个字），我字'雨僧'，这个'宓'下边没有'山'字，不是秘密的'密'，'宓'的意思是安静，三国时有个人就是这个'宓'字。陕西泾阳人。今后我每天下午都在古典文学专业阅览室，同学们都可以去那里找我。除书上的疑难，凡古书上不懂的都可以来问我。"一番友好的话语立即拉近了和学生们的距离。

在西南联大，吴宓讲授《中西诗比较》。一次，吴宓正上课，一条狗大摇大摆走了进来，安静地蹲在某个角落，仿佛在听课，吴宓没把狗轰出教室，而是走上前去，和气而认真地说："目前我还不能让顽石点头，你来了也没用，还是离开这里吧。"吴宓的一本正经逗得学生们哈哈大笑，课堂的气氛也就轻松活跃起来。

吴宓热爱文学，他上课时显露的充沛激情给学生留下难忘印象。联大学生刘绪贻听过吴宓的《欧洲文学史》，他回忆说："讲但丁《神曲》时，吴老师用手势比画着天堂与地狱，时而拊掌仰首望天，时而低头蹲下。当讲到但丁对贝娅特里切那段恋情时，竟情不自禁大呼'Beatrice'！"

吴宓授课喜欢联系实际现身说法。一次，讲到某位诗人身世坎坷，吴宓提及他昨夜失眠，把自己的一生写成了一首五言古诗，题为"五十自述"。说着，便抑扬顿挫地朗诵起来。对其中"破家难成爱"还作了一番分析，说"破家"就是离婚，"难成爱"是恋爱失败。吴宓毫不掩饰毫不扭捏讲述自己的情感生活，使得这堂课充满了人情味。

一次上课，内容涉及女孩子，吴宓发了通感慨："有人重男轻女，女孩子有什么不好？林语堂是三个女儿，陈寅恪是三个女儿，我也是三个女儿。"言语之中，颇为自豪。《红楼梦》中贾宝玉说："天地间灵淑之气，只钟于女子，男人们不过是渣滓浊沫而已。"吴宓酷爱《红楼梦》，他的女性观也与贾宝玉相同。

很多学生问吴宓怎么才能学好古典文学，吴宓的回答是八个字："多读，多记，多背，多用。"还进一步解释说："好些同学说文言虚词难以理解，其实不难，你自己经常用就解决了。你把生活中遇到的事改用文言来表述就行了。比如吃饭，就可以说：'三两尚不足，何况二两乎？'这不就用了几个虚词。"

当时粮食紧张，定量供应。吴宓不过是以调侃的方法活跃一下课堂气氛。其实吴宓本人一向节俭，绝不会因为生活穷困发牢骚的。有位学生考虑到老师营养不良，在亲友那里搜罗了一些油票、粮票，买了一些腊肉和甜食送给老师，没想到吴宓很生气，立即拿出一封信说："我正在给广州的朋友写信，不许再给宓送食品。宓是什么人？宓需要精神上的朋友，交谈学术上的事情，你怎么把我看成一个贪吃的人？"学生解释了半天，吴宓才收下，并命该生再不能这样。其实，吴宓后来也没有享用弟子送来的礼物，全分送给了别人。

事无大小不苟且

吴宓的父亲在吴宓幼年时曾集古人的句子教育吴宓："好学近乎智，力行近乎仁，知耻近乎勇。富贵不能淫，贫贱不能移，威武不能屈。"吴宓后来也是按照这样的教导来为人处世的。

吴宓古貌古心，坦诚实在。他的认真敬业、一丝不苟给学生树立了很好的榜样，也给他们留下深刻的印象。

吴宓对自己的工作认真和做人坦白也颇为自负，曾说：

　　宓解放后的生活、工作态度，一贯是真诚坦白，热心积极，生活仍旧勤俭，努力工作，对工作及一切事均负责。劳动积极参加；游行等事，自动参加；政治学习，一贯早到，不缺席，必定先读了指定的文件，且勇于做出我明知不免错误之发言。凡此皆由宓一贯性格及习惯。从前如此，今仍如此，不敢说是"进步"，但绝不是"伪装进步"，因宓少年、壮年亦从无虚伪做作，勾心斗角，设计图谋，以及计较名、利，忌嫉又贪欲之习惯也。

　　无论做事原则性强，立场坚定，爱憎分明，不敷衍不妥协不屈服。在"批林批孔"运动中，他公开说："批林，我没意见，因为我不了解；但批孔，绝不可以！"在一次召开的"批林批孔"运动中，一位学员不怀好意地向吴宓发问："吴宓，你对'克己复礼'有什么看法？"周围立即聚了一群人看热闹，吴宓朗声回答："'克己复礼'是很高的道德标准！林彪是反革命，他永远做不到！"周围群众立即斥责吴宓"反动""顽固"，但吴宓不为所动。

　　吴宓大事有原则，小事也不含糊。

　　改正错字时，总把整个错字涂成长方形，方方正正，严严实实，然后把改正后的字写在旁边，使人看了清清楚楚。就连平常写信，信封上的字也是端端正正、一笔不苟，他说："一个有道德的人应该随时随地想到如何给别人以便利而不给别人添麻烦。把邮票贴到盖邮戳最顺手的上角，不是远比贴在背后教人翻转寻找为好吗？门牌号码中一个潦草数目字就可能使投递人来回跑很长的路。"

　　吴宓曾不慎丢了钥匙，就写了一则启事，说："宓不慎遗失钥匙一串（附左图），有拾得者请交中文系办公室或文化村一舍

105号。"钢笔直书，工楷繁体。文字后面还用钢笔画了一串钥匙，清楚逼真。看到这则启事的人，始则忍俊不禁，继而肃然起敬。

吴宓不抽烟，他的办公室和住处都写着"No Smoking"。但他喜欢捡拾空烟盒，他说这些烟盒可以废物利用，用来写字。他的大量日记就写在这些拆开了的烟盒上。吴宓是二级教授，薪水颇高，他利用这些空烟盒，完全是出于节俭的习惯。

一次，吴宓在课堂上给学生分析《傲慢与偏见》《名利场》，课后，他对学生江家骏说："我有一本授课用的《名利场》，上面有我的批注，现在这本书在北京的家中。待书运来，就把它送给你。"但后来很长时间，江家骏也没等到这本赠书。一年后，江毕业到某高中教俄语。一天，他收到吴宓寄来的《名利场》，是一本新书，上面没有批注。书里夹着一张字条，上面是吴宓工整的几行字：

宓藏有Oxford本Vanity Fair一册，附着Thackeray自绘插图，该册并有宓之批注，为昔年授课用者，曾约定以该册奉赠江家骏学弟。乃今春北京藏书运到，竟缺此册，益为友生取有之矣。只得以另一本奉赠，尚可读。

比起课堂上的"言传"，吴宓这样的"身教"更有感染力。

捍卫真理，宁折不弯；追求理想，矢志不渝；大事讲原则，小事不苟且。这些方面，吴宓为弟子树立了很好的榜样。

吴宓喜欢自比为《红楼梦》中的紫鹃。紫鹃对林黛玉可谓忠心耿耿，深情款款，林黛玉是紫鹃心目中至高无上的"幻象"，而吴宓也对自己的理想忠心耿耿，深情款款。他的理想就是：

教书育人，传承文化。

"惟大英雄能本色，是真名士自风流。"从矢志不渝追求自己的理想来看，吴宓也算大英雄，亦是真名士。早在1934年，有人就对吴宓做出这样的评价：

> 假使二十世纪还有一位 Thomas Carlyle 来写"英雄与英雄崇拜"的话，无疑地，吴先生很有被列入的资格。我们对这一位学者的敬仰，如若为他的思想与学问，毋宁说为他做人的态度……吴先生学术上、思想上以及做人的一切主张，我们可以从民十一发刊而至今尚继续出版的《学衡》杂志上窥出一斑。吴先生所耗于这杂志上的精力是难以计量的，这里面的"声光与意义"深深地衬托出一位学者为自己的理想而奋斗的印迹。《学衡》明显的标识是对我国固有文化的拥护及对新文学的抗争，其为一般人所非难，自也意中事。但我们在这里所得的教训不是事实本身的是非，而是吴先生的那种始终不屈的精神。

名震中外的学者钱钟书，临终前为《吴宓日记》赶写了一篇序言，在这篇序言里，一生不轻易感动的钱钟书对老师吴宓有泪如倾，并将自己的平生学业归入"先师吴宓"门下。吴宓打动钱钟书的，正是做人的认真、道德的力量以及追求理想的精神。

读书如恋爱

"文化大革命"期间，教育受到冲击。当时"运动"频仍，人心浮动。很多学生既无心境亦无时间来读书学习。但吴宓仍然劝学生利用片段时间来学习。江家骏是吴宓好友吴芳吉的老乡，且喜读吴芳吉的诗，吴宓对他颇有好感，有时会请他吃小馆，同时加以教诲，指定读物，布置作业。吴宓对他说，没有整块的时间也可学习，要抓住一切时间，能学半点钟就学半点钟，能学十分钟就学十分钟。他还叮嘱江家骏做事要专心："做某事时，专门打开某个抽屉，晚上就寝时，就把抽屉关上，不去想它了。"

对另一个学生，他也以"抽屉"为例，要对方专心学习，说："治学和学外语都要专心致志，锲而不舍。要像对待自己的情人一样，天天接触。学习时，大脑要像抽屉一样，驱除邪念，把知识系统地储存在抽屉里。休息时要把抽屉全部关上，充分休息。"

西南师范学院中文系学生周锡光，因为勤奋好学颇得吴宓好感。1962 年，周锡光因病休学，吴宓给他写一封很长的信，叮嘱他安心养病，鼓励他坚持学习。一年后，周锡光病愈返校，想回原班读书。吴宓却劝他留一级，说："人生最大的幸福是读书，你们现在学习专业的时间太少了。你多读些书将来对国家不是更好吗？宓劝你复学后读下面年级，不要重虚名只想早出去工作。"

周锡光听从吴宓的劝告，留了一级，多学了一年。

1963 年 1 月，周锡光生日那天，吴宓送给他一段话，对他的做人与学习作了详细的指导与勉励：

宓今七十，锡光年二十岁。愿锡光时时读此页，到锡光七十岁时，仍读不已。

永不吸纸烟，酒亦不经常吃，多走路，多劳动，以长保我健康之身体与美好之容颜。

养成勤敏之习惯；任何大小事，皆必"心到、眼到、手到"，（有时还需口到）。

"俭以养廉"；量入为出；非万不得已，不向人借钱（分别"赠"与"借"，借来之钱必须速还——借书亦同）。

固须博览、多看杂书。但无论何书，皆必须（1）一直连续到最后一页、一行，一书未读完，不换第二书；（2）积钱买一部旧版《辞海》，读书有一字之音义不明，必须立刻查出；（3）查出之后，有某句的意思仍不全了解，必须请老师或朋友指教，直到满意为止。

存心忠厚、秉性正直。甘愿吃亏，决不损害别人丝毫。言而有信，处处积极负责。

忠心地服从党，服从政府、学校、各级组织和领导。事事恪守规则。不为危言、激论。言行稳健、步步合法、合理、合情，则常乐而无忧。

纸尽，姑正。

吴宓 1963 年 1 月 17 日晚。

考虑到那是"知识越多越反动"的时代，吴宓这番慰勉更如空谷足音，弥足珍贵。对此，周锡光铭记心间，并落实在行动中。

"文化大革命"期间，很多教授被扫地出门，赶入"牛棚"，吴宓也不例外。周锡光那时已毕业，想进一步深造，环境不允许，于是，只得继续"偷偷摸摸"地向老师吴宓请教问学。"牛棚"中的吴宓也知道，在那个年代，按正规渠道去深造已不可能，他便建议周锡光埋头自学，说："中文系毕业的学生不能书读得太少，一个合格的中国古典文学专业的学生，我认为应该读完以下书，你把这些书名记下来，今后参照着把它们读完。"以下是吴宓开列的书单：

一、"四书""五经"（三册、铜版印本）；

二、《史记》《汉书》《资治通鉴》《续通鉴》；

三、谢无量《中国大文学史》，曾毅《中国文学史》；

四、《杜诗镜诠》《昭明文选》《十八家诗抄》《吴宓诗集》《白屋吴生诗稿》（两册）；

五、张皋文《词选》，梁令娴抄《艺蘅馆词选》；

六、万红友《词律》；

七、曲：《西厢记》《牡丹亭》《琵琶记》《长生殿》《桃花扇》；

八、小说：（一）《三国演义》，《西游记》，《水浒传》，《石头记》（甄评补图），《石头记》，《金瓶梅》，《儒林外史》，《镜花缘》，《儿女英雄传》，《七侠五义》，俞仲华《荡寇志》、《花月痕》；（二）《孽海花》《廿年目睹之怪现状》《官场现形记》；（三）笔记、小说《聊斋志异》《浮生六记》；

九、红楼梦研究：周汝昌《〈红楼梦〉新证》，俞平伯《〈红楼梦〉研究》，吴宓《石头记评赞》（《旅行家杂志》1942年第11期）；

十、吴芳吉及其作品：吴芳吉《白屋吴生诗稿》（上、下卷），周光午编《吴白屋先生遗书》（六册、木刻本），周光午、任中敏编《白屋嘉言》；

十一、外国文学：《莎士比亚全集》（朱生豪译）；

十二、其他：(一)《赵瓯北诗话》,《随园诗话》;(二)杂志：梁启超主编的《新民丛报》(1902—1904),《国粹学报》(1905—1907),梁启超编《新小说日报》(1903—1904),《民报》(1906—1908),《绣像小说》(月刊、1908—1910),《月月小说》。

这份长长的书单，寄寓着吴宓对弟子的殷殷期待，也饱含其对弟子拳拳爱心。

正是有了吴宓这样的"书呆子"，中华文脉，虽历经磨难，终延续至今。

吴宓晚年双目失明，被妹妹接回老家陕西。病榻上的吴宓常用喑哑而苍老的嗓音低低喊道："我是吴宓教授，给我水喝……我是吴宓教授，给我饭吃……我是吴宓教授，给我开灯！"

在人生的最后阶段，吴宓念念不忘的是他的教师身份、育人生涯。

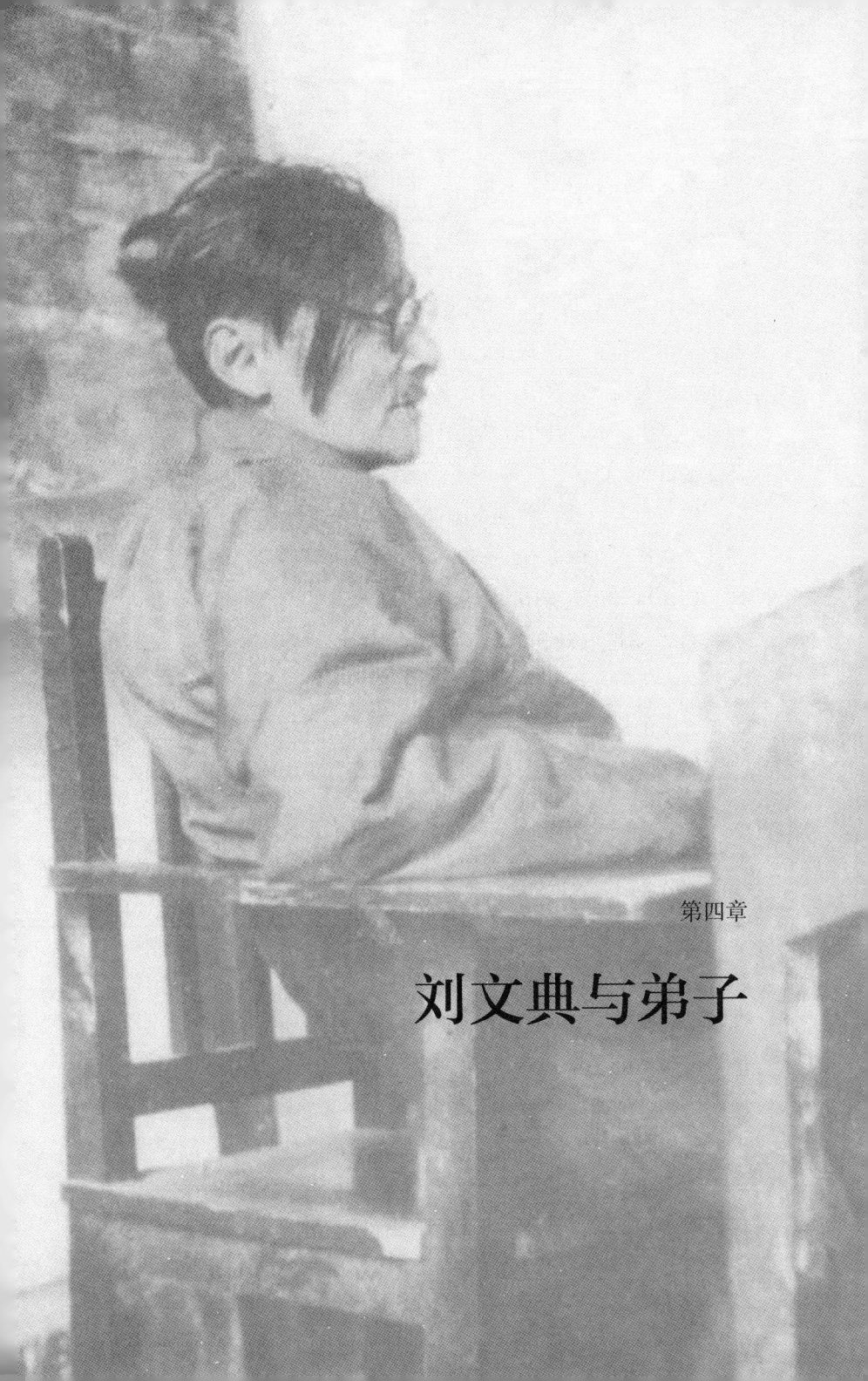

第四章

刘文典与弟子

刘文典，字叔雅，安徽人，幼年就读于教会学校，受到了良好的外语训练。1909年，他留学日本，是早稻田大学的高才生。在日本，他结识了章太炎，跟随章太炎积极参加反清活动，成为章门弟子。1912年，刘文典回国在上海创办《民立报》，发表大量文章，宣传民主，提倡共和，痛斥袁世凯。1913年，袁世凯派人刺杀宋教仁，刘文典也同时遇刺，手臂受伤，随后，他再次流亡日本。1917年，他回国在北大任教，并担任《新青年》英文编辑和翻译。

作为学者，刘文典勤奋刻苦，治学严谨，其学问之深厚，著述之精严，在学界有口皆碑。他的第一部专著《淮南鸿烈集解》于1923年由商务印书馆出版后，获得学界名流的极高评价。大名鼎鼎的胡适破例用文言为该书作序，云："叔雅治此书，最精严有法……其功力之艰苦如此，宜其成就独多也。"他的另一部书《庄子补正》出版后，学界泰斗陈寅恪为之作序，曰："先生之作，可谓天下之至慎矣。其著书之例，虽能确证其有所脱，然无书本可依者，则不之补，虽能确证其有所误，然不详其所以致误之由者，亦不之正。此书之刊布，盖将一匡当世之学风，而示人以准则，岂仅供治《庄子》者之所必读而已哉！"

有两位大家的推崇，刘文典在学界自然会名震一时。陈寅恪称赞刘文典著述为"天下之至慎"，并非过誉。因为在治学方面，刘文典对自己的要求十分严格，他的治学格言是"一字之微，征及万卷"，他校勘古籍不仅字字讲究来历，连校对也一丝不苟，从不让他人帮忙，他在给胡适的信里表露了他在校对时的严谨和慎重："弟目睹刘绩、庄逵吉辈被王念孙父子骂得太苦，心里十分恐惧，生怕脱去一字，后人说我是妄删；多出一字，后人说我是妄增；错了一字，后人说我是妄改，不说手民弄错而说我之不学，所以非自校不能放心，将来身后虚名，全系于今日之校对也。"著述时能如此战战兢兢，如履薄冰，其下笔自然是慎之又慎了，而他为此付出的辛苦也就可想而知了。

刘文典上课从不用讲稿。一次，有位学生大胆地问刘文典："老师，您上课怎么不用教案？"刘文典笑了，他指指脑袋，说："全在这里。"课堂上，刘文典旁征博引，口若悬河，妙语连珠，引人入胜。他的一个学生，曾这样回忆老师的授课风采："先生虽体弱气虚，当登上讲台后，一进入课题即饱含深情，神采奕奕，正本清源，言而有据，阐幽发微，旁征博引。有时浅吟低唱，有时慷慨悲歌。忽如神龙遨游天宇，忽如黄河之水天上来，异彩纷呈，令人应接不暇。我们这群学子，由于根基浅薄，只好屏气凝神，洗耳恭听。"

他的另一位弟子傅来苏则告诉我们，刘文典每堂课都能抵达"忘我的境界"：

开宗明义，讲清课题后，即不再翻阅书本，也没有讲稿或教案之类，即兴抒发，或作文字的训诂，或作意境的描绘。有时作哲理上的探讨，有时作情感上的抒发，引经据典，汪洋恣肆，忽如大江之决堤，忽如神龙见首不见尾。口渴了，端起小茶壶呷上两口，润润嗓子，讲累了，点燃一支烟，猛吸几口，靠在椅背上闭目养神。兴浓时，会击节而歌，无所顾忌。兴之所至，说文论诗，出口成章，左右逢源，挥洒自如，又是几乎到了忘我的境界。

刘文典学问精深，令人叹服；讲课精彩，令人钦佩；而他热爱祖国，宁死不降的气节更为人称道！北平沦陷后，刘文典不顾身体羸弱，冒死南下，一路上，跋山涉水，风餐露宿，九死一生，终于由北平辗转河内抵达昆明。他在给西南联大校长梅贻琦的信中说："典浮海南奔，实抱有牺牲性命之决心，辛苦危险，皆非所计。"

保护学生不惜命

1927 年 9 月，刘文典出任安徽大学文学院院长兼预科筹备主任，实际上履行校长职责。当时，蒋介石是国民政府的首脑，气焰嚣张，不可一世，但刘文典根本不买他的账，从不请他去安徽大学训话，并当众放出这样的话："我刘叔雅非贩夫走卒，即是高官也不应对我呼之而来，挥之而去。我师承章太炎、刘师培、陈独秀，早年参加同盟会，曾任孙中山秘书，声讨过袁世凯，革命有功。蒋介石一介武夫耳，其奈我何！"刘文典还在各种场合宣扬这样的观点："大学不是衙门。"意思是自己身为大学校长，并非衙门里当差的，所以处理校内事务完全可以自作主张，不需看军阀的脸色，也不会仰达贵人的鼻息。

1928 年 11 月，安大学生闹学潮。蒋介石赶到安庆召见刘文典。刘文典去见蒋介石，并不像旁人那样点头哈腰，而是不卑不亢，坐在一旁抽烟。蒋介石问他如何处置闹事学生，刘文典答："闹事者不光是安大学生，也有他校学生。"蒋介石说："他校不问，先处理你校学生。"蒋介石又让他查出学生中的共产党，刘文典答："我不知道谁是共产党。你是总司令，就应该带好你的兵；我是大学校长，学校的事由我来管。"蒋介石听了，大怒，骂道："你看你站没站相，坐没坐相，衣冠不整，成何体统！简直是个堕落文人！"刘文典毫不畏惧，反唇相讥道："我是堕落文人，你就是新军阀！"蒋介石哪受过这样的侮辱，当即下令逮捕刘文典，准备来个杀一儆百。后因蔡元培等人的大力救助，蒋介石在社会各界舆论的压力下不得不同意释放刘文典。

由此，我们也看出，为了保护学生，刘文典不惜豁出命来。

刘文典获释后去看望老师章太炎，章太炎对弟子不畏强暴、嫉恶如仇的行为非常欣赏，抱病挥毫，给刘文典写了副对联："养生未羡嵇中散，嫉恶真推祢正平。"此联用祢衡击鼓骂曹的典故，讽刺了蒋介石的独裁专横，夸赞了刘文典的刚直不阿、敢批逆鳞。得到老师的夸奖，刘文典当然十分高兴。这幅墨宝他一直珍藏。1938年他逃出北京时，很多珍贵书籍都不得不丢在家里，却把这副对联带到昆明。

教学贵新

讲台上的刘文典给学生留下了深刻、难忘而美好的印象。作为教师，刘文典的魅力来自于以下几个方面：新、细、活、准、奇、入。

新。一次讲《红楼梦》，刘文典的开场白如下："宁吃鲜桃一口，不吃烂杏一筐。鲜桃只要一口就行了。我讲《红楼梦》嘛，凡是别人讲过的，我都不讲；凡是我讲的，别人都没有说过。"刘文典授课内容之"新"，就在于他讲的，"别人都没有说过"。刘文典这番开场白显示了一种自信，倘非腹笥广博，别出心杼，谁敢说"凡是我讲的，别人都没有说过"？刘文典授课内容之所以"新"，是因为他所讲授的内容往往是他多年研究的结果或思考的结晶。

　　细。刘文典别具只眼，心细如发，擅长从细微地方入手挖掘出富有创意的内涵。如他对《红楼梦》中的"蓼汀花溆"作了这样的解释："元春省亲游大观园时，看到一幅题字，笑道：'花溆二字便好，何必蓼汀？'花溆二字反切为薛，蓼汀二字反切为林，可见当时元春已属意薛宝钗了。"这样的分析，令人信服，也启人心智。

　　在解说《海赋》一文时，刘文典提醒学生留意课文里的文字。学生留神一看，果然满篇文字多是水字旁的字，刘文典进一步启发学生，说："先不必看此篇文章好坏，光看这么多的水字旁的字，就已经令我们感受到波涛澎湃、瀚海无涯，宛如置身海上一般。"中国的文字是象形文字，字的外形与内涵有着千丝万缕的联系，刘文典让学生先从文字的外形来感受一下作品的神韵，说明他洞悉了中国文字的奥秘。因为这一角度独特，学生们得到的感受和启发往往显得新奇而难忘。

　　活。刘文典喜欢把授课的内容与授课的场景结合起来，营造一种独特的氛围，让学生有身临其境之感。一次，他上课只上了半个小时，就宣布下课，说："今天提前下课，改在下星期三晚饭后七时半继续上课。"原来，下星期三是阴历五月十五，月光皎洁，他要在月下给大家讲《月赋》。那天晚上，月光下摆了一圈座椅，学生们在美丽月光下听完那堂别具一格的《月赋》。那些听课的学生有福了。在月光下听《月赋》，这样的场景即便想象一下已让人心驰神往，更何况身临其境，躬逢盛况呢！这不仅是一次难忘的课，更是一次珍贵的人生经历！

　　准。刘文典读书认真，常常能准确领悟作者的用意。鲁迅有篇小说《白光》，写一个封建社会的文人，多次参加科举考试，未中。最后一次落榜后，他绝望了，便在自家屋里乱挖，想挖出一点银子，结果一无所得，就投湖自尽。尸体被捞上后，鲁迅写道："那是一具男尸，五十多岁，身中面白无须。"刘文典对学生说："陈士成是个须发皆白的老童生，怎么会'面白无须'呢？"学生答不出来，他就进一步解释："科举时代，应考的人无论多大岁数，皆称'童生'，填写相貌时一律写'身中面白无须'，鲁迅用这六字暗示了陈士成到死还是个童生，而他之所以寻死也正是因为这一点。所以，鲁迅其实是用这六个字来抨击那个不合理的科举制度的，表面上很含蓄，其实很辛辣。"只有细读文本，用心揣摩作者的意图，才会得出如此准确的结论。刘文典读书之认真，领悟之精准，由此可见。

奇。为了吸引学生的注意力，刘文典上课时会说出一些令人惊奇的话语，而经他分析之后，学生们会恍然大悟，这些貌似"奇谈怪论"的话语背后隐藏的内涵却极有见地。

一次，有学生问刘文典，如何才能写出好的诗作？刘文典答："只需注意'观世音菩萨'就行了。"学生不懂，他再解释："'观'，是要多观察；'世'，是要懂得人情世故；'音'，就是要讲究音韵；'菩萨'，就是要有一副同情民众、救苦救难的菩萨心肠。"这样的解释真让人击节赞叹！如此奇特的话语蕴涵的内容却是如此精湛！刘文典话语之奇，让学生们过"耳"不忘；其道理之深，又让学生们终身获益。

入。所谓"入"，就是投入，刘文典上课时，总是全身心投入到所讲授的内容中去，如同演员入戏一般。一次，刘文典给学生讲李商隐的《锦瑟》，下课铃响了，刘文典还沉浸在"追忆""惘然"中，不能自拔，过了二十来分钟，他的感情才慢慢平复，这才夹了书包，缓缓走出教室，神情有些恍惚，眼神里含一丝迷惘，仿佛还在体味"庄生晓梦迷蝴蝶"的韵味。

每次给学生讲授诗歌时，刘文典一忽儿浅吟低唱，一忽儿慷慨悲歌。动情时，他会背着双手在讲台上来回踱步，一面摇头晃脑地吟诵着，一面示意学生跟着吟诵。有学生不愿吟诵，他就对学生说："诗不吟，怎知其味？欣赏梅兰芳梅先生的戏，如果只是看看听听而不出声吟唱，怎么能体会其韵味呢？"是啊，对于诗歌，如果不吟诵，就不能全身心投入到作品所营造的意境中去，也就不能领会诗歌的妙处了。

一张书单就是一堂课

北大教授金克木年轻时当"北漂"，曾在北大图书馆打零工糊口。一次，图书馆进来一位神气有点落拓的穿旧长袍的先生。他夹着布包，手拿一张纸向借书台上一放，一言不发。金克木接过一看，是些古书名，后面写着：为校注某书需要，请某馆长准予借出。金克木请他稍候，自己快步跑上四楼书库。库内老先生看了书单就皱眉，说，这人不在北大教书，借的全是善本、珍本，有的还是指定抽借一册，而且借去一定不还。这怎么办？老先生想了一会儿，终于想出一个办法，并让金克木按此办法行事。金克木下楼对借书者恭恭敬敬地说，这些书我们无权出借，现在某馆长已换了某主任，请你到办公室去找主任批下来才好出借，来人一听馆长换了新人，略微愣了一下，面无表情，仍旧一言不发，拿起书单，转身扬长而去。金克木望着他的背影出门，连忙抓张废纸，把进出书库时硬记下来的书名默写出来。以后有了空闲，便照单去找善本书库中人一一查看。金克木很想知道，这些书中有什么奥妙值得那位老先生远道来借，这些互不相干的书之间有什么关系，对他正在校注的那部古书有什么用处。经过亲见原书，又得到书库中人指点，金克木增加了一点对古书和版本的常识。后来，金克木对朋友说："我真感谢这位我久仰大名的教授。他不远几十里从城外来给我用一张书单上了一次无言之课。"

这位教授就是刘文典。倘若他知道，他无意间给一个图书馆的小伙计上了一堂"无言之课"，而这个小伙计在新中国成立后竟成了北大名教授，我想，他一定感到非常欣慰。

刘文典的一个借书单，让一个好学青年大开眼界，且获益终生，由此也证明了刘文典的学问之深之大了。

发扬民族真精神

1938年，为了不当亡国奴，刘文典不顾身体羸弱，决计离开北平。他托英国大使馆的朋友买了船票，转道天津、香港及越南，在路上奔波了整整两个月，终于抵达目的地昆明。当他抵达西南联大时，不禁老泪纵横，因为他终于逃出了虎口，重回祖国的怀抱。

在西南联大，他给远方的妻子寄去自己写的两首诗：

其一

故国飘零事已非，江山萧瑟意多违。

乡关烽火音书断，秘阁云烟内籍微。

岂有文章千载事，更无消息几时归。

兰成久抱离群恨，独立苍茫看落晖。

此诗表达了他对日本侵略者的愤恨和他对祖国山河的深厚感情。

其二

绕屋松篁曲径深，幽居差幸得芳林。
浮沉浊世如鸥鸟，穿凿残篇似蠹蟫。
极目关河余战骨，侧身天地竟无心。
寒宵振管知何益，永念群生一涕零。

此诗表露了他对蒋介石消极抗战的不满、祖国命运的担忧和对人民苦难的关注。其对祖国的热爱、对人民的关爱，弥漫在字里行间，动人心弦。

刘文典任教于西南联大那段生活非常艰苦且充满危险，因敌机经常来此轰炸，人员伤亡时有发生。其艰苦状况，刘文典在给校长梅贻琦的信中有所表露："自千年寓所被炸，避居乡村，每次入城，徒行数里，苦况尤非楮墨所能详。"尽管如此，刘文典从未缺课，他说："国难当头，宁可被飞机炸死，也不能缺课。"同时，他也向校长显示自己战胜一切困难，为国家贡献出自己微薄之力的决心："典虽不学无术，平日自视甚高，觉负有文化上重大责任，无论如何吃苦，如何贴钱，均视为应尽之责，以此艰难困苦时，绝不退缩，绝不逃避，绝不灰心。"

在西南联大，除了教学，刘文典还倾心研究庄子，并完成了他一生中的重要著作《庄子补正》，他为什么要耗尽心血研究庄子呢？原来，他是通过研究庄子来弘扬民族气节、复活民族精神，从而使灾难中的祖国能振兴起来。在《庄子补正》的序言里，刘文典道出了他写作本书的目的和意图：

虽然庄子者，吾先民教忠教孝之书也。高濮上之节，却国相之聘，孰肯污伪命者乎？至仁无亲，兼忘天下，孰肯事齐事楚，以汩所生者乎？士能视生死如昼夜，以利禄为尘垢者，必能以名节显，是固将振叔世之民，救天下之敝，非徒以违世、陆沉名高者也。苟世之君子，善读其书，修内圣外王之业，明六通四辟之道，使人纪民彝复存于天壤，是则余董理此书之微意也。

为了让更多的人理解并接受自己的良苦用心，他在各种场合用更为通俗的语言阐明自己以学术来救国的意图。在一次演讲中，谈及国文系的使命和任务时，他说：

我们国文系，除研究文学外，还负了一个重大的使命，就是研究国学。现在国难当头，国家存亡之际，间不容发，我们应该加倍的努力，研究国学……因为一个人对于固有的文化涵濡不深，必不能有很强的爱国心。不能发生伟大文学的国家，必不能卓然自立于世界。文艺、哲学，确乎是救国的工具。要求民族精神的复活，国家的振兴，必须发扬我们民族的真精神。

1949年新中国成立前夕，胡适曾谋划把刘文典送往美国，并为他一家三口办好了入境的签证，但刘文典谢绝了胡适的"美意"，说："我是中国人，为什么要离开祖国？"

新中国成立后，对刘文典这样的爱国学者，党和政府给予他很高的礼遇。评定职称时，他被评为云南省唯一一名一级教授，并被推选为全国第一届政协委员，受到毛泽东等国家领导人的接见。在政协大会上，刘文典作了如下发言："我很侥幸地、很光荣地赶上了这个伟大时代，更高兴的是以一个九三学社的成员来做一个共产党的助手。我愿意献出我的余生，献出我的全力，为国家社会主义化而奋斗！"

言为心声。刘文典在新社会重获新生后的欣喜、激动、振奋之情在这番话中显露无遗。

第五章

陈寅恪与弟子

自陈寅恪在清华大学任教以来，就一直被誉为"教授的教授"，其渊博的学识，不仅令学生惊叹，也让那些名流学者们深深折服。

"五四"时期的教授学者眉宇间往往隐含一股狂傲之气。当然，他们的才气与学识使他们的狂傲具备了足够的资本。不过，当他们与陈寅恪相识后，却像张爱玲看见胡兰成那样，"变得很低很低，低到尘埃里，然而心里很高兴，从尘埃里开出花了"。从他们对陈寅恪的评价中，足见他们对陈的敬仰与钦服。

吴宓是哈佛大学的高才生，清高孤傲，然而在结识陈寅恪后，却一改往日的性情，逢人即对陈的学识大加赞扬。在其日记里，他这样写道：

> 宓于民国八年在美国哈佛大学，得识陈寅恪。当时即惊其博学，而服其卓识，弛书国内诸友谓："合中西新旧各种学问而统论之，吾必以寅恪为全中国最博学之人。"今时阅十五六载，行历三洲，广交当世之士，吾仍坚持此言，且喜众之同于五言。寅恪虽系吾友而实吾师。

梁启超大名广为人知，但他竟在清华大学校长面前说，陈寅恪"廖廖数百字的价值"抵得上他的等身著作。这话显然是夸张了，却说明，在梁启超的心目中，陈寅恪的学识无人能及。

刘文典曾当面顶撞蒋介石，够狂吧？还是这个刘文典，在上课时说，天下只有两个人懂庄子，一个是庄子本人，另一个是他刘文典，够傲吧？这样一个狂傲之士，看谁都不服，唯独对陈寅恪佩服得五体投地。在西南联大教书时，一次在职称评定会上，他说："沈从文算什么教授！陈寅恪才是真正的教授，他该拿四百块钱，我该拿四十块钱，而沈从文只能拿四块钱。"
还有一次，敌机袭击昆明，刘文典带着几个学生冒死找到陈寅恪，
拉着他就跑，一边跑一边说："保存国粹要紧！保存国粹要紧！"

哲学家冯友兰曾任清华大学的文学院院长，他对陈寅恪的毕
恭毕敬被传为美谈。1934年出版的《教授印象记》有这样一段文字：

著名哲学家冯友兰可谓大学问家，在清华称得上名教授，
他从1928年进校起，做过秘书长、文学院长和代理校长，但每
回上《中国哲学史》课时，总看见冯友兰十分恭敬地跟着陈寅
恪从教员休息室出来，边走边听陈寅恪讲话，直到教室门口，
才对陈先生深鞠一躬，然后离开。这使清华的师生既感佩冯先
生的谦逊有礼，亦深感陈先生的崇高伟大。

国内，陈寅恪声名远播；海外，他也享有盛誉。海外的汉
学家公认他为学问渊博、见识过人的史学家。日本学者白鸟库
吉研究中亚史时曾遇到疑惑不解处，便向德奥学者虚心求教，
却一无所获，后经人介绍致函陈寅恪，终得到满意的答案，从
此对陈十分敬服。

著名的汉学家伯希和对陈寅恪的评价是：陈先生能以批判
性的方法并利用各种不同文字的史料从事他的研究，是一位最
优秀的中国学者。

不采苹花即自由

陈寅恪虽倾心学问，但却并非两耳不闻窗外事。在书斋苦

读的同时，他对时政世事也极为关注。早在幼年，其祖父陈宝箴就曾告诫他"读书当先正志"：

> 读书当先正志；志在学为圣贤，则凡所读之书，圣贤言语便当奉为师法，立心行事俱要依他做法，务求言行无愧为圣贤之徒。经史中所载古人事迹，善者可以为法，恶者可以为戒，勿徒口头读过。

祖父的教育使他很早就意识到，读书要与立志、做人、救国联系在一起，所以，终其一生，陈寅恪虽坚守书斋不失学人本色，却并非以钻故纸堆为乐的书虫，而是把读书当作治理国家、拯救国家的根基，正如他自己说的那样："拯救国家，治理国家，尤其要以精神的学问作为根基。"

对于有损国家、污染社会的现象，陈寅恪往往给予严厉的抨击。1913年，陈寅恪在巴黎大学求学，偶见国内报纸，有人提议袁世凯为终身总统，当时巴黎正举办选花魁之会，他借题发挥。作诗讽刺，其中的名句是："花王那用家天下，占尽残春亦自雄。"新旧时代更替时期，争权夺位现象仍屡见不鲜，当时，清华大学校长一职，就有30人争夺，陈寅恪闻知此事后，就作诗讽刺，诗题为"阅报戏作二绝"：

> 弦箭文章苦未休，权门奔走喘吴牛；
> 自由共道文人笔，最是文人不自由。
> 石头记中刘姥姥，水浒传里王婆婆；
> 他日为君作佳传，未知真与谁同科？

此诗对争权夺位者的丑恶嘴脸作了辛辣的讽刺。

陈寅恪在国外留学多年，主要精力用来研习多种外国文字，但他的目的是通过掌握多门外语，从而准确地了解本国历史，弘扬中国传统文化，他的这一抱负在其《致妹书》中表述得很清楚：

> 我今学藏文甚有兴趣，因藏文与中文，系同一系文字，如梵文之于希腊拉丁，及英俄德法等之同属一系。以此之故，音韵、训诂上，大有发明。因藏文数千年用梵音字母拼写，其变迁源流，较中文为明显。如以西洋语言科学之法，为中藏文比较之学，则成效当较乾嘉诸老，更上一层。然此非我所注意也。我所注意者有二：一、历史。（唐史、西夏）西藏（即吐蕃）藏文之关系自不待言。一佛教。大乘经典，印度极少；新疆出书者亦零碎，及小乘之类，与佛教史有关者，多中国所译，又颇难解。我偶取金刚经对勘一过，其注解自晋唐至俞曲园止，其间数十百家，误解不知其数。我以为除印度、西域外国人外，中国人则晋朝唐朝和尚，能通梵文，当能得正确之解，其余望文生义，不足道也。

由此，我们可知陈寅恪的学术志向和人生追求。陈寅恪视传统文化如性命，这也影响了他的诸位弟子。在清华国学院任导师时，其弟子在其言传身教之下，也对国学产生了浓厚兴趣，并视弘扬中国文化为不可推卸的责任。清华国学研究院第三届学员蓝文征对那段求学生活有深情的回忆：

> 研究院的特点，是治学与做人并重，各位先生传业态度的

庄严诚挚，诸同学问道心志的诚敬殷切，穆然有鹅湖、鹿洞遗风。每当春秋佳日，随侍诸师，徜徉湖山，俯仰吟啸，无限春风舞雩之乐。院中都以学问道义相期，故师弟之间，恩若骨肉，同门之谊，亲如手足，常引起许多人的美慕。因同学分研中国文、史、哲诸学，故皆酷爱中国历史文化，视同性命。

长期留学欧美的经历使陈寅恪渐渐形成了自己的文化人格，简言之就是"独立之精神，自由之思想"。这既是他的治学之根，也是他的处世之本。在为王国维先生所撰写的纪念碑文中，陈寅恪对其文化人格有精粹的表述：

士之读书治学，盖将以脱心志于俗谛之桎梏，真理因得以发扬。思想而不自由，毋宁死耳。斯古今仁圣所同殉之精义，夫岂庸鄙之敢望。先生以一死见其独立自由之意志，非所论于一人之恩怨，一姓之兴亡。呜呼！树兹石于讲舍，系哀思而不忘。表哲人之奇节，诉真宰之茫茫。来世不可知者也，先生之著述，或有时而不章。先生之学说，或有时而可商。惟此独立之精神，自由之思想，历千万祀，与天壤而同久，共三光而永光。

陈寅恪写这番话，既是对王国维的高度评价，也是用来自警自励。令人钦佩的是，陈寅恪以其言行证明，他的一生无愧于他所说的"独立之精神，自由之思想"。

1953 年，中国科学院准备增设两个历史研究所，中央领导有意让陈寅恪任二所所长，并特意派陈的学生汪篯去广州征询其意见，陈口述了一份《对科学院的答复》，其大意是：

　　我的思想，我的主张，完全见于我所写的王国维纪念碑中……我认为研究学术，最主要的是要具有自由的意志和独立的精神……没有自由思想，没有独立精神，即不能发扬真理，即不能研究学术……独立精神和自由意志是必须争的，且须以生死力争……一切都是小事，惟此是大事……

　　我决不反对现在政权，在宣统三年时就在瑞士读过《资本论》原文。但我认为不能先存马列主义的见解，再研究学术。我要请的人、我带的徒弟都要有自由思想、独立精神。不是这样，即不是我的学生……

　　因此，我提出第一条："允许中古史研究所不宗奉马列主义，并不学习政治。"其意就在不要有桎梏，不要先有马列主义的见解，再研究学术，也不要学政治。不只我一人要如此，我要全部的人都如此。我从来不谈政治，与政治决无连涉，和任何党派没有关系。怎样调查也只是这样。

　　因此我又提出第二条："请毛公或刘公给一允许证明书，以作挡箭牌。"其意是毛公是政治上的最高当局，刘少奇是党的最高负责人。我认为最高当局也应和我有同样的看法，应从我说。否则，就谈不到学术研究。

　　陈寅恪的这份答复予人以石破天惊之震撼。虽然科学院不可能接受他的两个要求，但他的勇气和风骨在此充分显露。

　　据陈寅恪的妻子唐篔说，陈寅恪最不愿意看到别人写文章时时提到马列主义，一看到头就痛，当时，很多趋时文人不懂装懂喜欢生吞活剥马列主义理论，陈寅恪看不惯，就写诗讽刺：

　　八股文章试帖诗，尊朱颂圣有成规。

白头学究心私喜，眉样当年又入时。

在那个高歌猛进的年代，陈寅恪清醒的声音注定要被时代的洪流所淹没，他却以"独善其身"的方式保全自己的人格，捍卫一己的尊严。在给朋友的信里，他赋诗一首《答北客》：

多谢相知筑菟裘，可怜无蟹有监州。
柳家既负元和脚，不采苹花即自由。

在诗中，陈寅恪含蓄地向友人表明，不做自己不想干的事也就获得了身心自由。尽管有些无奈，但做人、做学问的原则还是牢牢坚守着。

1949年后，周扬青云直上，成了文艺界"总管"，但陈寅恪对他没有丝毫的忌惮和畏惧，而是以独有的方式"袭击"了他一下。以下是周扬的回忆：

一九五九年我去拜访他（寅恪）。他问：周先生，新华社你管不管？我说有点关系。他说一九五八年几月几日，新华社广播了新闻，大学生教学比老师还好；只隔了半年，为什么又说学生向老师学习，何前后矛盾如此？我被突然袭击了一下，我说新事物要实验，总要实验几次。革命、社会主义也是个实验，买双鞋，要实验那么几次。他不大满意，说实验是可以，但是尺寸不能差得太远。

如此"袭击"周扬，当然是冒着巨大风险的。
晚年，在《赠蒋秉南序》里，陈寅恪这样评价自己："……

默念平生固未尝侮时自矜，曲学阿世，似可告慰友朋。"揆之事实，他当之无愧。

在山雨欲来风满楼之际，陈寅恪如同天边一颗孤星，寒光逼人。

不求学位求学问

陈寅恪13岁留学日本，之后又曾赴美国、法国、德国留学，留学时间长达20余年，其中在德国留学时间最长，生活也最为辛苦。当时，陈家家境日衰，无力资助，而官费因政局动荡常常停寄，陈寅恪因此常常陷入捉襟见肘的窘境。其长女后来是这样追记其父的留学生活的："父亲在德留学期间，官费停寄，经济来源断绝，父亲仍坚持学习。每天一早买少量最便宜面包，即去图书馆度过一天，常常整日没正式进餐。"

德国人一般不食猪肉，猪的内脏特别便宜，所以，陈寅恪和其他几个留学生在饭店吃饭时，点得最多的菜就是炒腰花。不明就里的人以为陈寅恪嗜吃猪腰子，其实他是为了省钱。

一次赵元任夫妇去德国游玩，陈寅恪、俞大维请他们听歌剧，两人把赵氏夫妇送剧院门口，就转身离开，赵元任夫妇邀请他俩一道去欣赏，陈寅恪只得如实相告，说："我们两个只有这点钱，不够给自己买票；如果买，就要吃好几天干面包了。"

当时，海外留学生中不乏追求享乐、只想投机取巧混张文凭之辈，而陈寅恪和俞大维则是心无旁骛一心读书的楷模，人们公认他俩是"宁国府门前的一对石狮子"，是"中国最有希望的读书种子"。

对那些以留学为名行玩乐之实的"欺世盗名"者，陈寅恪极为不屑，曾对好友吴宓说："吾留学生中，十之七八，在此所学，盖惟欺世盗名、纵欲攫财之本领而已。"与这些"欺世盗名"者形成鲜明对照的是不求学位只求学问的陈寅恪。著名学者萧公权在文章里曾特意提及这一点："我知道若干中国学者在欧美大学中研读多年，只求学问，不受学位。陈寅恪先生就是其中最特出的一位。真有学问的人绝不需要硕士、博士头衔去装点门面。不幸的是，有些留学生过于重视学位而意图取巧。他们选择学校、院系、课程，以至论文题目，多务在避难就易。他们得着了学位，但所得的学问打了折扣。更不幸的是，另有一些人在国外混了几年，回国后自称曾经于某大学被授予某学位。他们凭着假学位做幌子，居然在国内教育界或其他事业中混迹。"

陈寅恪的侄子也曾问他为何在国外未取得学位，陈答："考博士并不难，但两三年内被一具专题束缚住，就没有时间学其他知识了。只要能学到知识，有无学位并不重要。"其侄子后来就此事问俞大维，俞答："寅恪的想法是对的，所以是大学问家。我在哈佛得了博士学位，但我的学问不如他。"

陈寅恪在德国留学期间，生活最苦，但用力最勤。他这段时间留下的读书笔记多达64本，其中文字涉及20多种，由此，我们可看出他治学范围之广、治学功夫之深。

陈寅恪读书往往眼到还须手到，也就是随手批注。他的藏书，只要读过，均有密密麻麻的批语。所谓的批语也就是他读书的心得、体会、感想等。他的学生曾在文中介绍过他的这一习惯：

批语俱写于原书上下空白处及行间，字极细密，且无标点。

批语多时竟致原书几无空白之处，复又写于前后页。从字迹大小及墨色看，同一相关内容的批语，往往不是一时写成，前后时有补充或更正。设想先生当时读书，有所得时，即随手批写于书上，以为以后撰写论文时的材料，只是备自己参考，并没有直接发表的打算，因此书写颇不规整……

（王邦维，刊《中国文化》1990 春季号）

其高足蒋天枢也有文字提到陈寅恪的批语：

先生于此书，时用密点、圈以识其要。书眉、行间，批注几满，细字密行，字细小处，几难辨识。就字迹墨色观之，先后校读非只一二次，具见用力之勤劬。而行间、书眉所注者，间杂以马利文、梵文、藏文等，以参证古代译语……

读书时随手批注，一方面表示陈寅恪读书之严谨，另一方面，也为他日后写论文做学问打下基础。事实上，他的许多重要论文，都是通过对批注进行整理、加工、连缀而完成的。陈寅恪曾多次翻阅《世说新语》，写下大量的批注，可惜的是，这部书因战乱丢失了，否则，他又会为我们留下一份宝贵的精神财产。

听课如听杨小楼

1925 年，陈寅恪被清华大学国学研究院聘为导师，自此，他开始了长达半个世纪的杏坛生涯，曾在西南联合大学等多所大学任教。作为教师，陈寅恪讲课技巧高超，授课内容精湛，所以，听他的课，简直就是享受。季羡林晚年曾这样回忆他听陈寅恪授课的感受：

> 陈寅恪先生讲课，同他写文章一样，先把必要的材料写在黑板上，然后再根据材料进行解释、考证、分析、综合，对地名和人名更是特别注意。他的分析细入毫发，如剥蕉叶，愈剥愈细愈剥愈深，然而一本实事求是的精神，不武断，不夸大，不歪曲，不断章取义。他仿佛引导我们走在山阴道上，盘旋曲折，山重水复，柳暗花明，最终豁然开朗，把我们引上阳关大道。读他的文章，听他的课，简直是一种享受，无法比拟的享受。在中外众多学者中，能给我这种享受的，国外只有亨利希·吕德斯，在国内只有陈师一人。

可以说，正是在陈寅恪吸引下，季羡林才最终选择了梵文作为自己毕生的主攻方向。

周一良原来并非陈寅恪的学生，因慕其大名才跑到清华偷听他的课，结果听完第一次，就佩服得五体投地，后来，他是这样描述他初次听陈寅恪课的感受的：

> 抱着听听看的心理，到清华三院教室去偷听了陈先生讲魏晋南北朝史。第一堂课讲石勒，提出他可能出自昭武九姓的石国，以及有关各种问题，旁征博引，环环相扣。我闻所未闻，犹如眼前放一异彩，常常为之所吸引。听完这一次，就倾服得五体投地。我对其他几位同来偷听的同学说：就如听了杨小楼一出戏，真过瘾！

不过，听陈寅恪讲课，自身的语言知识要丰富，知识面也不能太窄，因为陈寅恪讲课时会涉及多种文字，如果你不是一个好学生，如果在课前你准备得不充分，那你只能是外行"听"热闹，而不能像季羡林、周一良那样的内行听出门道，听得过瘾。

很多教师习惯照本宣科，习惯现炒现卖，更有甚者，一本讲稿一讲十年，纸张发黄了内容还一丝未变。这样的教授曾被散文家梁遇春讥为"智识贩卖所的伙计"。而陈寅恪授课时，每堂课都突出一个新字，他曾说："前人讲过的，我不讲；近人讲过的，我不讲；外国人讲过的，我不讲；我自己过去讲过的，我不讲。我现在只讲未曾有人讲过的。"正因为新，学生才会听得津津有味。一些学生的回忆，验证了这一点：

陈师每种课程均以新的资料印证旧闻，或于习见史籍发现新的理解。凡西洋学者对中国历史研究有新发现的，亦必逐类引证。因为引用外文的专籍特多，所以学生每不易笔记；但又因其每讲都有新的阐发，所以学生也津津有味。

陈寅恪晚年重要助手黄萱也曾强调过："陈师的教学是高水平的，例如他讲授魏晋南北朝史、隋朝史几十次，每次内容不同，每次内容都是新的。"

抗战时期，医疗条件差，陈寅恪的病眼未能得到及时治疗，结果竟致双目失明。不过，由于他幼年熟诵典籍，且记忆力超强，所以，失明后的他在助手帮助下依旧可以教学研究。晚年在中山大学授课，他先是吩咐助手黄萱把某书某页某条及他写过的相关文章找出或抄出，交给学校油印或打印，上课时发给学生作讲义，上课时，他已和助手逐条核对了材料，并让助手把关键词语、难懂的地名或人名写在黑板上，然后正式开讲。一旦开始上课，他就整个身心完全沉浸在内容中，物我两忘，全神贯注，以至有时下课铃声都不能将其唤醒。陈寅恪闭目授课的情景让我想起作家阿城《棋王》中的一个场面。当棋王王一生一对九下盲棋车轮大战时，作家写道：

王一生孤身一人坐在大屋子中央，瞪眼看着我们，双手支在膝上，铁铸一个细树桩，似无所见，似无所闻。高高的一盏电灯，暗暗地照在他脸上，眼睛深陷进去，黑黑的似俯视大千世界，茫茫宇宙。那生命像聚在一头乱发中，久久不散，又慢慢弥漫开来，灼得人脸热。

你看，凝神上课的陈寅恪多像此时此刻的王一生，不过，聚在陈寅恪头上久久不散而又弥漫开来的是文化，"灼得人脸热"。

师道热肠

对弟子的学业，陈寅恪要求非常严格，对弟子的生活却是关心备至。

王永兴曾做过陈寅恪的助手。当时王的职称不高，分不到房子，可不久，学校却将喇嘛庙的房子分配给了他。他高兴之余并未深想这件事。直到1990年，王永兴才从一篇文章中看到陈寅恪给当时的清华校长梅贻琦的一封信，请清华破例给王永兴分配住房：

月涵吾兄先生左右：

王永兴先生住宅事当由雷伯伦先生面商，兹再由内子面陈一切。鄙意有二点请注意。

（一）规则问题：清华住房之规则或有困难，但王先生系北大之教员，暂时以友谊关系来住清华，助弟授课，若以客人之身份暂住适当之房屋，似不在前定之规划限制之内，可否通融办理，或有其他办法则更佳。

（二）事实问题：若王先生无适当之房屋，则其牺牲太大，弟于心亦深觉不安，勉强继续此种不安之情态，恐亦不能过久。则弟之工作势必停顿。思维再四，非将房屋问题解决不可。解决之法唯求吾兄曲念苦衷及实际困难情形，设一变通之策，谅亦不至有他种同类情形援此例以阻碍规则之施行也。详情悉由内子面陈，敬希鉴谅为荷。专此奉悉，并候俪祉。

弟寅恪谨启

一月十三日

读到这封信，王永兴如梦方醒，原来，为了他的住房，老师写信，师母"面陈"，可谓用心良苦，大费周折，但几十年中，老师、师母从不提起此事，王永兴感慨："长时间中我受到先生的护持竟不知晓，而今禀谢无由，至感悲愧。"清华的校训是：自强不息，厚德载物。在王永兴心中，陈师寅恪，正是厚德之人。

季羡林从德国留学回来，在南京偶遇陈寅恪。陈当即叮嘱他去找北大代校长傅斯年，特别提醒他带上用德文写的论文。多年后回忆陈寅恪当时热切的话语，季羡林依然十分感动，说："可见先生对我爱护之深以及用心之细。"

后来，季羡林把自己的论文《浮屠与佛》说给陈寅恪听，想请他指教一番，没想到陈寅恪把此文介绍给《中央研究院史语所集刊》。这是当时的权威核心学术期刊。作为学术新人，能在上面发表文章，简直是"一登龙门，身价十倍"。季羡林的感激之情可想而知。

陈寅恪曾多次给朋友写信替学生谋职。在给陈垣不多的信件中，有四封是为学生的事求助对方：

再启者：

吴君其昌清华研究院高材生，毕业后任南开大学教员，近为美国斯坦福大学经济学会搜集中国经济史材料，吴君高才博学，寅恪最所钦佩，而近状甚窘，欲教课以资补救。师范大学史学系，辅仁大学国文系、史学系如有机缘尚求代为留意。吴君学问必能胜任教职，如其不能胜任，则寅恪甘坐滥保之罪。专此奉陈，并希转商半农先生为荷。

寅恪再启

九月十三日

援庵先生赐鉴：

顷清华教员王君以中来言，尊处藏有《殊域周咨录》一份，不知能允许借钞否？王君为李君济之助教，专攻东西交通史，故亟欲得此书一观也。专此奉询，敬叩撰安。

寅恪谨上

二月三日

援庵先生道席：

久不承教，渴念无已。闻辅仁大学有艺术系之设，汤定之

先生涤，画学世家，谅公所知，洵中国画之良好教师也。敬举
贤能，以备延聘，不胜感幸之至。专此　敬叩著安

陈寅恪谨上
九月十九日

援庵先生著席：

孙君道升，前清华哲学系毕业高材生，学术精深，思想邃
密，于国文尤修养有素，年来著述斐然，洵为难得之人材。闻
辅仁附属高中国文课尚需教员，若聘孙君担任，必能胜任愉快
也。专此介绍，敬颂道祺。

寅恪拜启
七月二十三日

对那些天资一般的学生，只要有一技之长，陈寅恪也会设
法为他们找一个合适的职业。他曾致信杨树达，请对方为一位
肄业生谋份职业：

遇夫先生有道：

前闻令郎言先生往广州讲学，想已早返长沙。近日大著倘
蒙赐寄一读，不胜感幸。兹有恳者：清华史学系肄业生刘君世
辅，成绩颇佳，而因家计辍学，欲求一小小工作，不知我公能
在湖大或其他机关为之设法否？耑此　敬请

弟寅恪敬启
七月七日

陈寅恪爱才，看到有天分肯努力的人才，会主动请缨为他

们寻找合适的岗位。他曾致信傅斯年，极力推荐张荫麟：

孟真兄：

　　昨阅张君荫麟函，言归国后不欲教授哲学，而欲研究史学，弟以为如此则北大史学系能聘之最佳。张君为清华近年学生品学俱佳者中之第一人，弟尝谓庚子赔款之成绩，或即在此一人之身也。张君年颇少，所著之学术论文多为考证中国史性质，大抵散见于《燕京学报》等，四年前赴美学哲学，在斯坦福大学得博士学位。其人记颂博洽而思想有条理，以之担任中国通史课，恐现今无更较渠适宜之人。若史语所能罗致之，则必为将来最有希望之人材，弟敢书具保证者，盖不同寻常介绍友人之类。北大史学系事，请兄转达鄙意于胡、陈二先生，或即以此函转呈，亦无不可也。专此敬颂　著祺

弟寅恪

十一月二日

　　后来，张荫麟英年早逝，陈寅恪极为痛心，撰挽诗二首：

其一

流辈论才未或先，

著书曾用牍三千。

共谈学术惊河汉，

与叙交情忘岁年。

自叙汪中疑太激，

丛编劳格定能传。

孤舟南海风涛夜，

回忆当时信惘然。

其二

大贾便便腹满腴，
可怜腰细是吾徒。
九儒列等真邻丐，
五斗支粮更殒躯。
世变早知原尔尔，
国危安用较区区。
闻君绝笔犹关此，
怀古伤今并一吁。

1951 年 11 月间，身为岭南大学医学院院长夫人的黄萱，经人介绍，成为陈寅恪助手。

其时陈寅恪已经失明好些年，如果不是痴迷文化，执着学问，恐怕不会坚持工作的。他曾对黄萱说："人家必会以为我清闲得很，怎能知道我是日日夜夜在想问题、准备教学和做研究工作。"

有时候黄萱刚到，陈寅恪就急切地把当天工作安排给她。他对黄萱解释说："晚上想到的问题，若不快点交代出来，记在脑子里是很辛苦的。"

黄萱尊重大师陈寅恪，将其视为长辈，陈寅恪却十分谦逊，一直以平辈待之。

"文化大革命"中，陈寅恪自知来日无多。对来探望他的黄萱说："我治学之方法与经历，汝熟之最稔，我死之后，望能为文，以告世人。"黄萱却坦诚回答："陈先生，真对不起，你的东西我实在没学到手。"陈寅恪黯然:"没学到,那就好了,免得中我的毒。"

20年后,黄萱不无感伤地说:"我的回话陈先生自是感到失望。但我做不到的东西又怎忍欺骗先生?先生的学识恐怕没有人能学,我更不敢说懂得其中的一成。"

后来有关部门想了解黄萱的工作情况,陈寅恪为她做了这样的鉴定:

一、工作态度极好。帮助我工作将近十二年之久,勤力无间始终不懈,最为难得。

二、学术程度甚高。因我所要查要听之资料全是中国古文古书,极少有句逗,即偶有之亦多错误。黄萱先生随意念读,毫不费力。又如中国词曲长短句亦能随意诵读,协合韵律。凡此数点聊举为例证,其他可以推见。斯皆不易求之于一般助教中也。

三、黄先生又能代我独立自找材料,并能贡献意见修改我的著作缺点,及文字不妥之处,此点尤为难得。

总而言之,我之尚能补正旧稿,撰著新文,均由黄先生之助力。若非她帮助,我便为完全废人,一事无成矣。上列三条字字真实,绝非虚语。希望现在组织并同时或后来读我著作者,深加注意是幸。

从这份鉴定,我们可感受到陈寅恪的虚怀若谷与善待晚辈。

陈寅恪的诗中有这样的句子:"北归默默向谁陈,一角园林独怆神。寻梦难忘前度事,种花留于后来人。"

我想,一代大师陈寅恪"留于后来人"的,既有文化美馔,也有人格佳酿。

第六章

胡适与弟子

　　胡适一生，育人无数。因受了他的指导而走上学者之路且获得大成就者不在少数。作为老师，在学业上，胡适对弟子罄其所有，毫无保留，如他所说，鸳鸯绣取从君看，要把金针度与人；在生活上，他对弟子的照顾也是无微不至。

　　台大毕业的陈之藩梦想赴美留学，但连买机票的钱都没有，胡适知道后，立即从美国给他寄来支票。圆了陈之藩的留学梦，他后来在美钻研物理学，成为大家。当陈之藩经济条件有了转机后，把支票寄还给了胡适，胡适给他写了封回信：

之藩兄：

　　谢谢你的信和支票。

　　其实你不应该这样急于还此四百元。我借出的钱，从来不盼望收回，因为我知道我借出的钱总是"一本万利"，永远有利息在人间的……

　　陈之藩接到此信后大为感动，说：

　　这是胡先生给我的最短的一信，却是使我最感动的一信，如同乍登千仞之冈，你要振衣；忽临万里之流，你要濯足。在这样一位圣者的面前，我自然而然地感到自己的污浊。他借出的钱，从来不盼望收回，原因是：永远有利息在人间……我每读此信时，并不落泪，而是自己想洗个澡。我感觉自己污浊，因为我从来没有过这样澄明的见解与这样广阔的心胸。

　　终其一生，陈之藩对胡适执弟子礼甚恭，每次谈到胡适，他话语中都包含一股真挚而浓烈的感情：

并不是我偏爱他，没有人不爱春风的，没有人在春风中不陶醉的。因为有春风，才有绿杨的摇曳；有春风，才有燕子的回翔。有春风，大地才有诗；有春风，人生才有梦。

春风化雨，润物无声。胡适的春风，催开了多少青年的求学之梦；胡适的细语，润泽了多少学子的干渴心田。

胡适登上北大讲台时年方二十七，但胡适在美国读书时演讲方面已大获成功。在北大授课，可谓举重若轻、驾轻就熟。

胡适上课时喜欢引经据典，孔子的话，就是孔说；孟子的话，是孟说；孙中山的话则是孙说，最后说到自己的意见，他在黑板上写了两个字——胡说，引得学生哈哈大笑。

胡适大名鼎鼎，来偷听的校外生也多，一次，胡适给学生们一个字条，说："你们谁是来偷听课的，请给我留个名字。偷听，正式听，都是我的学生，我想知道一下我学生的名字。"胡适这番话显示了他特有的宽容。孔子说，有教无类。胡适做到了。

一次胡适在课堂上讲禅宗，说："在禅家眼里，如花美眷并不可爱，因为到头来都会成为风干的枯骨。"此语一出，坐在前排的女生顿时花容失色，胡适随即补充一句："这几位漂亮小姐不必不安，请不要担心。没有男士会相信那些和尚们的鬼话的。不信，下课后，你们会照样收到男朋友们寄来的求爱信的。"一番话引来满堂笑声，那几位女生自是心花怒放。胡适的幽默与机智使他总能这样"挽狂澜于既倒"。

曾负笈北大的张中行说："现在回想，同学们爱听胡适的课，主要还不仅是内容新颖深刻，而是话讲得漂亮，不只不催眠，而且使发困的人不想睡。"

有一分证据，说一分话

在中国学术文化源流中，师承关系极为重要。不少大家就是在名师的言传身教下开始了自己的学术人生，踏上了一条通向成功的道路。历史学家罗尔纲在胡适家中亲炙五年，潜心苦学，深得胡适的治学精髓，从而终身受益。

1930 年初夏，罗尔纲即将从中国公学毕业，经过再三考虑，他选择了走研究历史的道路。当时，胡适既是中国公学的校长也是他的业师，于是，他给胡适写了封信，请胡适推荐他去某个研究机关或图书馆工作，胡适表示无能为力，但对他说："我知道你，你去年得到学校奖学金，你的文化史论文很好。我读了你的信，很明白你的情形。你毕业后，如果愿意到我家来，我是很欢迎你的。"罗尔纲听了这番话，大喜过望，能置身在一位当代大师的家庭，终日亲炙师教，当然是一桩可遇而不可求的事。

罗尔纲身体瘦弱，少年时生了一场大病，从此蜷缩在死亡的阴影里，怕提到死字，怕看到棺材。胡适知道这一点后，就开导他说："你见过张菊生先生的。他青年时也很多病，因为善于保养，所以现在到了高年，身体还很好。一个人要有生命的信心，千万莫要存着怕死的念头。怕死的人常常不免短命，有生命自信的人，精神才会康健的。"

胡适的话给了罗尔纲一种鼓舞，从此，他走出了死亡的阴影，变成了一个乐观自信的人。

罗尔纲在胡适家的工作就是辅导胡适两个儿子的功课，另外抄录胡适父亲胡铁花先生的遗集。辅导功课，很轻松；抄录遗集，却很繁难。

胡铁花先生全集，除了地理学的论文有其学术上的价值外，其全部记载，乃光绪间一部有关外交的、内政的、军政的、河工的史料。他的全部遗集分为年谱、文集、诗集、申禀、书启、日记六类，约有八十万字。要抄录这部巨著，不是一件容易做的工作。因为铁花先生太忙了，在他的底稿上，东涂西改，左添右补，煞是难看。抄写的人，除非十分小心，并且有耐性，是抄不下去的。有时还得用校勘方法，如在抄申禀时遇到哪里实在看不清楚了，就得拿书启或日记里面那些记同一事件的部分来对勘，方才可以寻得他改削的线索出来。

胡适为何让罗尔纲做这样的工作呢？主要是为了培养他的耐性，因为研究历史，最需要耐性。

遗集抄完后，胡适又找来几个《聊斋志异》的不同版本，让罗尔纲做对勘工作。在此基础上，胡适写出了两篇重要考证文章。罗尔纲以助手的身份参与了胡适的写作，因此获益良多。

适之师写成《蒲松龄的生年考》后，他又写一篇《醒世因缘传考证》。这一篇考证，适之师经过五六年思考的工夫，方才审慎地动手撰写。其难度远在《红楼梦考证》之上，最足以代表适之师的考证方法。这篇考证的主题，是解答《醒世因缘传》的作者是谁这一个难题。适之师解答这个难题，经过几许的波折，其中有大胆的假设，有细心的考证，终于得到完满的证实。适之师对这篇考证很高兴，他说他这一篇考证故事，可以做思想方法的一个实例，可以给将来教授思想方法的人添一个有趣味的例子。所以他在引文上就写上了一句"鸳鸯绣取从君看，要把金针度与人"的话。适之师平时教人做考证有两个法则：

一个是大胆的假设，一个是细心的求证。我十分荣幸，在适之师草稿的时候，我就读到这篇考证，给我莫大的启发。

胡适一家待罗尔纲细心周到如同家人，当罗尔纲母亲病重，他决定回家尽孝。临别时，他对胡适及其家人产生一种依依不舍的感情，于是，他给老师留下了一封信，略表谢忱。胡适读后，回了封信：

尔纲弟：

我看了你的长信我很高兴。我从前看了你做的小说，就知道你的为人。你那种"谨慎勤敏"的行为，就是我所谓"不苟且"，古人所谓"执事敬"，就是这个意思。你有此美德，将来一定有成就。

你觉得家乡环境不适宜你做研究，我也赞成你出来住几年。你若肯继续留在我家中我十分欢迎。但我不能不向你提出几个条件：

（一）你不可再向你家中取钱来供你费用。

（二）我每月送你四十元零用，你不可再辞。

（三）你何时能来，我寄一百元给你作旅费，你不可辞。如此数不敷，望你实告我。我用了这些"命令词气"，请你莫怪。因为你太客气了，叫我一百分不安，所以我很诚恳的请求你接受我的条件。

你这一年来为我做的工作，我的感谢，自不用我细说。我只能说，你的工作没有一件不是超过我的期望的。

读了胡适这封信，罗尔纲心里涌起一股暖流，更重要的是，他从此记住了珍贵的"不苟且"的三字师教。

罗尔纲回家后在家乡中学教了一阶段的书，由于心细、用功，教书过程中，他在教科书里发现两处错误，就写了两段小札寄呈胡适求教。胡适看后，很高兴，在回信中对他的考证表示赞赏：

> 你的两段笔记都很好，读书作文如此谨慎，最可有进步。你能继续这种精神——不苟且的精神，无论在什么地方，都可有大进步。古人所谓"子归而求之，有余师"真可转赠给你。

上大学期间，罗尔纲曾想在上古史方面做点研究，是胡适的及时点拨让他改弦易辙的。胡适在看了罗尔纲写的关于上古史方面的论文后，说："你根据的史料，本身还是有问题的，用有问题的史料来写历史，那是最危险的，就是你的老师也没办法帮助你。近年的人喜欢用有问题的史料来研究中国上古史，那是不好的事。我劝你还是研究中国近代史吧，因为近代史的史料比较丰富，也比较易于鉴别真伪。"

罗尔纲说，胡适这番话对他来说，简直是"黑夜明灯般的指示"，此后，他放弃了对中古史的研究，把目光投向新的研究领域。

"不疑处有疑，方可进步！"这是胡适常对罗尔纲说的一句话，它对罗尔纲的研究工作起到了至关重要的作用。

> 适之师教我懂得怀疑，教我要疑而后信，而引动我开始太平天国研究的动机，便是由于怀疑薛福成所述张嘉祥故事的传说，结果，史实给我证明了薛福成记载的虚谬。这一件事对我

以后研究太平天国史有至为重大的意义。因为太平天国史事，当时官书野乘已经传说纷纭，加以清季有一班人又特意伪造太平天国文献借来鼓吹革命。所以我们研究太平天国史，除非先存一个怀疑的态度，具有辨伪的功力去从事鉴别史料，考证史事，恐怕不免堕于五里雾中，难见真面目。我一开步走就存着怀疑的态度，我觉得我的步伐不会走错。以后我怀疑洪秀全与朱九涛的关系，怀疑洪大全，怀疑石达开的诗文与其出身等等，都是继续这个步伐进行的。其后几年，我把我的怀疑一一地考证出来了，便在太平天国史上开了一种辨伪考证的风气。一点一滴地把太平天国史上的伪传说、伪文件逐步推翻去。这一点小小的工作，都是从适之师给我的训练，给我的教训得来的。

胡适对罗尔纲一向很温和、宽厚，但倘若罗尔纲在写作时犯了信口开河的毛病，胡适的批评也极为严厉。

胡适第一次严厉批评罗尔纲是在1935年春天，当时，罗尔纲在《大公报》第七十二期发表书评《聊斋文集的稿本及其价值》。在这篇急就章里，罗尔纲对《聊斋文集》的批评过于随意，胡适看了此文，大为光火，他对罗尔纲说："聊斋《述刘氏行实》一文固然是好文章，但他的文集里面的好文章还有不少哩，你概括地说都要不得，你的话太武断了。一个人的判断代表他的见解。判断的不易，正如考证不易下结论一样。做文章要站得住。如何才站得住？就是，不要有罅隙给人家推翻。"

对胡适的批评，罗尔纲心悦诚服："我回到家中，立刻把适之师的教训记在副刊我那篇文章上面。几年来，经过了多少次的播迁，那张副刊，我总好好地保存着，为的是要珍重师教。"

然而，不久，罗尔纲又犯了一次率尔操觚的毛病。1936年夏，罗尔纲在《中央日报》副刊发表一篇《清代士大夫好利风气的由来》的史论式短文，文中的结论同样下得草率、武断。胡适看了这篇文章，和上次一样生气，就写一封很严厉的信责备弟子，在这封信里，胡适有几句话显得特别语重心长："你常作文字，固是好训练，但文字不可轻作，太轻易了就流为'滑'，流为'苟且'。我近年教人，只有一句话：'有几分证据，说几分话。'有一分证据只可说一分话。有三分证据，然后可说三分话。治史者可以作大胆的假设，然而决不可作无证据的概论也。"

罗尔纲知道，胡适对自己，是因为爱之深才责之切的，为了表示自己的感激之情，他一连四个晚上伏在桌上回了一封几十页的长信。

1937年春天，罗尔纲出版了一部《太平天国史纲》，这部书的很多结论同样很片面。胡适看了这部书，再次责备弟子说："你写这部书，专表扬太平天国，中国近代自经太平天国之乱，几十年来不曾恢复元气，你却没有写。做历史学家不应有主观，须要把事实的真相全盘托出来，如果忽略了一边，那便是片面的记载了。这是不对的。你又说五四新文学运动，是受了太平天国提倡通俗文学的影响，我还不曾读过太平天国白话文哩。"

倘若没有胡适的严厉批评、严格要求，罗尔纲在后来的研究工作中也许就不会那么一丝不苟了。

罗尔纲曾在北大考古室做助理，其间，清华大学史学系主任蒋廷黻对罗非常赏识。后来蒋廷黻出任驻苏联大使，就推荐罗尔纲去清华接替他，讲授中国近代史课程。没想到，胡适不同意。罗尔纲想不通，很长时间未去胡适家中拜望。不久，罗尔纲又找了另一份工作，才去胡适家辞行。胡适看到他，立即说："尔纲你生气了，不上我家，你要知道，我不让你到清华去，为的是替你着想，中国近代史包括的部分很广，你现在只研究了太平天国一部分，如何去教人？何况，蒋廷黻先生是个名教授，你初出教书如何就接到他的手？如果你在清华站不住，你还回得了北大吗？我为你着想，还是在北大好。你到别处去，恐怕人家很难赏识你。"

听了胡适这番话，罗尔纲这才理解了老师的一片苦心，感动得满眼是泪。

后来，由于家庭方面的原因，罗尔纲还是去了南方工作，没想到不久就染上疟疾，久治不愈。胡适便给南京中央医院院长写信，请专家为罗尔纲治疗。抗日战争时期，远在美国的胡适还给妻子江冬秀去信，让她设法资助罗尔纲一家。可以说，胡适是罗尔纲学问上的老师，也是生活上的恩人。

小题要大做

吴晗在中国公学读书时曾听过胡适的课，正是在胡适所讲授的"中国文化"班上，吴晗写了一篇论文《西汉的经济状况》，深得胡适赏识。胡适还将此文推荐给大东书局出版，吴晗因此得到 80 元的稿酬。吴晗后来去北京，没有这 80 元，恐怕就很难立足了。

论文获胡适的肯定，吴晗便开始给胡适写信求教。吴晗给胡适的第一封信，谈的是关于整理《佛国记》的事。吴晗在信中写道："我现在所能根据的只是一篇《汉魏丛书》内的《佛国记》，版本很坏，我想找到一部较好的版本，把它标点校对出来。另外再把《大唐西域记》《南海寄归传》校对一遍，订在一起或者把它出版，使研究的人可以得到许多方便。此议是否可行？如可，先生能否供给我必要的书籍或替我代借？"又说："明知先生很忙，不过除了先生以外，我实在想不出一个比先生更能用科学的方法来解决和指导路径的人。"

吴晗对胡适的景仰在此信中表露无遗。

胡适不久因故离开了中国公学，学校中的其他教授不能令吴晗满意，再加上手头有一笔稿费，吴晗也决定去北京寻觅深造的机会。

吴晗到北京后，经顾颉刚的介绍，在燕京大学的图书馆谋到一份差事，这段时间，他草成了一篇三四万字的《胡应麟年谱》初稿，把它寄给了胡适，并附了一封信，信中说了写此文的经过、所引证的材料以及修订的设想等。吴晗在信中还希望胡适能"费一点工夫，多多指教"，还请胡适能为他提供一些有关的参考书。

胡适收到此信，第二天就回了信，信里说："我记得你，并且知道你的工作。你作《胡应麟年谱》，我听了很高兴。写定时我想看看，星期有暇请来谈。罗尔纲君住在我家。"这封信是吴晗和胡适关系的一个转折点，他俩长达数年的密切的师生关系由此拉开序幕。

在胡适的鼓励下，吴晗后来考取了清华大学攻读历史。但是，吴晗由于当时家境贫寒，上学费用没有着落，情急之下，向胡适求助。胡适当即给清华大学代理校长翁文灏（字咏霓）和教务长张子高写了一封信，要求校方给予特殊的关照，信的全文如下：

咏霓、子高二兄：

清华今年取了的转学生之中，有一个吴春晗，是中国公学转来的。他是很有成绩的学生，中国旧文学的根底很好。他有几种研究，都很可观；今年他在燕大图书馆做工，自己编成《胡应麟年谱》一部，功力判断都不弱。此人家境甚贫，本想半工半读，但他在清华无熟人，恐难急切得工作的机会。所以我写这信恳求两兄特别留意此人，给他一个攻读的机会。他若没有工作的机会，就不能入学了。我劝他决定入学，并许他代求两兄帮忙。此事倘蒙两兄大力相助，我真感激不尽。附上他的《胡应麟年谱》一册。或可观他的学力。

有了胡适的强力推荐，清华大学极为重视，为吴晗安排了一份整理大内档案的工作，报酬是 25 元大洋。丰厚的薪水，不仅解决了吴晗的学费和生活费，尚有余钱寄回家养老。

为了让吴晗能安心求学，早出成果，胡适还借给吴晗 40 元作为入学后购书所用。胡适的举动令吴晗大为感动，他在给朋友的信里说，胡适对他的"盛意深情"让他"今生愧怍无地"。吴晗入学后，史学系主任蒋廷黻第一次和他谈话就劝他专攻明史，而吴晗对秦汉史更有兴趣。一时拿不定主意的吴晗写信给胡适，胡适回信建议他听蒋廷黻的话，专治明史，胡适的理由如下：

秦汉时代材料太少，不是初学所能整理，可让成熟的学者去工作。材料少则有许多地方须用大胆的假设，而证实甚难，非有丰富的经验，最精密的方法，不能有功。晚代历史，材料较多，初看去似甚难，其实较易整理，因为处处脚踏实地，但肯勤劳，自然有功。凡立一说，进一解，皆容易证实，最可以训练方法。

胡适的建议坚定了吴晗治明史的决心，而他的这一决定也让胡适大为满意。胡适相信自己的眼光，知道只要经过一番打磨，吴晗这块"璞"很快就会成为"玉"的。为了让吴晗尽快入门，他给吴晗写了封长信，详细谈了研究历史的具体方法：

（1）应先细细点读《明史》；同时先读《明史纪事本末》一遍或两遍。《实录》可在读《明史》后用来对勘。此是初步工作。于史传中之重要人的姓名、字、号、籍贯、谥法，随笔记出，列一表备查，将来读文集杂记等书便不感觉困难。读文集之中的碑传，亦须用此法。

（2）满洲未入关以前的历史，有人专门研究；可先看孟森（心史）《清开国史》（商务）一类的书。你此时暂不必关心。此是另一门之学。谢国桢君有此时期史料考，已由北平图书馆出版。

（3）已读得一代全史之后，可以试作"专题研究"之小论文；题目越小越好，要在"小题大作"，可以得训练。千万不可作大题目。

（4）札记最有用。逐条必须注明卷册页数，引用时可以复检。许多好"专题研究"皆是札记的结果。

（5）明代外人记载尚少，但如"倭寇"问题，西洋通商问题，南洋问题，耶稣会教士东来问题，皆有日本及西洋著述可资参考……

请你记得：治明史不是要你做一部新明史，只是要你训练自己作一个能整理明代史料的学者。

在信里，胡适把自己治学的看家本领和盘托出，表明了他对吴晗寄予厚望。

吴晗读了这封信，感动且叹服，在回信里说："先生所指示的几项，真是光耀所及，四面八方都是坦途。"说干就干，吴晗立即将胡适的指示付诸行动："在上星期已托人买了一部崇文本《明史》，逐日点读。另外做了几千张卡片装了几只匣子，分为（1）人名（2）书名（3）记事三种，按类填写。比较复杂的就写上杂记簿。准备先把《明史》念完后，再照先生所指示的逐步做去。"

在胡适无私而精心的指导下，吴晗学业上突飞猛进，不到几年时间发表文章60多篇，有不少文章堪称大手笔。由于成绩出众，成果丰硕，吴晗毕业那年，有两所大学抢着要他。胡适高兴地写文章宣传这件事，鼓励更多的学生能像吴晗这样埋头苦读。

胡适曾送给吴晗一幅字："大处着眼，小处着手；多谈问题，少谈主义。"吴晗把这幅字挂在书房里，时刻激励自己。

读书三要诀

研究历史，当然要读大量的书，但光读书是不够的，还必须有新的眼光，才能发人所未发，另外，还要有科学的方法。没有科学的方法，面对那些杂乱无章的材料，你除了头晕目眩就是束手无策了。工欲善其事，必先利其器，有了科学的方法，研究者会如虎添翼，材料的"生米"才会煮成学问的"熟饭"。对顾颉刚来说，正是老师胡适给了他新的眼光和科学的方法。难怪他要说"胡适是我的引路人"。

　　胡适初登北大讲台，只有 27 岁，很多学生对这个留美博士充满怀疑，私下议论说："他是一个美国新回来的留学生，凭什么能到北京大学里来讲中国的东西？"顾颉刚自然也不例外。第一堂课，胡适用《诗经》作时代的说明，抛开夏商直接从周宣王讲，这一改动，对满脑子三皇五帝的北大学生来说，无异于一个打击。许多同学非常不满，可顾颉刚毕竟是肯思考、有主见的人，几堂课听下来，渐渐接受了胡适的观点，他对周围的同学说："胡先生读的书不如其他老先生多，但在裁断上是足以自立的。那些老先生只会供给我们无数资料，不会从资料里抽出它的原理和系统，那就不能满足现代学问上的要求。胡先生讲得有条理，可谓振衣提领。"那时候，傅斯年是顾颉刚的好友，顾颉刚在他面前力挺胡适，说："胡先生讲得的确不差，他有眼光，有胆量，有断制，确是一个有能力的历史家。他的议论处处合于我的理性，都是我想而不知道怎样说才好的。你虽不是哲学系，何妨去听一听呢？"傅斯年听后，也表示赞赏，他对顾颉刚说："胡先生书读的不多，但他走的路是对的。"

　　如果没有这次"打击"，顾颉刚虽然依旧会读很多的书，但只能像那些老先生一样成为"两脚书橱"，而听了胡适的话，他既具备了看材料的"眼光"，也掌握了处理材料的"方法"。

　　听了胡适的课，顾颉刚如同在隧道里摸索的人突遇一道光，其欣喜之情可想而知，在给叶圣陶的信中，顾颉刚这样说："胡适之先生中国哲学今授墨子，甚能发挥大义……我以为中国哲学当为有统系的研究……意欲上呈校长，请胡先生以西洋哲学之律令，为中国哲学施条贯。胡先生人甚聪颖，又肯用功，闻年方二十七岁，其名位不必论，其奋勉则至可敬也，将来造就，未可限量。"

在给妻子的信里，顾颉刚吐露了他对胡适的"羡慕"：

我看着适之先生，对他真羡慕，对我真惭愧！他思想既清楚，又很深锐；虽是出洋学生，而对于中国学问，比老师宿儒还有把握；很杂乱的一堆材料，却能给他找出纲领来；他又胆大，敢作敢为。我只羡慕他这些，不羡慕他的有名。想想他只大得我三岁，为什么我不能及他？不觉得自己一阵阵地伤感。

正如顾颉刚女儿顾潮说的那样，顾颉刚的学问是与胡适密切相连的。民国九年（1920）秋天，东亚图书馆出版新式标点本《水浒》，上面有胡适写的长序。顾颉刚读了序，大有启发，说："我真想不到一部小说中的著作和版本的问题会这样复杂，它所本的故事的来历和演变又有这许多的层次，若不经他的考证，这件故事的变迁状况只在若有若无之间，我们便会因它的模糊而猜想其简单，哪能知道得如此清楚。"

胡适的长序仿佛开了顾颉刚的天眼，他突然开窍：用老师的研究方法，不是可以梳理很多从远古一路流传下来的故事吗？比如庄子"鼓盆而歌"的故事，比如《列女传》里的故事等，他想："若能像适之先生考《水浒》故事一般，把这些层次寻究了出来，更加以有条不紊地贯穿，看他们是怎样地变化的，岂不是一件最有趣味的工作？"

同时，顾颉刚又想起胡适在《建设》上发表的辩论井田的文字，方法正和《水浒》的考证一样，他瞬时又明白了另一个道理："研究古史也尽可以应用研究故事的方法。"

顾颉刚以前是个戏迷，看戏时曾有过种种困惑，现在在胡适文章的启发下，这些困惑一一冰释：

……我们用了史实的眼光去看，实是无一处不谬；但若用了故事的眼光看时，便无一处不合了。又如戏中人的好坏是最容易知道的，因为只要看他们的脸子和鼻子就行；然实际上要把自己的亲戚朋友分出好坏来便极困难，因为一个人决不会全好或全坏；只有从古书中分别好人坏人却和看戏一样的容易，因为它是处处从好坏上着眼描写的。它把世界上的人物统分成几种格式，因此只看见人的格式而看不见人的个性……我们只要用了角色的眼光去看古史中的人物，便可以明白尧、舜们和桀、纣们所以成了两极端的品性，做出两极端的行为的缘故，也就可以领略他们所受的颂誉和诋毁的积累的层次。只因我触了这一个机，所以骤然得到一种新的眼光，对于古史有了特殊的了解。

没有胡适的言传身教，顾颉刚哪里会获得"新的眼光"，哪里会对古史"有了特殊的了解"。而没有了"新的眼光"，读书获得的材料只能是散兵游勇，成不了气候，有了"新的眼光"，你就可以运筹帷幄，把书本里的材料组成正规军，能攻善战，攻无不克。

有段时期，顾颉刚手头紧，胡适安排他标点《古今伪书考》，让他得到一点报酬。标点这本书，本该几天可以完工，但顾颉刚办事很认真，事事求完美，他在给该书做注时想把书中所征引的书都注明出自哪卷哪个版本，也要把书中所涉及的人物生卒年及籍贯等均标出，这样一来，工作量就非常大。结果，为了做一个完备的注释，顾颉刚几乎翻遍了北大图书馆。一两个月下来，注释还未做完，却把古人造伪和辨伪的事弄清了。于是，他告诉胡适，想把前人的辨伪情况算一个总账，建议编辑《辨伪丛刊》。胡适自然很高兴，这比标点一本书的意义大多了。更重要的是，通过标点这本书，通过编辑《辨伪丛刊》，顾颉刚的学问大有长进。

顾颉刚的勤奋认真，胡适大为赏识，他后来在一篇文章中，对顾颉刚的此次行为大加赞赏：

至于动手标点，动手翻字典，动手查书，都是极要紧的读书秘诀，诸位千万不要轻轻放过。其中自己动手翻书一项尤为要紧。我记得前几年我曾劝顾颉刚先生标点姚际恒的《古今伪书考》。当初我知道他的生活困难，希望他标点一部书付印，卖几个钱。那部书是很薄的一本，我以为他一两个星期就可以标点完了。哪知顾先生一去半年，还不曾交卷。原来他于每条引的书，都去翻查原书，仔细校对，注明出处，注明原书卷第，注明删节之处。他动手半年之后，来对我说，《古今伪书考》不必付印了，他现在要编辑一部疑古的丛书，叫作"辨伪丛刊"。我很赞成他这个计划，让他去动手。他动手了一两年之后，更进步了。又超过那"辨伪丛刊"的计划了，他要自己创作了……顾先生将来在中国史学界的贡献一定不可限量，但我们要知道他成功的最大原因是他的手到的功夫勤而且精。

顾颉刚的成功固然与他的"手到的功夫勤而且精"有关，但胡适让他去标点古史也为他的成功提供了一个重要的契机。

事实上，顾颉刚人生中的几次重要的改变命运的契机都是胡适提供的。

1922 年，由于祖母病重，顾颉刚请假回家，经济上一下失去了来源，胡适便介绍他为商务印书馆编纂初中本国史教科书，预支酬金每月 50 元，以解决生计。为了编好这套书，顾颉刚决定把《诗经》《尚书》《论语》中的上古史传说整理出来，先做一篇"最早的上古史的传说"。他把这三部书里的古史观念细细比较，忽然发现了尧、舜、禹的地位存在很大的问题。排在末位的禹早在西周就有了，而排位靠前的尧、舜到了春秋末年才有的。也就是说，传说人物越是后来出现的，其辈分越靠前。比如伏羲、神农在史书上比尧、舜出现得晚，却是尧、舜的前辈。至此，顾颉刚以前看戏时种种凌乱的思绪，看胡适论文时所受到的种种启发，统统被照亮，在那一瞬间，他认为他看出了史书的奥秘："古史是层累地造成的，发生的次序和排列的系统恰是一个反背。"

我们知道，顾颉刚的这一假设是他对史学的重要贡献。胡适推荐顾颉刚编纂初中历史教科书，本想解决顾颉刚生活上的燃眉之急，没想到却促使他在学业上的飞跃。顾颉刚的认真、敏锐固然可贵，而胡适的促成之功也不能埋没。

1923 年，胡适因患痔疮在上海治疗。当时，胡适在北京主编两种报纸：一、《努力》，是发表政论的，一周出一期；二、《读书杂志》，是发表学术性论文的，一月出一张，附在《努力》里发行。胡适到上海后，政论性文字有高一涵、张慰慈等替他写，学术性文章却无人代笔。恰好在上海，胡适看到顾颉刚，就请顾来写学术文章。顾颉刚一口答应，当时他手头正好有一篇文字是和钱玄同讨论古史的，就将这篇《与钱玄同先生论古史书》

发表于《读书杂志》第九期上。在这篇文章里，顾颉刚第一次公开提出"层累地造成的中国古史"的观点，认为：第一，时代愈后，传说的古史期愈长。第二，时代愈后，传说中的中心人物愈放愈大。第三，我们即不能知道某一件事的真确的状况，但可以知道某一件事在传说中的最早的状况。

这一观点的提出，如同在史学界引爆了一个炸弹，一时间，众说纷纭，一片哗然。多数人骂，少数人赞成。在这关键时刻，胡适撰文支持顾颉刚。在文章里，胡适对顾颉刚的观点给予了高度的评价："颉刚的'层累地造成的中国古史'，一个中心学说已替中国史学界开了一个新纪元"。胡适此言一出，顾颉刚在史学界的地位便固若金汤了，批评声就像远去涛声，渐行渐远，终于销声匿迹。

顾颉刚像孕妇，肚子里学问的"胎儿"甫一成形，胡适总能适时地给顾颉刚打上一剂催产针，仿佛，这边"珠胎"刚"结"，那边已心有灵犀。另外，在顾颉刚"临盆"时，胡适还不辞辛苦充当"助产士"的角色，从而让娇嫩的"胎儿"顺利出世，健康成长。当初在课堂上，胡适给顾颉刚播下知识的种子，后来在社会上，胡适又帮他"产"下学问的"胎儿"。胡适对顾颉刚可谓恩重如山。

顾颉刚生活遭遇青黄不接时，是胡适及时伸出援助之手；学业上陷入山穷水尽时，是胡适及时地指点迷津，碰上这样的老师，是顾颉刚一生最大的幸事。

论人须持平

我们知道，胡适是苏雪林的大学老师，且苏雪林对这位老师十分崇敬。在一篇文章里，苏雪林写道：

我之崇敬胡先生并不完全由于同乡关系，所以这一层可以撇开不谈。

说到师生关系，也很浅。我只受过胡先生一年的教诲。那便是民国八年秋，我升学北京女子高等师范国文系的事。胡先生在我们班上教中国哲学，用的课本便是他写的那本《中国哲学史》上卷……他那时声名正盛，每逢他来上课，别班同学有许多来旁听，连我们的监学、舍监及其他女职员都端只凳子坐在后面。一间教室容纳不下，将毗连图书室的隔扇打开，黑压压地一堂人，鸦雀无声，聚精会神，倾听这位大师沉着有力、音节则潺潺如清泉非常悦耳的演讲，有时说句幽默的话，风趣横生，引起全堂哗然一笑，但立刻又沉寂下去，谁都不忍忽略胡先生的只词片语。因为听胡先生讲话，不但是心灵莫大的享受，也是耳朵莫大的享受。

当时的胡适，是留洋博士，北大名师，光彩照人，声名显赫，他在苏雪林心目中的形象堪称完美。并且，胡适对苏雪林（当时还叫苏梅）也青睐有加，曾拍案而起仗义执言帮她打赢了平生第一次笔仗。

1921年，还是女高师二年级学生的苏雪林在《女子周刊》发表了一篇文章，狠批北大学生谢楚桢的《白话诗研究集》，由于苏雪林此文"文字厉害得像刀剑一般犀利"，引起了谢楚桢支持者们极为愤慨。有位支持者化名"右"写了篇《呜呼苏梅》刊发在《京报》上，此文语言同样犀利无比，刺得苏雪林不敢做声。后有人指出，"右"即该书编辑之一易家钺，随即又有八位京城名流在《京报》刊发《启示》为易家钺开脱。胡适看到了这则启示，很不满，就也给《晨报》写了《启示》，要求这八位名流拿出否定作者是易家钺的证据。胡适这则《启示》刊出后，同情、支持苏雪林的文章多了起来，易家钺在京城待不下去，只得去了上海。胡适的一则《启示》，就四两拨千斤让苏雪林反败为胜。

苏雪林初出道时就得到了胡适的鼎力相助，后来的苏雪林一直视胡适为恩师，而这位恩师也对这位女弟子关爱有加，每每在关键时刻，援之以手。这里可以举一个例子。

1958 年 4 月，胡适从美国回台，就任"中央研究院"院长。1959 年初，他深感台湾大专院校教授薪水太低，便与"政府"相商，设立"长期发展科学委员会"，给研究科学者以高于教授薪水的津贴，其中有文教组委员十几个名额。苏雪林得知此事后，立即给胡适写信，表示想申请参加文教组的愿望，随信附上近 3000 字的申报屈赋研究的内容提要。胡适看了这份提要，对苏雪林研究屈赋的方法很不赞成，但他还是帮了苏雪林的忙，使她的研究员申请批准了。

胡适了解到"中央研究院"的徐芸书和杨希牧两位老先生赞成苏雪林的屈赋新说后，就把她的论文《天问疏证》交给他俩审阅，不久她的研究员申请批准了。胡适后来曾对苏雪林的一位朋友说，徐、杨二人对苏雪林非常同情，非他二人审阅，恐难得以通过。苏雪林因此明白：胡适虽然不赞成她研究屈赋的路径，但还是对她表示出了同情和偏袒之心，一般来说，胡适是不徇私情的，可这一回，因为同情苏雪林凄凉的晚景，他很是费了一番心思。

由于苏雪林一直过着凄苦的独身生活，胡适对她因同情而特别关照。不过，生活上可以特殊照顾，学术要求却容不得丝毫含糊。

当苏雪林想研究屈赋时，胡适要求她必须按照王静安的严谨方法来研究。苏雪林研究《红楼梦》的论文，在胡适看来是错漏百出。胡适便在信里指出："你依据那部赶忙钞写卖钱而绝未经校勘修改的《庚辰脂砚斋评本》，就下了许多严厉的批评，——我觉得是最不幸的事。曹雪芹残稿的坏钞本，是只可以供我们考据家作'本子'比勘的资料，不是供我们文学批评眼光来批评咒骂的。我们看了这种残稿劣钞，只应该哀怜曹雪芹的大不幸，他的残稿里无数小疵病都只应该引起素来富有同情心的无限悲哀。雪林，我的话没错吧！你没有做过比堪本子的工夫，你就不适宜做这种文字，你哪有资格说这样武断的话？我劝你不要轻易写谈《红楼梦》的文字了。你就听老师的好心话吧！"

为了让苏雪林接受自己的建议，胡适不惜采取哀求的语调，可谓苦口婆心到了极点。苏雪林知道胡适说这番话确实是为她好，最终接受了老师的批评，放弃了对《红楼梦》的研究。

苏雪林对鲁迅有过非常刻薄的批评，骂鲁迅是"诚玷污士林之衣冠败类，二十四史儒林传所无之奸恶小人"，胡适知道后，对苏雪林提出严肃的批评，斥责她此语"尤不成话"，并指出"此是旧文字的恶腔调，我们应该深戒"。为了说服苏雪林，胡适又说了下面一番语重心长的话：

凡论一人，总须持平，爱而知其恶，恶而知其美，方是持平。鲁迅自有他的长处。如他的早年文学作品，如他的小学史研究，皆是上等工作。通伯先生当日误信一个小人张凤举之言，说鲁迅小说史是抄袭盐谷温的，就使鲁迅终身不忘此仇恨！现今盐谷温的文学史已由孙俍工译出了，其书是未见我和鲁迅之小说研究以前的作品，其考据部分浅陋可笑。说鲁迅抄盐谷温，真是万分的冤枉。盐谷一案，我们应该为鲁迅洗刷明白。最好由通伯先生写一篇短文。此是"gentleman[绅士]的臭架子"，值得摆的。如此立论，然后能使敌党俯首心服。此段似是责备你，但出于敬爱之私，想能蒙原谅。

苏雪林一直把胡适视为恩人，视为命中贵人，久而久之，这个命中贵人就演变成了圣人。

我对于当代学人，其该钦敬者我亦予以适当的钦敬，对于胡大师竟由钦敬而至于崇拜的地步，常称他为"现代圣人"，其实胡氏生前，他的朋友及学生便背地里喊他为"胡圣人"了。我们中国人把圣字看得太重大，只有孔子一人称为"大成至圣"，孟子只好称为"亚圣"……我以为程张朱陆及王阳明是可以称为圣人的，称胡适之先生为圣也是丝毫不嫌其过分的。

称胡适为圣人，当然有些言过其实，却充分表明在苏雪林心目中，胡适占据着怎样高的位置。到了晚年，苏雪林对胡适的敬仰与爱戴之情越来越深厚，她下面这段话就是明证：

我对胡先生的尊崇敬仰，真是老而弥笃。记得去秋在南港胡先生第二次请我吃饭时，我坐在他客厅里，对着胡先生，受宠若惊之余，竟有一种疑幻疑真的感觉。孔子、朱熹、王阳明往矣，苏格拉底、柏拉图、亚里斯多德及历代若干有名哲人学者也都不可再见，而我现在竟能和与那些古人同样伟大的人，共坐一堂，亲炙他的言论风采，岂非太幸运了吗？

我相信，某种程度上，苏雪林这番话道出了胡适弟子的共同心声。

如何让文章进步

季羡林先生曾说过这样一番话："积80年之经验，我认为，一个人生在世间，如果想有所成就，必须具备三个条件：才能、勤奋、机遇。"对于"机遇"，季羡林的理解如下："机遇的内涵是十分复杂的，我只谈其中恩师一项。"也就是说，遇到恩师乃人生的重要机遇之一。这样的机遇，红学家周汝昌赶上了，在他求学期间，有幸与胡适结下奇缘，无意间成为胡适在大陆的"关门弟子"，如果不是胡适将价值连城的海内孤本脂批本《红楼梦》慨然相借，如果不是胡适动用自己的特殊关系为周汝昌搜罗各种秘籍，周汝昌是不可能登上"红学"的堂奥的，甚至与"红学"擦肩而过也有可能，因为以他的身份和家境，他实在没有研究《红楼梦》的条件。

周汝昌的四哥也喜欢读书，一次他翻阅亚东图书馆排印的《红楼梦》，读了卷前胡适写的考证文章，大有兴趣，就给正在北京燕大读书的周汝昌写信说："由于胡适先生得到敦诚的《四松堂集》，人们才对曹雪芹其人其事有了了解，而敦敏的《懋斋诗钞》，坊间一直寻不到，你在京中，不妨一试，找到这本书，或许对曹雪芹的了解就更清楚了。"没想到燕大图书馆藏书极富，周汝昌抱着试试看的心情一找便得。他根据这本《懋斋诗钞》写了一篇考证小品，发表在《天津民国日报》的《图书》副刊版上。胡适读了这篇小品，给当时还籍籍无名的周汝昌写了封信，信中颇多鼓励褒扬之语。胡适此举足见他对人才的爱惜和对青年学子的关切。

汝昌先生：

在《民国日报·图书》副刊里得读大作《曹雪芹生卒年》，我很高兴。《懋斋诗钞》的发现，是先生的大贡献。先生推定《东皋集》的编年次序，我很赞同。《红楼梦》的史料添了六首诗，最可庆幸。先生推测雪芹大概死在癸未除夕，我很同意。敦诚的甲申挽诗，得敦敏吊诗互证，大概没有大疑问了。

……

匆匆问好。

胡适

卅六，十二，七

收到胡适平易近人、谦逊坦诚的信，周汝昌感动、兴奋之余也滋生了"得陇望蜀"的念头：为钻研红学，进一步向胡适求教求助。研究《红楼梦》，要翻阅大量的稀有书籍，而周汝昌作为一名在校学生，查阅这些书，谈何容易，无奈之下，他寄希望于胡适。

研究清代史籍一难；研考八旗文士二难；研考并非高官盛誉的"下层"的文士，无人知重，绝少记载，则难上之尤难。我没办法，没良策，便想求助于胡先生——以为他定然交游广，品位高，在我想来老北平又是文人荟萃之区，私人藏书家该是不乏其人。我想恳请他"汲引"，辗转求情——借书不同于乞求"借钞"，其事不同于谋财求利，或者会有仁人君子慨然大启库斋。

在信中，周汝昌还大着胆子向胡适借阅他所收藏的海内孤本脂批本《红楼梦》：

材料的来源，不外清初诗文集、史乘笔记、曹氏自己著作三者。我已请求赵斐云先生帮忙我，向富藏清初集子或笔记的名家借阅。清初集子我翻了不少，材料也多，只是还有些集子明知其中必有材料而只是寻不到的。先生如有藏书友好，亦乞介绍，此其一。

其二，曹寅的集子我只见了诗钞六卷，是最早刊本。先生旧曾借到诗文词并别钞全集，这个我必须一看。先生还能从天津或北平替我代借一下吗？

其三，要轮到先生自己头上。先生所藏脂批本上的批语，我要全看一下。《四松堂集》稿本，我更须要检索一番。这都是海内孤本，希世之宝，未知先生肯以道义之交不吝借我一用否？

寄出这封信，周汝昌的心情是忐忑不安的，毕竟，他和胡适素昧平生，他有何资格向对方提出这一连串的要求呢？且向对方借"海内孤本"更属不情之请。倘若胡适一口回绝，也算再自然不过的事。

不久，胡适主动约周汝昌见一次面。原来，胡适在信中了解到周是一个好学的青年，但也有过于自信、固执的缺点，就想利用面谈的机会委婉提及这点。

和周汝昌面谈时，胡适首先肯定，发现《懋斋诗钞》，是一大功绩，其次表明他不同意周汝昌对曹雪芹生卒年的考证，随后，他委婉地提出，做学问要虚心求证，不宜固执己见，最后，他鼓励周将考证《红楼梦》的工作继续下去，并慷慨答应借出价值连城的脂批本。周汝昌辞别前，胡适还随手从书架上取下一本《胡适论学近著》送给周汝昌，说，有空不妨翻翻，有什么感想可来信谈谈。

胡适平易的态度、温和的教诲、慷慨的行为，让周汝昌终身难忘。在后来给胡适的信里，他表示了这样的崇敬之情：

适之前辈先生赐鉴：

前造谒，蒙不弃款谈，并慨然将极珍罕的书拿出，交与一个初次会面陌生的青年人，凭他携去。我觉得这样的事，旁人不是都能作得来的。此匆匆数分钟间与先生一面，使我感到欣幸光宠；归来后更是有许多感慨，这个复杂的情绪，不是几个字所能表达。

由于脂批本《红楼梦》非常珍贵，且纸张已有些黄脆，周汝昌怕损坏不敢多翻，于是决定录一个副本，但由于当时正值暑假他住在乡下，时间紧迫，来不及请示胡适，只得"先斩后奏"了。开学回校后，他给胡适写了封请罪信：

适之前辈先生：

　　……

　　七日我又回到校中了，最引以为慰的事是甲戌珍本又随我平安回来了。自借得以后，我便时时怕有闪错，那时没法见您的面。不过有两点我必须先向您请罪：

　　一、《论学近著》原来很新，经一暑期三人阅读（我的两个长兄也十分爱看您的书），却已变旧了。但只是封面。我很后悔自始不先包一个书皮，那硬面看去很坚固，但脊侧却禁不得翻弄。

　　二、脂本是毫无零损，新整如故的，我心里还稍舒服些；可是我们未曾征求先生同意，便录出一个副本来。原故固然是由于第一我们太喜爱太需要这本子了；但第二实亦因为原本过于珍贵，纸已黄脆，实实不忍看他经过翻弄而受损害。我们虽然加了十二分小心，但多翻一次便眼看着他多一次危险；若要充分利用而又同时珍惜这本子，唯一的办法便是录副。若是先写信征求先生同意，往返耽搁，我暑假满后一来平，这件事便没法办了。我四兄在家，一手迻录，专人之力，一心不二用，整整两月才完工。这真是把握千载难逢的良机，稍一犹疑，立失交臂了！有了副本，原本才遭受了最低限度的翻弄。我们的冒昧是不待言的，苦心也用得不小，现在特向先生声明，或者能深谅下衷而不怪责。

　　……

　　胡适收到这封信，没有怪罪周汝昌的冒昧行为，反而很高兴，在回信中夸赞了他的做法：

汝昌先生：

　　……

　　我读你信上说的你们弟兄费了整整两个月的工夫，钞完了这个脂砚甲戌本，使这个天地间仅存的残本有个第二本，我真觉得十分高兴！这是一件大功劳！将来你把这副本给我看时，我一定要写一篇题记。这个副本当然是你们兄弟的藏书。我自己的那一部原本，将来也是要归公家收藏的。

　　《论学近著》，给你们兄弟们翻旧了，我听了也感觉高兴。

　　……

　　从信中可看出，胡适早知道学术乃天下之公器。越是孤本，越是要让更多的人看到，这样才能最大限度发挥它的价值。曾有传言说胡适通过垄断资料的方式来做学问，这显然是不实之词，周汝昌所录的副本就是明证，而后来，胡适把价值连城的原本也捐了出去。

　　周汝昌勤奋好学，是块做学者的料，但人无完人，前文曾提过他有固执、过于自信的缺点。所以胡适不厌其烦地在信中劝他要虚心，要撇开成见。为了不挫伤一个年轻人的积极性，胡适在批评周汝昌时总是轻描淡写、点到为止。可周汝昌还有一个毛病，喜欢文言，反对白话文。作为一个年轻人，这思想委实有点落伍。一次，周汝昌在信中，竟说胡适提倡白话文是个"大偏见"，并说把《红楼梦》列入《白话文学史》是胡适的一厢情愿，因为"曹雪芹当日并不曾想把《红楼梦》列入《白话文学史》中"。

　　周汝昌这次的信口开河惹恼了胡适，他没想到一个年轻人头脑会如此守旧顽固，一气之下，胡适在来信中打了个大大的

×，然后又写了一封信对周的观点进行批驳，口气严厉，言辞激烈。信写完，胡适又有点后悔了，他想年轻人犯错在所难免，如此激烈地批评他，恐怕会给对方造成不小的伤害，于是他又写了封口气委婉的信，对前一封信中的"火气"做了解释，并劝慰对方不要生气。

当周汝昌同时接到语气截然不同的两封信，顿时明白了老师的良苦用心，不禁感慨道：

> 人的心地心田，各有不同：我平生所遇仁厚长者也不少，但是能像胡先生这样宽厚而又体恤一名青年的事例，实在想不出还有他例了。今在此衷心谢罪，自悔为人行文，万不可轻薄儇佻，那是不道德不文明的。

自此，周汝昌放弃了写文言文的陋习，而是牢记胡适的忠告："你的古文工夫太浅，切不可写文言文。你应当努力写白话文，力求洁净，力避免拖沓，文章才可以有进步。"

正是在胡适的耐心教导下，周汝昌才渐渐找到了写作的窍门，才慢慢摸到了做学问的路径。

新中国成立后，曾发动全国范围的批胡适运动，和胡适有过交往的人，为了自保不得不撰文批判胡适，周汝昌也别无选择。不过，旅居海外的胡适，完全理解周汝昌身不由己的处境，那些虽充满火药味却言不由衷的文字，没能让胡适改变对周汝昌的印象。当周汝昌的著作《红楼梦新证》出版后，胡适非常高兴，在给朋友的信里，把周汝昌大大表扬了一番：

> 关于周汝昌，我要替他说一句话。他是我在大陆上最后收

到的一个"徒弟"，——他的书决不是"清算胡适思想的工具"。他在形式上不能不写几句骂我的话，但在他的《新证》里有许多向我道谢的话，别人看不出，我看了当然明白的……

汝昌的书，有许多可批评的地方，但他的功力真可佩服，可以算是我的一个好徒弟。

另外，胡适还买了多部《红楼梦新证》，分赠好友，并四处推荐，夸赞这是一部好书。弟子学问上有长进，胡适是打心眼儿里高兴，所以四处传播，唯恐天下人不知，其兴奋与喜悦之心，溢于言表。

"平生不解藏人善，到处逢人说项斯。"胡适有这样的美德。

第七章

赵元任与弟子

1910年，赵元任与胡适都参加了第二次庚子赔款留学美国的入学考试，那次共有70名学生被录取，赵元任、胡适榜上有名。名列第二的赵元任，成绩远远高于第五十五位的胡适。

赵元任与胡适都选择了康奈尔大学，胡适就读于农学系，赵元任则主修数学。读书期间，赵元任和胡适等留美同学共同发起了"科学社"，并创办了《科学》杂志，其宗旨是"提倡科学，鼓吹实业，审定名词，传播知识"。赵元任还和胡适合作创作了"科学社"社歌，胡适作词，赵元任作曲：

中国科学社社歌

我们不崇拜自然，——他是个刁钻古怪。
我们要捶他，煮他，要逼他守我们的教戒。
我们叫电气推车，我们叫以太送信。
叫大自然服从命令，才算是堂堂地做个人。
我们唱天行有常，我们唱致知穷理。
怕什么真理无穷，进一寸有一寸的欢喜。

在康奈尔大学读书时，赵元任表现出色。胡适日记记载，赵元任与胡达同时获得两种荣誉学会会员：

Sigma Xi名誉学会，乃大学中之科学荣誉学会。此次六十七人，吾国学生四人得与焉。此四人者：黄伯芹（地学）；赵元任（物理）；胡达（数学）；金邦正（农科）。此四人中之胡赵二君，均曾得PhiBeta Kappa会之荣誉。此二种荣誉，虽在美国学生亦不易同时得之，二君成绩之优，诚足为吾国学生界光宠也。

胡适认为，在同批赴美的留学生中，赵元任天分最高。

1915年冬，胡适去康桥（Cambridge），和住在那里的赵元任畅谈几日，临别时，胡适送对方一幅小照，还写了一段话，粘在照片的背面：

> 每与人平论留美人物，辄推常州赵君元任为第一。此君与余同为赔款学生之第二次遣送来美者，毕业于康南耳，今居哈佛，治哲学，物理，算数，皆精。以其余力旁及语学，音乐，皆有所成就。其人深思好学，心细密而行笃实，和蔼可亲。以学以行，两无其俦，他日所成，未可限量也。

赵元任喜欢边走路边思考，有时遇见熟人也忘了打招呼，像个心不在焉的"教授"，二十出头便获得一个绰号：教授。

1918年7月10日—24日，赵元任独自外出游玩，肩上扛根拐杖，拐杖上挂着包袱，边走边想问题，仿佛若有所思的"流浪汉"。一天走到一个人烟稀少的地方，无处购买食物，只得叩门求助。主妇待人热情，赠面包、火腿、水果、牛奶。食后付款，主妇不收。最终在赵元任的坚持下，主妇只象征性地收了一点钱，表示不是对流浪汉的施舍。

1940年，赵元任到纽约为中华赈济联合会做有关中华文化的演讲。那天大雪纷飞，但赵元任对这条路很熟，照开不误，勇往直前。行至半道，赵元任想起讲稿未带，又掉头开回住处。因时间关系，只得改乘火车去纽约。后来他听说那天雪越下越大，不少汽车陷在雪地里动弹不得，便庆幸地说："有时做一个心不在焉的教授也是有好处的。"

1919年6月，赵元任在康奈尔任教，这段经历让他得出结论："教书很适合我，我也很适合教书。"自此，赵元任开始了长达 60 年的教学生涯。

1920 年，在清华教物理和心理学。

1921—1924 年，在哈佛教哲学和中国语言。

1925—1929 年，任清华国学院国学导师。

1929—1938 年，任中央研究院历史语言研究所语言组主任。

1938—1941 年，在美国耶鲁大学做访问教授。

1941 年，先在美国语言学会语言学暑期讲习班任教，后在哈佛燕京学社任汉英大词典编辑。

1943—1944 年，任哈佛大学美国海外语言特训班中文主任。

1946—1947 年，任密执安大学语言研究所教授。

1947 年，任美国加州大学教授直至退休。

1981 年，赵元任回国，北京大学授予他名誉教授称号。

赵元任的弟子遍布世界各地，用"桃李遍天下"来形容可谓十分贴切。

任教清华国学院，赵元任培养出了王力这样的著名学者；担任史语所主任，培养出了著名的"赵门四进士"：丁声树，吴宗济，杨时逢，董同龢。

赵元任教导弟子要踏实用功，不要夸夸其谈。

一次在回国的船上，赵元任与一个留学生作了简短的交谈。后来有人问他对这个学生的印象，赵元任答："这个学生平淡无奇。因为他喜欢把'我热爱祖国''爱国主义''民族荣誉''服务''牺牲''合作''相互帮助''友谊'一类的词挂在嘴边，这说明他喜空谈不务实。这些陈词滥调让我起鸡皮疙瘩。而实质性的问题他却不提，比如学到了什么真正本领。"

赵元任有做世界公民的理想，但他的民族意识并不淡薄。

对于那些以猎奇的目光打量中国的洋人，赵元任表达了有节制的愤怒，他说："你要是真心地爱一种东西，得要看你能不能跟它一辈子伴着过，能不能 live with it（共同生活）。光说 quaint（稀奇古怪）不行，你是不是真觉得它 lovely（可爱），是不是觉得它 cozy（温暖），是不是觉得它 moving（生动）……我们中国的人得要在中国过人生常态的日子，我们不能全国人一生一世穿了人种学博物院的服装，专预备着你们来参观。中国不是旧金山的'中国市'，不是红印度人的保留园。"

君子敏于行，讷于言。赵元任对弟子也作这样的要求。

赵元任记忆力惊人，上课时往往不带书，只凭记忆侃侃而谈。久而久之，他获得外号："不带书的怪先生"。赵元任是段子高手。他在课堂上自创的段子给学生留下深刻印象，一次他分析语言与事物的约定俗成关系时，说："从前有个老太婆，初次跟外国人有点接触，她就稀奇得简直不相信。她说，外国人说话真怪，明明是五个，法国人偏偏说是三个（cinq）；明明是十，日本人偏说是九；明明是水，英国人偏偏要说是窝头（water）。"

未曾谋面已是师

1922 年，商务印书馆出版了赵元任翻译的《阿丽斯漫游奇境记》。语言学家陈原小时候被这本书迷住了。那时候，他当然不知道赵元任是谁，但对这本书爱不释手。在他眼中，这本书情节跌宕起伏，语言出神入化，没有任何一本童话书能与其媲美。

陈原是广东人，长大后要学国语，便拜赵元任的《国语留声片课本》为师，如果没有这本书，陈原的一口广东话自然会限制他事业的发展。

　　二十出头的年轻人，朝气蓬勃，激情满怀，不知不觉喜欢大声歌唱。陈原也不例外。青春年少、意气风发的他渐渐喜欢上了音乐，学弹琴，学唱歌，组建合唱团，忙得不亦乐乎。这时候的陈原最迷的是刘半农作词、赵元任作曲的《教我如何不想他》。这首歌的词曲配合得那么完美，简直是"此曲只应天上有，人间哪得几回闻"。陈原反复聆听这首歌，细心揣摩如何让词和曲水乳交融、浑然一体。自此，陈原创作音乐就以《教我如何不想他》为最高准则。

　　20世纪30年代，很多青年热衷于拉丁化新文字运动。身处其中的陈原又开始研究语音学。赵元任的《比较语音学概要》成了陈原此时的老师。通过这本书，陈原学会了国际音标和一些语音学的基础知识。他对语言学的热爱从此一发不可收。

　　40年代初，拉丁化新文字运动的热潮逐渐降温，陈原又致力于文字改革。这时候的他埋头攻读的是高本汉著作的《中国音韵学研究》，这本书的译者还是赵元任。此时的陈原，对赵元任不能不心存感激了，因为他人生的每一次转向、每一次成长，似乎都与这个人有关，尽管那时的他还无缘和这个蜚声海内外的著名学者相识。

　　1949年新中国成立后，陈原本可以甩开膀子在语言学领域大干一场，没想到却遭遇"反右"与"文化大革命"。1974年，"四人帮"发动了一场针对《现代汉语词典》的大批判，陈原首当其冲，被剥夺了工作的机会，不得不"靠边站"。好在海外友人给他寄来一批语言学著作供他钻研。陈原最喜欢其中的一本《语言问题》，这本书的著者还是赵元任。陈原感慨："我又碰到这位赵元任。"对《语言问题》这本书，陈原更是赞不绝口：

《语言问题》这部书，给我打开了语言学的新天地，诱惑我重新鼓起勇气去钻研我30年代醉心过的语言学，并且引导我日后去接触信息科学。"而他也不无遗憾地叹息："此时，直到此时，我还没有见过从少年时代起就仿佛注视着我走路的老师赵元任！"

1973年，赵元任回国，曾托人给陈原捎来一部英文著作。那时的陈原还在"改造"中，没有资格拜见心中一直景仰的老师。

1981年，年过八旬的赵元任再次回国。这一次，陈原终于可以一偿心愿恭恭敬敬给老师行弟子礼了。陈原对老师西装口袋插着一排四管荧光笔印象深刻，他想："这四管荧光笔象征着这位老学者是如何随时随地用功啊！"

陈原没有听过赵元任的一堂课，但早就自认为赵元任的私淑弟子。是赵元任的译著激发了他对语言学的兴趣，又是赵元任的一系列专著"手把手"领他步入语言学曲折幽深的天地。从这个角度说赵元任是陈原的恩师一点也不为过。

著名学者杨联陞并非胡适弟子，但曾"偷听"过胡适的课，且一直对胡适执弟子礼甚恭。胡适和他交往密切，还赠诗："喜见新黄到嫩丝，悬知浓绿傍堤垂。虽然不是家园柳，一样风流系我思。"

对陈原这样并非"家园柳"的弟子，赵元任想必也有这样的深情。

终身受用的一句话

著名语言学家王力先生幼年时家境贫寒，小学毕业后就被迫辍学。经过几年的自学，王力学业上有了很大长进，便当了私塾老师。

一个偶然的机会，他在自己学生家里看到14箱书胡乱堆放在一间废弃的空房里。一打听，才知道这14箱书是学生的祖父生前所藏。祖父去世后，后代中没有做学问的，书就堆在这里不见天日了。看到王力恋恋不舍的样子，学生家长慷慨地对他说："你想读，就干脆搬回去吧，放在这里，迟早也会被虫蛀了。"王力大喜过望，将书搬回家。为了尽快读完这14箱书，王力索性将教职辞了，专心苦读。

不久，在朋友的资助下，王力得以去上海南方大学深造。1926年，清华国学院招收32名研究生，刚读大二的王力决定报考。因为有14箱古书垫底，王力顺利答完试题，终以高分上榜。

清华国学院的四大导师均是蜚声中外的文化大师：陈寅恪，梁启超，王国维，赵元任。在他们的悉心指导下，王力的学业突飞猛进，日新月异。

王国维上课时经常会说"我不懂"，开始，王力对此不解，他想，一个老师，怎么能说自己不懂呢？后来，他渐渐明白，王国维说他"不懂"，恰恰表明了他对学问的谨严的态度，所谓"知之为知之，不知为不知，是知也"。并且，王国维说自己"不懂"的问题，反而会引起王力强烈的兴趣，他想，连大师都不懂的问题不是更值得去钻研吗？

和王国维有了进一步的交往后，王力才知道，王国维说他"不懂"，其实是他对那个问题思考得还不十分成熟，不宜过早下结论罢了；另外，王国维这样说，是激励学生自己去思考，不要过分依赖老师。

一次闲谈中，王国维告诉王力："我原来爱好文学，后来为什么研究古文字和历史呢？因为这是实实在在的东西。你们看，我研究的东西，有谁能提出反对的意见？"

听了这番话，王力大受启发，他想，语言学，不就是"实实在在的东西"吗？于是选定语言学作为自己的专业，跟随赵元任去开启自己的学术之路。

在清华国学院，赵元任主讲音韵学。他的语言天赋在当时的中国几乎无人能比，不仅熟谙各地方言，而且精通多种外语。他特别劝王力要学好外语，说："西方许多科学论著都未译成中文，不懂外语，就很难接受别人的先进科学。"

当时，只有王力一人选语言学为专业，他和导师赵元任的关系自然较其他导师亲了一层。除了在课堂上接受教诲，王力还时常去老师家问学。赵元任夫妇也喜欢王力的诚实、朴拙与勤勉。有时赶上吃饭，师母就对王力说："边吃边谈，不怕你嘴馋。"在老师家，王力学到了许多课堂上学不到的知识。做了老师的"入室弟子"，学问上的"登堂"也就是早晚的事了。

王力的毕业论文是由梁启超和赵元任共同指导完成的。梁启超对他的论文评价很高，赵元任则对其论文提出严厉的批评："未熟通某文，断不可定其无某文法。言有易，言无难！"

梁启超的激赏让王力大受鼓舞，信心倍增；赵元任的批评则让他如履薄冰，战战兢兢。两位导师仿佛约好了一般，一个唱红脸，一个唱白脸，而这对王力成长大有裨益。就像炼钢，要用烈火烧，也要用冷水淬。

在清华国学院毕业后，王力听从赵元任的建议赴法留学。其间，王力写了篇论文《两粤音说》，经赵元任介绍，发表在《清华学报》上。在论文里，王力断言两粤方言没有撮口呼。后赵元任去广州调查，发现广州有撮口呼，就给远在法国的王力写信纠正他的说法，在信里，赵元任举了"雪"这个例子。王力收到信后，既愧疚又感动。愧疚的是，老师早就对他说过"言有易，言无难"，而他再次犯了轻率言无的错误；感动的是，老师为了核实他论文的说法，竟然在广州调查了一年。自此，王力把"言有易，言无难"当作自己的座右铭，他对别人说："赵先生这句话，我一辈子受用！"

回顾自己的求学经历，王力说："如果说发现 14 箱书，是我治学的转折点，使我懂得了什么是学问；那么，研究院的一年，就是我的第二个转折点，有了名师的指点，我懂得了到底应该怎么做学问。"

在赵元任眼中，王力有天赋、有干劲、有耐心，是一块可贵的"璞"，所以他才高标准严要求，一心将"璞"琢成玉。王力赴法留学后，学问不断精进，赵元任对这个弟子自然越来越欣赏，越来越器重。有著作问世，即寄赠。1928 年夏，赵元任将著作《现代吴语研究》寄给巴黎的王力，扉页上写着：赵元任向你问好。1929 年 6 月，赵元任又从檀香山寄给王力一本法文书《时间与动词》，扉页上题词：给了一兄看。1975 年，赵元任又从美国加州给王力寄去《早年自传》，扉页上写：送给了一兄存。

1971 年 10 月，赵元任八十大寿，很多弟子前去拜寿。赵元任夫人杨步伟对满屋子的学生感慨："今天五代同堂，独缺第二代。"第二代就是王力，当时正接受"改造"呢。

1973 年，中美关系改善，赵元任偕夫人回国访问。他提出要求，想见王力。在周总理的关心、安排下，睽违多年的师徒终于在北京相聚。赵元任在北京逗留时间很短，但王力充分利用这个机会，四次拜访老师，叙谈别情，请教学问。

赵元任回国后，用特制的绿色信封给王力寄来一封短函：

了一兄鉴：

　　这次回国得机会见面座谈，高兴得很，就是可惜时间匆促，没能多谈为憾。回来了，杂务繁乱，一时没有写信为歉。以后听说交通比以前要方便一点儿，没准儿明天又要回来，也许可以多呆一忽儿呐。

　　此上，即颂
　　近福

赵元任上
内人附笔问好。

　　王力接信后，立即回信：

宣重吾师：

　　奉读七月二日手教，非常高兴。这次您和师母回国，我能见面四次，重聆教益，实在感到欣幸。特别感到欣慰的是您和师母八十多岁的高龄还是那样健旺，希望你们长寿百龄，在学术上做出更大贡献。

　　我虽然很荣幸能和你们见面四次，仍然感到不满足，许多学术问题都来不及请教。正如来示所云："可惜时间匆促，未能多谈为憾。"来示讲到"没准儿明天又要回来，也许可以多呆一忽儿呐"，那该多好！记得在机场临别时，我对师母说，希望老师和师母明年再来。我殷切期待着重新欢聚的机会！

　　谨此布复，并颂颐安
　　师母前均此请安。

生　王力拜上
1973 年 7 月 27 日

1981 年，赵元任夫妇再次回国。北大为他们召开了盛大的欢迎会。校长授予赵先生名誉教授证书，教育部长给赵先生戴上北大校徽。王力致辞表达了对老师的崇高敬意，他说："赵老是国际著名的语言学家，美国语言学界有句评语：'赵先生永远不会错！'他又博学多才，做过数学家、物理学家，精通英、法、德、日多种文字，对哲学方面也有很深的造诣，又是音乐家。他的成就首先是'博'，然后是'约'，值得我们学习。"

那天，赵元任的兴致也颇高，唱了那首自己作曲、刘半农作词的《教我如何不想她》。

赵元任常年旅居美国，但对祖国的挂念一日未断。他自制了一些绿色信封，信封印有全家福，每隔十年会给亲友寄这种特制的信。王力收到过两封。一封写于 1938 年，当时，王力随同清华大学辗转迁徙至云南昆明。赵元任在信上说，"过了长沙，就没有马桶了"，又叮嘱王力"昆明海拔高，煮鸡蛋要多煮一会儿"。几句家常话，蕴含着老师对弟子的关爱。另一封是赵元任 1973 年回国后写给王力的——上面已提及。

1982 年，赵元任在美国去世。王力在《人民日报》发表文章哀悼恩师。之后，又写了一首《哭元任师》：

离朱子野逊聪明，旷世奇才绝代英。
提要钩玄探古韵，鼓琴吹笛谱新声。
剧怜山水千重隔，不厌辀轩万里行。
今后更无青鸟使，望洋遥奠倍伤情。

诗中的"青鸟"，即指那特制的绿色信封。

充满游戏味的正经话

赵元任聪明、睿智、风趣。他收集、自制的一些格言警句，短小精悍，内涵丰富，像橄榄，越嚼越有味。

1926年，赵元任在《清华周刊》发表了一篇格言体的《语条儿》，如下：

笑话笑着说，只有自己笑。

笑话板着脸说，或者人家发笑。

正经话板着脸说，只有自己注意。

正经话笑着说，或者人家也注意。

现在不像从前，怎见得将来总像现在？

要改一个习惯，得拿上次当末次，别同它行再见礼。

节制比禁绝好，禁绝比节制容易。

要做哲学家须念不是哲学的书。

肚子不痛的人，不记得有个肚子；国民爱国的国里，不常有爱国运动。

物质文明高，精神文明未必高；可是物质文明很低，精神文明也高不到哪儿去。

格言的格子里，难放得下真理的全部。

没有预备好"例如"，别先发议论。

凡是带凡字的话，没有没有例外的。

这里，赵元任最早将"物质文明"与"精神文明"相提并论，且阐释了两者关系。

赵元任也曾用英语自制了一些格言，翻译过来，风味不减，如：

借钱之前，话比蜜甜。

衣着俗艳，荷包扁扁。

你游荡，世界清闲；你哭泣，唯你孤单。

以你能接受的方式去求婚，己所不欲，勿施于人。

羞怯是墨守成规的女儿。

人多瞎捣乱，鸡多不下蛋。

月亮绕着地球转，世上万事不新鲜。

赵元任对语言特别敏感，非常喜欢说双关语，错失一语双关的机会，如同错失一次艳遇，让他耿耿于怀。

一次接受访问，谈到小时候的读书生活，赵元任说："我很小的时候就开始读书。读'四书'的顺序一般为《大学》《中庸》《论语》和《孟子》。但是我没有按着这个顺序学。实际上，我祖父很早就开始教我们小孩子读书，最早的是《大学》，然后是《论语》，跳过了《中庸》，因为我们认为这本书真的很'平庸'。"

赵元任是为了"双关"才这么说的。真实的情况是:《中庸》这部书很难，只能放在后面读。

赵元任结婚时曾请了亲友，举办一次小型宴会。宴会中，一位叔叔摆弄着赵元任的小提琴，动作略显粗鲁，赵元任便提醒道："叔叔，你弄断我的弦啦！"

"断弦"在中文中指太太去世。在这个场合说这个词，当然不吉利，但赵元任还是不愿放弃这"一语双关"的机会。

赵元任在伯克利大学任教期间，有位同事叫劳德拜克（Louderback）。一次，教师聚会，劳德拜克在前排讲话，赵元任坐在后排，有人高呼"声音大一点"。事后，赵元任很后悔，因为他错失了一次说双关语的良机。他本该这样说，"声音大一点，在后面我们听不到。"（Louderback here; We can't hear you.）（注："声音大一点"，英文为 Louder，"在后面"英文为 back，连起来即 Louderback，即讲话人姓氏）

不过 1939 年在旧金山举办的世界博览会上，赵元任抓住了一个机会。在电台访问中，林克赖特（Linkletter）问："赵教授，中国有没有语文拉丁化运动？"赵元任答："噢。林克赖特先生，20 多年来我一直试图连接字母（Link letter）来写中文。"（注："连接字母"英文为 Link letter，连起来即访问者之姓氏）。赵元任的机敏博得满堂喝彩。

韦莲司是胡适与赵元任的共同好友，她在给胡适的信中这样评价赵元任：

我觉得世间最忽略的资源就是嬉戏，要能够在社会上撑得住，没有比嬉戏更重要了。不是指声色犬马，或神经兮兮的寻乐，而是真正轻松忘我地让想象力奔驰，表现自己另外的一面。赵元任无论在任何困境都不会令人觉得他可怜，因为他能随时以嬉戏的心态从中获得乐趣。

赵元任酷爱双关语，除了对语言的敏感，也有"随时以嬉戏的心态从中获得乐趣"的原因。

赵元任与胡达是"科学社"的发起人，为维持《科学》杂志，他们这班人不得不节衣缩食，拼命写稿。

杨杏佛曾写过一首白话诗《寄胡明复》：

自从老胡去，这城天气凉。
新屋有风阁，清福过帝王。

境闲心不闲，手忙脚更忙。

为我告"夫子"（赵元任也），《科学》要文章。

赵元任看到此诗，和诗一首：

自从老胡来，此地暖如汤。

《科学》稿已去，"夫子"不敢当。

才完就要做，忙似阎罗王。

幸有"辟克匿"（Picnic），

那时波士顿肯白里奇的社友还可大大的乐一场。

1930 年 12 月 17 日，胡适迎来了自己 40 岁生日。赵元任联合众多好友写了一首贺诗给胡适庆生。这首白话诗，故意模仿胡适的风格，诙谐风趣：

胡适说不要过生日

生日偏偏到了

我们一班爱起哄的

又来跟你闹了

今年你有四十了都

天天儿听见你提倡这样那样

觉得你真是有点对了都

你是提倡物质文明的咯

所以我们就来吃你的面

你是提倡整理国故的咯

所以我们就都进了研究院

你是提倡白话文学略

我们就罗罗嗦嗦的写上一大片

我们且别说带笑带吵的话

我们也别说胡闹胡搞的话

我们并不会说很妙很巧的话

我们更不会说"依少卖老"的话

但说些祝颂你们健康美好的话

这就是送你们一家大大小小的话

适之老大哥嫂夫人　四十双寿

拜寿的是谁呢?

一个叫刘复　　一个叫李济

一个叫容庚　　一个叫赵元任

一个叫徐中舒　一个叫赵万里

一个叫顾颉刚　一个叫毛子水

一个叫丁山　　一个叫裴善云

一个叫商承祚　一个叫陈寅恪

一个叫傅斯年　一个叫罗莘田

一个叫唐擘黄　一个叫李方桂

朱自清说:"全诗的游戏味也许重些,但说的都是正经话。"

赵元任也用这首白话诗表示对胡适推翻文言推广白话的肯定和支持。

1920年9月4日,在海外留学的刘半农因思念祖国,写下一首感人的歌《教我如何不想她》:

天上飘着些微云,

地上吹着些微风。
啊！
微风吹动了我的头发，
教我如何不想她？

月光恋爱着海洋，
海洋恋爱着月光。
啊！
这般蜜也似的银夜。
教我如何不想她？

水面落花慢慢流，
水底鱼儿慢慢游。
啊！
燕子你说些什么话？
教我如何不想她？

枯树在冷风里摇，
野火在暮色中烧。
啊！
西天还有些儿残霞，
教我如何不想她？

这首诗经赵元任谱曲很快流传大江南北，一直传唱到现在。

赵元任博学多才，诙谐风趣，这样的老师，"教我如何不想他"？

第八章

洪业与弟子

　　洪业，号煨莲，1893 年出生于福建福州，父亲是位举人。因了一种特殊的因缘，洪业得以赴美留学。1922 年，洪业学成归国，参与创建燕京大学，任燕大历史系教授、系主任、文理科科长、图书馆馆长等，教学之余，勤于著述，编纂出版经、史、子、集多种引得 64 种、81 册，中文著作 40 多种，英文著述 21 种，其中以《中国最伟大的诗人杜甫》最为有名。

"出了一身冷汗"

　　洪业父亲中举后常年在外工作，洪业和母亲寄居在外祖父家中。5 岁那年，洪业在外祖父隔壁的一家私塾开始接受启蒙教育。每天上午 7 时上课，晚上 7 时下课，中途只休息三个钟头，用来吃饭、午睡。没有周末，春节放假 15 天，清明节、重阳节与中秋节各放假一天，皇帝、太后的生日那天也不上学，另外，学生父母和学生本人生日那天均放假。

　　1901 年，洪业 8 岁那年，祖母去世了。父亲回家料理后事，之后携妻带子奔赴他所供职的山东。

　　洪业父亲身体不好常生病，侍疾的担子就落在长子洪业身上。这给了洪业亲近父亲的机会，他也因此得到父亲更多的教诲。父亲告诉他做人要有公德，重义轻利；也要有私德，洁身自好。父亲提醒洪业，一个人有才华，用在正处方有用，不擅利用，有才等于无才。父亲下面的忠告洪业终身难忘："一个人一生对别人有影响力，有好处，就是一种生命的延长，你要是只管自己，便是行尸走肉，死了就没有了。"

　　一次，洪业父亲自感病重不起，就留给洪业一句遗嘱："穷是读书人的本分，我希望你们将来不做官，也不要娶富家的女儿。"不过，父亲的病却渐趋好转，洪业也开始准备报考山东师范附中。当时济南有一家图书馆，花两个铜板可在里面看一天书。洪业常向父亲要两个铜板，带些馒头在里面读书备考。图书馆允许读书但不许抄书。洪业喜欢《吕氏春秋》，就把它背了下来。

洪业幼年读书断断续续，从未进过新学堂，考后心里没底，但放榜时竟高居魁首。在师范附中读书时，洪业的福建口音常遭同学嘲笑，他朴素简陋的穿着也常为同学取笑，洪业回家向父亲抱怨，父亲宽慰他说："把他们的话当狗吠算了。你真要跟狗讲理，说它错你对，你没偷东西不要吠，怎么办？难道要趴在地上跟它一起吠吗？最好就是不理它。"

洪业有位同学数学不好，就请洪业课余教他，作为回报，他帮洪业做饭。在洪业的帮助下，这位同学的数学成绩有了很大提高。洪业为此感到欣慰，他后来回忆此事说："刚开始教的时候相当困难，慢慢就找到窍门，学数学，如同盖房子，下面根基不牢，房子就会倒塌。我的办法是帮他打好基础，前面的学扎实，再教后面的。"

那时候社会风气不好，一些年龄较大的同学开始涉足风月场所。有同学诱惑洪业和他们一道去，说，这些风尘女子并不下流，有些比我们这些学生好得多。洪业心动，就和他们一道去了。几个人来到一堵高墙下，同学去敲门，里面传来狗吠声，洪业自小怕狗，听到狗吠，吓得掉头便跑。回到宿舍，心还怦怦跳，却发现桌上躺着一封父亲来信，信的内容大意是：你现在这个年纪，是人生成长的关键期，千万不能因女色的诱惑犯下大错。父亲在信中叮嘱洪业：在世上，女人失节，遭人冷眼；

男子失节，也同样会让人不齿。作为大丈夫，要爱惜自己的身体和名誉，步武前贤，约束自己。父亲还特别提到他本人一直以一句话来要求自己，他把这句话写在另一张纸上，要求儿子务必记住：守身如玉，执志如金。

在这个特殊的时候，读到父亲这样一封信，对于洪业如同当头棒喝，"出了一身冷汗"。后来，洪业出国留学，回国从教，一度遭日寇逮捕，但他做到了：守身如玉，执志如金。

"三不"与"三有"

洪业从山东师范附中毕业后原打算去上海考海军学校，后在父亲好友高梦旦的劝说下，他决定回福建英华书院读书，这是美国传教士在福州办的一所学校。在英华书院，洪业读书勤奋，成绩优良，得到学校的奖赏，奖品是一本《英华大辞典》。虽在教会学校读书，但洪业不信奉基督教，却欣赏儒家思想，他认为儒家提倡孝道，而耶稣对母亲说话粗鲁，显然不孝。洪业此番言行引起一些传教士的反感，力主开除洪业，但校长太太宽宏大量，她认为洪业成绩优良，书院不能因为宗教言论开除一名品行端正的学生。

校长太太虽然原谅了洪业对基督教的非议，但她批评了洪业读《圣经》的方法，说："你对《圣经》很熟，而反对它很多地方。可是这不是读《圣经》的方法，读任何书都不能用这种方法。书是古人经验的结晶，好的坏的都有；就像有人摆了一桌筵席给你吃，你应该拣爱吃的吃，不好消化的不吃。而且盘子碟子都在那儿，你不要把它们也都吃了。《圣经》古来言语就换了几次，所以看《圣经》要拣好的记着，其余的不要。里面有错误、前后矛盾的地方是难免的。但有些看来似是矛盾的地方，往往以后发现并不矛盾；但你专心去记那些，等于白费脑筋。"

虽然这番话不能改变洪业对基督教的看法，但从如何读书而言，校长太太的这番忠告让洪业获益匪浅。

在英华书院读书时，洪业父亲因病去世。毕业那年，洪业急需找份工作。作为长子，他要承担养家的重任。恰在此时，英华书院收到来自美国的一封电报，发报者名克劳福德，电报上说，他知道英华书院有一位叫洪业的学生，如该生愿意赴美深造，他承担全部费用。校长把这一喜讯告诉了洪业，同时告诉他，克劳福德颇为富有，每年都捐献 1000 美元给英华书院。在后来的回忆中，洪业说这件事如同做梦又不是梦：

"我不知道克劳福德是谁，美国人喜欢用两个法文字 déjà vu 来形容一种状况，譬如到了一个地方，明知道没来过，但是又确实觉得曾到过此地；人好像在云彩之上，好比我在山东考学校，怕考不进去，没想到还考第一名。他给我看这份英文的东西，我就有 déjà vu，这样的事我幻想也不敢，但如同做梦又不是做梦。"

但洪业面临一个难题，一旦赴美深造，母亲的生活和三个弟弟的学费就没有着落。他向外祖父吐露了这一苦恼，外祖父听说外孙能赴美深造十分高兴，慷慨允诺，洪业可放心赴美，家庭费用开支他来承担。

洪业赴美就读于俄亥俄州的卫斯良大学，直接读大三，主修化学与数学。这时候他才了解克劳福德资助他的真正原因。原来，克劳福德曾去过英华书院，并听了一堂历史课，课上老师问到拿破仑失败的原因，洪业的回答十分精彩。克劳福德因此记住了洪业的姓名，并在课后与校长谈及洪业，校长告诉他，洪业是学校最优秀的学子之一，他如能出国深造，前程不可限量，可惜他家境贫寒，只能尽快就业谋生。克劳福德便应允，如洪业赴美深造，一切费用由他承担。

1917 年，洪业大学毕业，在刘廷芳的建议下，他决定赴纽约哥伦比亚大学攻读历史学硕士。洪业毕业成绩优等，获得500 美元奖学金，充当了他读硕士需要的费用。

1919 年，洪业完成了历史学硕士课程，就在这一年，26 岁的他为自己的人生制定了"三不""三有"原则：

三不是什么呢？我一生对三方面很有兴趣，我对怎样管理人民、造益国家这些问题很有兴趣，但官场险恶，投身政治不时要作妥协，有时损伤到自己所爱的人，所以我决心不做政府官员。我对宗教很有兴趣，但教会与宗教是两回事，教会如面孔，宗教若笑容，要笑容可爱，面孔得保持干净，我既不能洗擦面孔的污点，便决心不做牧师。我对教育有兴趣，但教育的行政类似官场，要奉承有钱有势的人，所以我可以做教员而不做校长。

三有是什么呢？第一是有为，第二是有守，第三是有趣。这三有是相辅相成的。一个有抱负的人常为了急于达到目标而牺牲了原则，所以得划清界限有所不为，这叫"有守"；但有守的人常枯燥无味，要懂得享受人生自然的乐趣，所以要"有趣"；但最有趣的人是诗人、艺术家，他们大多不愿负责任，罔视于社会福利，所以要"有为"；在这三个"有"之间得保持平衡。

洪业后来从事多种职业，但从未逾出"三有""三不"原则。

为燕京大学募款

洪业完成硕士课程后，本可继续攻读博士学位，但在一次演讲中，他杰出的演讲才能引起台下一名观众的注意，这名观众毛遂自荐，要充当洪业的经纪人，介绍他去做职业演说家。在这位热心观众的推荐下，洪业加入了一家名为"演讲厅"的机构，开始了纵贯全美的巡回演说。洪业的演说大获成功，多家媒体对当时的盛况作了报道，撮要如下：

他讲完以后，扶轮社全体听众站起来鼓掌。洪先生屡次点头致谢，掌声仍不停。那热烈的场面在纽堡是罕见的，他以后若再来，演说一定广受欢迎。

——纽约州纽堡《日报》

他英文极其流利，遣词丰富，见解过人，充满智慧，又联系现实；言辞锐利而不失幽默；充分表现他对人对事不寻常的洞察力与判断力。

——波士顿《公理会员报》

他的演讲好极了，全体学生站起来热烈鼓掌。历来有不少演说家、教师、艺人光临迪波大学，但他们之中没有人比这位自中国来的伟大教师更值得我们的赞赏。

——印第安纳州格林卡斯尔《旗帜》

　　洪业因巡回演讲在美国"暴得大名"。1922 年，正欲筹建燕京大学的司徒雷登拜访了洪业，聘请洪业为燕京大学历史系助理教授，但他让洪业继续留美一年，帮助燕京大学副校长路思义为燕大募款。

　　洪业的学识与口才在募款中发挥了巨大作用。他和路思义每到一处，洪业先围绕中国的语言、文化、历史作一番内容全面又激情四溢的演说，之后，路思义便呼吁听众为燕京大学捐款，因为这所大学就建立在中国，有助于人们学习中国历史，弘扬中国文化。有了洪业不露痕迹的铺垫，路思义募款的要求也就不那么突兀了。洪业把两人的合作戏称为"猴子演戏"："换句话说，我是在街头演戏的猴子，路思义是拉着手风琴，等猴子演完戏向观众要钱的乞丐。"

　　募款成绩巨大，洪业与路思义花了一年时间，在美国募集到上百万美金。有位听众欣赏洪业才干，也被他的爱国精神所感动，捐款 7000 美元，并指定这 7000 美元用于在燕大建一座房子供洪业居住。

"功劳特别大"

　　洪业在燕京大学承担历史与宗教的课程，并担任历史系代理主任一职。洪业讲授的历史课深受学生欢迎。洪业口才出众，教书驾轻就熟。第一堂课，他就自信地对学生说："你们在我班上可以随意睡觉，但我包你睡不着。因为：第一，我的题目很有意思；第二，我讲话很大声，你睡也睡不着。考试的时候，我不问何人、何处、何时等死板的问题，我要问的是如何与为什么。"洪业提醒学生，读历史必须熟悉时代趋势与社会制度，"如何""为什么"是琼浆玉液，其他则是渣滓与废料。

洪业这门课广受欢迎。洪业在这个班上选出几位特别优秀的学生，为他们开设"历史方法课程"。为激发学生对历史的兴趣，在这门课的一开始，洪业给学生布置一道作文题，题目是"我是谁？"。这题目貌似简单，但完成起来并不容易，因为学生在作文中要回答的问题，涉及其本人的情况、其父母的职业，乃至整个家族的来龙去脉。另外，洪业还要求学生写一篇关于家庭住宅的文章，这篇文章将涉及学生出生地的历史，住宅的历史、地契的内容等。洪业认为，写这样的文章，能训练学生处理文献的能力。

洪业布置的这两道题目，不仅学生兴趣盎然，家长也很有兴味。因为学生要完成这两道题目，必须询问家长，才能回答细致清楚。

洪业 30 岁那年当了燕大教务长，为了办好燕大，洪业采取一系列措施，聘请师资，充实图书馆。对学生的要求也变得严格，平均成绩未达乙等的学生，一律退学。有一年，全校 400 多名学生，有 93 名学生因成绩不达标而退学。为何采取如此严厉的措施？洪业的理由是，如果学生不接受高等教育，还是做其他事，比如经商、做工等；受了高等教育，就会看不起经商等其他行业，所以成绩不好的学生如留在学校，以后会成为无用之人。

后来成为司徒雷登的机要秘书的傅泾波当时也是燕大的学生，因成绩不达标而面临退学，司徒雷登器重傅，为他求情。洪业做了妥协，但要求傅泾波尽快提高成绩，如下一年成绩依旧不达标，只能退学。第二年，傅泾波的成绩还是未达标，洪业便让其退学，为此洪业得罪了一向欣赏他的司徒雷登。

对于蛮横无理、仗势欺人的学生，洪业决不姑息，严惩不贷。一次，一位颇有来头的学生，嫌校工送开水迟了，竟将沸水泼在校工脸上。校工伤重住院，洪业作为教务长代表学校去医院探望，他向校工检讨，学生这样做，是教育的失败，并告知校工，医药费由肇事学生承担。后来这位学生拒绝向校工道歉，洪业顶住压力将其开除。

对于天资好肯努力的学生，洪业则悉心栽培。

李崇惠是燕大学生会会长，成绩优秀，因患肺病休学在家。洪业去他家看望，发现该生家境贫寒，住处狭窄，空气不畅，遂向美国友人求助，希望对方能予以资助。美国友人资助1000美元，洪业用这笔钱安排李崇惠赴北京西山养病，半年后李崇惠就康复了。后来洪业的另一位美国友人听说这位学生是位可造之才，就邀请李崇惠赴美留学，费用全免。

来自福州的张文理是洪业欣赏的另一位学生，为了能让张文理赴美留学，洪业自掏腰包，还向司徒雷登等燕大教授募集一笔钱，充当张文理在美国读书、生活的费用。

翁独健也是来自福建的学生，他因患小儿麻痹而不良于行。翁是燕大少有的语言天才，精通英、法、俄等数门外语。翁独健特别崇拜洪业，后者抽烟斗的方式他都模仿，得外号"小洪煨莲第二"。洪业特别欣赏这位学生，暗中为他运作赴美留学，当他把哈佛同意接收入学的电报拿给翁独健，翁大喜过望，随后问："老师，你推荐我留学为何事先不告诉我一声？"洪业微微一笑，说："我怕事不成让你失望。"

燕京大学的声名鹊起，洪业功不可没。谈及洪业对燕大的贡献，胡适的评价十分公允："我趁此向燕京的中国学人致敬，特别要向洪业博士致敬；他建立燕京的中文图书馆，出版《燕京学报》，而且创办一项有用的哈佛燕京引得丛书，功劳特别大。"

"择校不如投师，投师要投名师"

后来成为著名历史地理学家的侯仁之是洪业得意门生之一。他跟随洪业学习的时间最长，读本科时他是洪业的学生，本科毕业后他又随洪业读了硕士。

本科时，侯仁之选修了洪业"初级史学方法"这门课。课堂上，洪业非常注重学生的写作，他要求学生写作时注重以下几点：一、言必有据，凡所引证，必须注明出处。他用"沿流溯源"四个字强调第一手资料的重要性；二、搜集材料务必详尽；三、要有新材料或有新发现，所谓"道前人所未道，言前人所未言"。

接下来，洪业给学生布置了很多课后作业，比如历史上最爱藏书的是谁？中国第一个造墨的是谁？等等，每个学生负责一个题目。他要求学生去图书馆找资料，梳理、分析，得出结论，撰写一篇论文。这门课的成绩由论文质量决定。洪业还要求他们撰写的论文一定要有别人未用过的材料。

侯仁之完成的论文是《历史上最爱藏书的是谁》。翻阅了大量资料后，侯仁之认为有三位学者藏书量均大，再经过细致的比较，侯仁之选择明朝学者胡应麟作为研究对象，并完成了论文。

一次，燕大医学预科主任博爱理请洪业作一次"历史上的北京城"的学术讲演，洪业推荐侯仁之去。侯仁之英文虽好，但没有用英文作过讲演，洪业就鼓励他说："这正是一次锻炼的良机。"侯仁之完成讲稿后，洪业帮他细心修改，然后他让侯仁之在他们夫妇面前试讲，指出他讲演中不少瑕疵之处。在洪业的帮助与指导下，侯仁之这次的讲演大获成功。后来洪业还送了一本关于英语讲演的书给侯仁之，以纪念这次讲演。

侯仁之曾在天津工商学院任教，一次讲演颇为成功，他为此很高兴，就向老师汇报了讲演"盛况"，言语中不无自得之处。洪业在回信中作了委婉的批评："工商讲演能得听众欢赏，闻之慰极。但当今乱世，服善之公心少，而忌能之疾忌多，毛锥半露已足以售，不必锋芒毕见矣。"

侯仁之通常是傍晚去洪业家问学。但一天早上他突然接到老师电话，要他去老师家中。侯仁之意识到，老师应该有重要问题相告。洪业坐在书房里，侯仁之刚进门，他劈头就是一句："择校不如投师，投师要投名师。"接着，洪业说："你应该到外国去专攻历史地理学。论西方大学，哈佛很有名，但是那里没有地理系。英国的利物浦大学，虽然论名气不如哈佛，但是那里有一位地理学的名师，可以把你带进到历史地理学的领域里去。"

侯仁之说，洪业这句话决定了他一生的学术研究道路。

洪业对侯仁之的指导，不限于学术道路的选择，也包括立身处世的原则。日寇侵入北京后，洪业、侯仁之等燕大学人都曾被捕入狱。释放后，日寇为收买人心，打算给燕京大学人送一点粮食以示慰问。洪业托人给侯仁之带口信，让他不要收敌伪的任何东西，同时要求他不能在任何敌伪机构任职，否则会留下一生的污点。正是在老师的提醒下，北平沦陷期间，侯仁之拒绝了敌伪或明或暗的种种诱惑，节衣缩食，艰难度日，保持了一个中国人应有的气节。

一次，有两个燕大学生被捕入狱，侯仁之曾和这两位学生把一位同学送到解放区。侯仁之担心日寇追查下去自己可能再次被捕。为防不测，侯仁之决定立即动身离开沦陷区，家人一致同意。动身前侯仁之决定告诉一下老师洪业。他让妻子从天津赶到北京向老师汇报。晚上回来后，妻子转告了洪业的建议：一、侯仁之不能离开沦陷区，因为一旦离开，万一日寇抓人抓不到，会抓侯仁之的铺保，那样就会连累他人；二、侯仁之留在天津，即使万一被日寇抓到，甚至杀害，那人们也会知道"侯仁之是怎么死的"，换句话说，是死得其所。

关键时候，洪业的建议让侯仁之吃下定心丸，决定冒险留在天津。后来，两位被捕的燕大学生，经受住了敌人的严刑拷打，没有吐露一个字。侯仁之也得以安然无恙。回忆这件事，侯仁之大发感慨："我所经受的最严重的一次考验，也正有赖于煨莲师的教导，才得自告无憾于今生。"

侯仁之曾请老师为自己的著作写序，洪业没有应允，并写了一封很长的信，道出拒绝的理由。这封长信的末尾，洪业写道：

唐宋以后，此风（指请人作序——笔者注）尤甚。降及近代，且弊端百出：或达官贵人假手门客，虚炫提倡风雅之功；或文豪名士姑徇俗宜，惯作模棱敷衍之辞。病之轻者，徒滋讥笑；患之大者，竟启祸仇。甚矣，此风之不可不革也。业于仁之岂吝数行序文，顾自愧学问文章之妄以传授仁之者都无足道，唯铿铿小人之心可以自布于仁之之前，而敢信仁之之必不我怪耳。抑亦欲仁之自序其著作，文章千古事，得失存心知，不特

不复别求序文，且使世之名贵虽欲为仁之文字作序而将不可得
也，不亦快哉！

　　这封信让侯仁之感受到老师"育我之亲，爱我之切"，另外，
这封信对他也是一种鞭策，让他感到自己无论在治学上还是在
持身律己上，与老师的厚望尚不相符。
　　这封信言辞恳切，常常促使侯仁之更加严格地要求自己，
如同晨钟暮鼓。

第九章

顾颉刚与弟子

　　20 世纪 30 年代，围绕顾颉刚形成了一个"古史辩派"。当时有一个说法很流行：北平城里有三个老板，一个是胡老板胡适，一个是傅老板傅斯年，一个是顾老板顾颉刚。顾颉刚的人马有三套，燕大历史系（他任主任）一套，北平研究院（他兼主任）一套，禹贡学会一套（他是《禹贡》主编）。不过，顾颉刚却坦承自己和另外两位老板无法相比。他说："不少师友以为我有个人野心，想做'学阀'来和别人唱对台戏，于是对我侧目而视，我成了众矢之的。抗战前，北平流行着一句话：'北平城里有三个老板，一个是胡老板胡适，一个是傅老板傅斯年，一个是顾老板顾颉刚。'从形式上看，各拥有一班人马，好像是势均力敌的三派。其实，胡适是北大文学院长，他握有中华教育文化基金董事会（美庚款），当然有力量网罗许多人；傅斯年是中央研究院历史语言研究所所长，他一手抓住美庚款，一手抓住英庚款，可以为所欲为。我呢，只是燕大教授、北平研究院历史组主任，除了自己薪金外没有钱，我这个老板是没有一点经济基础的。"

　　没有经济基础却能吸引一帮年轻人，是因为顾颉刚特别爱才。只要你有一定的基础，好学，肯干，"顾老板"就会慷慨地收你为徒，引导你、鼓励你、资助你，把你引入一条适合你的学术之路。顾颉刚不但能根据一个学生的天性与特长为他寻找一个适合的领域大显身手，还会采取种种办法逼你写稿逼你编书，最终逼你成才。

　　作为教师，顾颉刚不喜欢"满堂灌"，而喜欢发讲义，让学生做题、讨论。他鼓励学生独立思考。布置作业，如学生根据老师课堂上讲授的内容来回答，他很不满意。他希望学生提出自己的观点，敢于提出异议。身为老师，顾颉刚和学生讨论学术时，郑重其事而又平等友好。学生越是和他唱反调，他讨论起来越是兴味盎然。弟子刘起釪证实了这一点："他的虚心欢迎不同意见，完全出于自然，一点不勉强。连对后学晚辈也这样。曾有学生在他的感召下勇于提出反对他的意见，他顺着学生意见把反对文章修改好，发表出来以反对自己，然后再正面写出自己意见以共同提高。"

刘起釪说："这是一种对学生更高的要求和更深的教育。"

视学生为平等对手

顾颉刚在中山大学教书时，一段时间请假回北京。但他依然通过书信，悉心指导学生。

关于"古代地理研究"这门课，顾颉刚要学生们把《左传》《战国策》《史记》三部书中关于地理的部分细看一下。注意其中"疆域"的变化。

关于"春秋研究"，顾颉刚要学生们阅读《公羊传》《穀梁传》《左传》，比较它们的异同。

关于"孔子研究"，他让学生翻阅《汉书》《春秋繁露》《古微书》《白虎通德论》，了解孔子是如何成为"偶像"的；再翻看《宋元学案》《明儒学案》，了解理学家心目中孔子是怎样一个形象。

虽然没有亲自授课，但指导得这么细，学生只要"按图索骥"，定然大有斩获。

另外，顾颉刚还把自己在北京写的两篇文章寄给学生，让他们指出其中"不妥不合"：

这两篇文字，自知有许多创见，但也自知有不少潦草的地方。请你们看一遍，如有不妥不合的，请你们老实指出，好让我将来修改。我的意见如有和你们不合的，我将和你们长时间的讨论。研究学问一定要这样做才可望进步。

既然"讨论"会让学问进步，顾颉刚当然重视"讨论"。那些敢于和老师讨论的学生，往往很快进入他的视野，并在他的指导、督促下，找到学问的门径，尝到钻研的乐趣。

1930年秋，谭其骧在燕京大学历史系读研究生，选修了顾颉刚"尚书研究"这门课。顾颉刚在讲义中认为，《尚书·尧典》写于西汉武帝之后。论据是，汉武帝时置十三刺史部，其中十二部都以某州为名，自此才有所谓的"十二州"。所以《尚书·尧典》中的十二州应源自汉武帝时的制度。

谭其骧根据自己的阅读，发现讲义中的"十三部"不是西汉制度而是东汉制度。一次课后，谭其骧把这一看法告诉了顾颉刚。本来，谭不过是随口一说，顾颉刚却相当重视，要他把想法写出来。谭其骧便查阅了《汉书》《后汉书》《晋书》，把自己的看法写成一封信给了老师。顾颉刚当晚就给弟子回了一封长达6000字的信，有赞成有否定。这封信激发了谭其骧钻研这一问题的兴趣，于是再次写信和老师商榷，顾颉刚亦再次回函，回答弟子的辩驳。过了几天，顾颉刚把这四封信放在一起，加了一份说明，发给班上同学，让众人参与讨论。

这场讨论道似寻常却奇崛。说寻常，因为这不过是课堂上的一次讨论而已；说奇崛，是因为讨论的双方身份不同、地位悬殊。一个是大名鼎鼎的学界权威，一个是初出茅庐的毛头小子，但两人争论时既据理力争又惺惺相惜。少年锐气逼人，老者风度感人。这场讨论激发了谭其骧钻研学问的兴趣和热情，也让老师顾颉刚从此对他另眼相看、青眼有加。晚年的谭其骧回忆这件事依旧情不自禁：

> 我两次去信，他两次回信，都肯定了我一部分意见，又否定了我另一部分意见。同意时就直率承认自己原来的看法错了，不同意时就详尽地陈述自己的论据，指出我的错误。信中的措辞是那么谦虚诚恳，绝不以权威自居，完全把我当作一个平等的讨论对手看待。这是何等真挚动人的气度！他不仅对我这个讨论对手承认自己有一部分看法是错误的，并且还要在通信结束之后把来往信件全部印发给全班同学，公之于众，这又是何等宽宏博大的胸襟！

正是在这博大胸襟的感召下，谭其骧开始了他虽艰辛却充满乐趣、虽曲折却景色迷人的学术之旅。

怜才惜才

童书业出生在一个世家大族里，家境优越。可他的父亲财迷心窍，让喜欢读书的儿子早早中断学业，去当学徒。好在童书业聪明过人，又勤奋刻苦，便利用业余时间苦读文史。因喜欢顾颉刚的《古史辨》，童书业便以顾颉刚"私淑弟子"自居，无论是读书还是写作都按顾颉刚"模式"去做。后来童书业去了一家印刷厂做校对，空闲时写了几篇文章，其中一篇是对顾颉刚《尚书研究讲义》的史料提出订正。他大胆的"订正"让爱才的顾颉刚喜欢上了这个虽鲁莽却充满激情的年轻人。一年后，顾颉刚回苏州奔丧，特意去了杭州去找童书业，多次接触后，他确定童书业是可教之材，决定把他收入门下。当时的顾颉刚已名震海内，童书业是个月薪仅15元的校对员，但他的谦逊和随和让初次见面的童书业没感到一丝拘束。多年后，童书业用充满温情的语调回忆了他和老师顾颉刚的初次见面：

> 顾先生是研究古史的学者中的一位宗师，这是大家知道的；我们从前读他文字的时候，总以为他必定是个很雄辩的人，这次他来杭州，作者经夏君的介绍往谒，接谈之下，哪里知道他竟是个这样沉默谨细的人，他确是个诚恳朴实的学者，性情和蔼可亲，举动礼貌周备；作者可以称是他的一个私淑弟子了，但是他每次相见之下，总是这样很谦虚地接待，几乎会使人弄得手足无措。

当时顾颉刚慈母过世，家事繁杂，应酬又多，他却挤出时间与童书业多次晤谈。就连童书业的女儿后来也大为感慨："顾先生爱才之心确非常人可比。"

童书业去北京后，因无文凭找不到正式工作，顾颉刚就安排他做自己的助教，自掏腰包每月支付童书业50元。这50元钱足够养家糊口了。在担任顾颉刚助教那几年，童书业协助老师完成了《春秋史讲义》。靠这本书，童书业奠定了他在历史学领域的学术地位。

八项规定

顾颉刚资助过的学生当然不止童书业一人。不过，顾颉刚收入有限，家累又重，总是自掏腰包他也受不了，于是他也通过其他办法帮助学生，比如为弟子争取奖学金。

顾颉刚在中山大学教书时，一位名叫何定生的学生研究《山海经》颇有成果。但何定生家境贫寒，顾颉刚便在校务会上为弟子争取奖学金。一位教授坚决反对，顾颉刚据理力争与对方吵了15分钟，终于费尽周折为弟子争来了200元。后来，顾颉刚写信把奖学金来之不易的过程告诉了何定生，一方面提醒弟子要珍惜这笔钱，另一方面也让弟子明白社会之黑暗、环境之艰难，所以，更要振作精神，努力学习，"把这班腐化的分子打倒"。在信中，顾颉刚还以"殷忧启圣，多难兴邦"来激励弟子在困境中发愤图强："一个人只要善用机会，坎坷之境原即是向上的戟刺。"

顾颉刚知道，想做好学问，必得有稳定的生活、良好的心境和正确的人生态度。所以，对弟子，学术上他指点迷津，生活上也耐心开导。顾颉刚离开广州后，何定生追随恩师一道去了北京。有段时间，他恋爱受挫，萎靡不振，无心向学。顾颉刚便写信要弟子注意以下几点：

一、此后不许说"死"，也不许想。

二、厉行运动，注意起居，把身体弄好。

三、对人不可哭丧着脸，起人厌恶或怀疑。

四、一天的生活要有轨道，一年的生活要有预算，一生的事业要有目的，不可说"只知今日，不知明天"。

五、用钱须登账，最好每月有预算决算。

六、不可感情用事，高兴时拼命的干，不高兴时什么都不干。

七、如有恋爱，应谋结婚，不可说"我不希望有结果，我是没办法的"。

顾颉刚告诉弟子，自己为何要提出以上几点，因为"研究学问，首须生活安定"：

生活不安，一切无从说起。但要有安定的生活，不可不先作过平凡的人。以上几条，都是做一个平凡的人的方法。你肯依我话，则此后自有成就。否则你去浪漫，去漂泊，这种文人的生活由你自己去过，和我不生关系，不必来看我。

为了说服弟子，顾颉刚推心置腹，现身说法：

我常想，你和我的人生，譬如开汽车。我开汽车很有把握，又有目的地；你是乱开乱转，结果撞坏了人，自己的生命也不保。像你这样生活，固然很适宜写上诗歌，但除掉给人叹一口气之外再有什么。我的生活，则平庸得很，不但不能写入诗歌，且不能写入小说。但我自信将来必有成功，到成功时我便不平庸了。

由于何定生遇到麻烦喜欢抱怨别人，顾颉刚在上面七条外又加了一条："八、重于责己，轻于责人。常常替人家设身处地地想一想，不要只管自己。"

顾颉刚的"八项规定"，使何定生做人方面幡然悔悟，学术上也开始勇猛精进。

对症下药

历史学家杨向奎也是顾颉刚的弟子，他说："我是个农村人，家里不是书香门第，从不知道什么叫学问；今天能从事学问研究全靠顾先生。所以我一直感谢顾先生。"

当年杨向奎大学毕业，顾颉刚特意向胡适写信，希望北大能留下这个高材生：

适之先生：

北大史学系本年毕业生杨向奎君，非常的笃实，他从孟心史先生修习明史，又从我搜集上古史说的材料。我为三皇及太一的问题，须翻《道藏》，他就把全部《道藏》翻读一过。他是丰润人，很想继续他的老同乡谷应泰的事业，所以他很有志研究明史。北大研究所有这么多的明代档案，正可请他整理，我可以保证他一定弄得很好，并且有始有终，不会半途而废的……

从这封信可看出顾颉刚对这位弟子的赏识与器重。

杨向奎本来是"古史辨"派的一员大将，但随着研究的深入，他对古史的看法与老师完全不同了。他写了多篇文章表达了与顾颉刚截然相反的论点。顾颉刚不以为忤依旧把杨向奎视为可信赖的学术传人、可共事的学术伙伴。有人评价："可以说，只有顾颉刚有这种学术胸襟，也说明，杨向奎的学术潜力确为顾所认可。"

顾颉刚赏识杨向奎，但杨有了错误，他的批评也相当严厉。

一次，杨向奎在信中说："学术文章写到先生和适之先生那样是不容易，此外用些力量全不是不可能赶上的。"顾颉刚看出弟子这句话流露出一种不易察觉的"傲慢与偏见"，当即回信批评：

> 这话说来有二点可以指摘。第一，兄自己不作第一流想，甘心居第二流，故以刚与适之先生之文为不可及。其实，"见贤思齐"乃是有志气人之应有事，若见贤而思退，只是没出息者之心情耳。

顾颉刚告诉弟子，自己佩服章太炎五体投地，但还是想努力超过他，所以自署名"上炎"。

顾颉刚又指出，杨向奎这句话的第二点错误是，说胡适、顾颉刚学术文章好，却不提王国维、郭沫若、钱穆等人，他反问杨向奎："将谓刚与适之先生之文为不可企及，而此诸位先生之文则均可赶上乎？"顾颉刚告诫弟子："老实说，刚对于此数人均赶不上也。"至此，顾颉刚一针见血："即此可知，兄说话之随便而不负责任。"

杨向奎为什么会犯这种"眼高于天"错误，顾颉刚在信中也作了说明："刚与兄交十余年，兄之长处短处我均明白：兄之短处，在走上专家之路太早，而对于文字之基本训练太为缺乏。因此，看作文太易，每拈一题，即信笔而书，不加点窜。因为写得太易，即觉得自己已近成功，以至顾盼自高，目无余子。"顾颉刚提醒弟子："如此写文，就是写到老也不会成功，以其结构松懈，不能引人入胜，而又发挥不透，不能使人忘不了。"

指出弟子的"病症"之后，顾颉刚又开出"药方"：

> 昔崔东壁欲作《考信录》，先致力于唐宋文，待文字流畅，意无不尽，乃始动笔著书。鄙意，兄可效之，熟读唐宋八家文

数十篇，勇于写作而怯于发表，二三年后，自觉挥写成熟，再与世人相见，未为迟也。谚云："学了三年，天下去得；再学三年，寸步难行。"以刚观兄，所言所行永是"天下去得"之气概，此即学不进之验也。必须自己有"寸步难行"之感，始能有一鸣惊人之成就。

顾颉刚和弟子的关系很平等，弟子有错，老师不姑息；而老师有什么不妥之处，弟子们也会指出。有段时间，杨向奎认为顾颉刚忙于出版通俗读物，对纯学术不够用心，便写信对老师提出委婉的批评。顾颉刚在回信中作了说明："自'九一八'以来，刚感于知识分子责任之重大，不敢逶救亡建国之责，故从事于通俗读物及边疆工作。刚深觉此二事之重要，提倡之不容缓，思竭力以赴之。"

对于能够从事纯学术的人，顾颉刚表示钦佩。因为人非万能，"为一事而善固已有不朽之价值，亦足提高国家民族之地位，不必强尽人为直接之救国事业也"。

但对只埋头学问无视国家灾难的人，顾颉刚提出批评："在此疆土半沦，战士喋血，人民宛转求死不得之际，而汝犹不闻不见，于汝之心安乎？汝乃生长于无国家之地乎？"

顾颉刚这番话化解了弟子的质疑，也显示他热血的一面。

倘若对方指出的是学术上的硬伤，顾颉刚不仅爽快认错，还会向对方的纠错表示欢迎和感谢。

四川学者喻权域研读顾颉刚的《禹贡注释》后，发现顾颉刚亲手绘制的《禹贡地图》与正文矛盾。喻权域以为自己看错了，就找来一堆原始资料仔细研读，终于确定，顾颉刚图画得没错，但文字表述出了问题。于是他写了篇论文《禹贡江沱何所指——与顾颉刚同志商榷》。当时正值"四人帮"被粉碎不久，论文无处发表，他干脆将论文寄给顾颉刚本人。不久，即收到顾颉刚热情洋溢的信。顾颉刚在信中爽快地认了错，并向喻权域致谢、道歉。

学界新人喻权域收到学术权威的亲笔认错信，感动之余发出这样的感慨："顾老这样闻名中外的史学泰斗，竟然如此诚恳地向一位陌生的后学承认错误，这种忠于科学、忠于真理的精神多么高尚！"

十字箴言

作为老师，顾颉刚喜欢讲的一句话是：要把金针度与人。也就是说，要毫无保留地把做学问的"秘诀"传给弟子。"秘诀"之一便是："多所见闻，用以证明古代史事。"

顾颉刚告诉弟子，当你有了一个问题后，就要让这个问题时时盘旋在脑海中，以至于为解决它而茶饭不思。这样，在某个不经意的时候，某个看似不相干的事物会电光石火般触动你，让你瞬时恍然大悟。比如他某夜在重庆望见大梁子、小梁子电灯高上云霄，立马悟出"梁"即山头之称；又某次飞往西安，俯视下面连绵不断的山头，即悟出《禹贡》"梁州"是指峰峦攒聚。

20世纪60年代初，历史学家汪宁生赴云南从事民族调查工作。当时他颇有情绪，因他想从事历史研究，认为做民族调查会荒废学业。偶然读到顾颉刚《史林杂识》，他心中的懊恼烟消云散，精神为之一振。

在这本书中，顾颉刚用藏、白等族招赘习俗，证明古代赘婿与奴隶无异；用苗族丢包习俗，说明内地彩球择婿的由来；以蒙藏服饰，考证"披发左衽"；借用喇嘛庙宇中的酥油偶像解释何为"刍狗"，从西北方言考证出"吹牛""拍马"的来源等。

汪宁生这才明白，民族调查工作，不仅与他研究历史的愿望不违背，反而大有助益。

由此，汪宁生方懂得顾颉刚下面这句话绝非虚言，而是一位大师的真知灼见："遍地都是黄金，只怕你不去拣；随处都是学问，只怕你不去想。"

在一般人看来，顾颉刚这样的大学者，想必智力超群，记忆力非凡，但顾颉刚本人告诉我们，他的治学得力于十个字："随地肯留心，随时勤笔记"。对此，他还做了解释："予生封建家庭，二岁即识字，五岁即诵经，以长者期望之殷切，脑力摧残过剧，七八岁即已陷于神经衰弱之苦况，读时虽了了，掩卷旋茫然。所以尚能从事于考索之业者，只缘个人习性乐于遇事注意，而此腕又不厌烦，一登于册，随手可稽，予盖以抄写代其记忆者也。"

顾颉刚的"十字箴言"，看似寻常，真做到却不易，值得我们奉为圭臬。

求士为不朽

顾颉刚晚年最大的心愿就是整理翻译《尚书》，因为《尚书》佶屈聱牙、艰深晦涩，不整理出来，就浪费了。就连毛泽东在百忙中也指示中华书局，可花十年时间，把《尚书》翻译出来。

从1960年开始，顾颉刚花了四年整理出《尚书》中《大诰》

一篇,《大诰》原文只有 600 字,顾颉刚翻译兼考证写了 40 万字。顾颉刚这本《大诰译证》为《尚书》研究做了一个样板。但若按此规模将全部《尚书》整理出来,篇幅达 1000 万字。以顾颉刚的年龄和身体状况,他是无论如何也完成不了这一任务的。经他申请,在有关领导的帮助下,昔日弟子刘起釪调入北京协助他完成这一工作。

这对师徒通力合作,完成了《尚书》部分篇目的整理工作。顾颉刚去世后,年已六旬的刘起釪又花了 20 年时间,终于完成了老师的遗愿。从下面刘起釪这段自白,可看出,为整理《尚书》,一个本该退休的老人如何"玩命"工作:

没日没夜地赶,除了睡眠、吃饭时间外,其余全是写稿时间,也没有了一定的作息时间,写困了倒头就睡,睡醒来立即就写。如是者整整五年,断绝一切亲朋往来,经常压着几十封信不回复,国外朋友的信也常常积压,往往收到他们数次来信后才回一信,说明我的窘况。……我知道这样做会得罪许多朋友,也顾不得了。

从 60 岁苦干到 80 岁,刘起釪终于将《尚书》剩余部分整理完毕,并完成《尚书校释译论》这部著作。他的工作得到学术界高度评价。林小安先生说:"这一工程对中国的学术发展,无疑是里程碑式的贡献,它为科学地整理古代文献,科学地研究古代史,奠定了坚实的基础,树立了光辉的典范。"

顾颉刚去世后,刘起釪整理《尚书》的同时,还写了多篇短文介绍顾颉刚先生,让更多的人了解这个学术大师,并撰写了《顾颉刚先生学述》一书,全面完整地介绍评述顾颉刚的学术渊源、学问理路、学术成果及影响。

1992 年，历史学家李学勤在一次座谈会上发表《走出"疑古时代"》的讲演，对顾颉刚的"古史辨"提出批评：

从小我就读过《古史辨》，小时候我有一次走到旧书摊上，买到一本《古史辨》第三册的上本，看过之后就着迷了，后来把整个《古史辨》都买来看。从晚清以来的疑古思潮基本上是进步的，从思想来说是冲决网罗，有很大进步意义，是要肯定的。因为它把当时古史上的偶像一脚全部踢翻了，经书也没有权威性了，起了思想解放的作用，当然很好。可是它也有副作用，在今天不能不平心而论，它对古书搞了很多"冤假错案"。

刘起釪随即撰文《关于"走出'疑古时代'"问题》，对李文予以回应。刘起釪认为，任何时代，都应对史料进行审核，对古籍予以辨伪，所以，不存在走出"疑古时代"问题：

实际上你要离开它也离开不了，要"走出"也走不出去。例如《走出"疑古时代"》文中有云："古书是历史遗传下来的东西，它是被歪曲和变化的，不管是有意无意，总会有一些歪曲。"接着说考古发现的书，是"可以直接看到古代的书，这就没有辨伪的问题"。这就明白无误地说明对古代遗传下来的书，必须有辨伪的问题了。又文中指出马王堆帛书《周易》的《系辞》与今本有出入，《老子》书也与今本次序相反，这些显然都需要进行批判地审查的工作。文中又说'学术史要重写，这不仅是先秦和秦汉的问题，而是整个学术的问题'。那就是要对先秦两汉和整个的旧学术进行疑辨求得正解了。

刘起釪指出，顾颉刚"疑古"正是本着司马迁的"信以传信、疑以传疑"的精神："凡以为可信者不疑，可疑者始疑之。"换言之，顾颉刚的疑辨态度是"不需要疑的就不疑，需要疑的就必须疑"，如此，还有什么"疑古时代"需要走出呢？

刘起釪此文有力地驳斥了李学勤的论调，捍卫了顾颉刚的学术观点。

昔人云："交友以自大其身，求士以求此身不朽。"刘起釪在恩师顾颉刚去世后，所写的一系列文章，完成了老师的遗愿，传播了老师的名声，也延续了老师的学术生命。

在给何定生的一封信中，顾颉刚谈到自己有爱才的癖性："我一生所受的累，不是自己的好名好利，而是爱别人的才。凡是有才干的人，无论在学问方面、在艺术方面、在办事方面，我都爱，我总希望他能顺遂地发展他的个性，我在可能范围之内总想帮助他。我常觉得'人之好善谁不如我'这句老话是不对的，应当改作'人之好善谁如我者'才合，因为世界上爱才的人太少了。"

确实，顾颉刚倾毕生精力完成了等身著作，也为培养人才耗费大量心血。他这样做，应该不会是借弟子让自己"不朽"，也不完全出于爱才的癖性，而是想让学术薪火相传。

顾颉刚曾说："凡是一件有价值的工作，必须由于长期的努力，一个人的生命不过数十寒暑，固然可以有伟大的创获，但必不能有全部的成功。所以我们只能把自己看作一个阶段，在这个阶段中必须比前人进一步；也容许后一世的人要比自己进一步。能够这样，学术界才可有继续前进的希望，而我们这辈人也不致作后来人的绊脚石了。"

顾颉刚耗心费力培养弟子，其动机与宗旨尽在于此。

第十章

钱穆与弟子

在国学大师中，钱穆堪称自学成才的典型，他没接受过高等教育，完全凭自学跻身大师行列。另外，钱穆18岁初登杏坛，直到92岁才告别讲台，执教生涯长达70多年，这在世界教育史上亦属罕见。

读书教学方面，钱穆有着诸多的心得体会和真知灼见，对后人来说，这是一笔难得的财富。

读书当知言外意

钱穆的成长得益于父亲启发式的教育。一次，9岁的钱穆在众人面前背诵《三国演义》的片段，获得大家的赞赏，钱穆也有点沾沾自喜，父亲未说什么。翌日，又有人请钱穆去背《三国演义》，父亲也同意了，并领着钱穆去。路过一桥，父亲对儿子说："认识桥字吗？"钱穆答："认识。"父亲问："桥字何旁？"钱穆答："木字旁。"父亲再问："木字换了马旁，是何字？"钱穆答："骄字。"父亲问："知道骄字的意思吗？"钱穆点头。父亲便说："你背诵《三国演义》后脸上的表情就类似这个字。"

父亲这番话让幼年的钱穆很惭愧，从此再也不敢骄傲了。直到晚年，钱穆都牢记着父亲的这次委婉而温和的教诲："先父对我此一番教训，直至如今，已过了六十年，快近七十年，而当时情景，牢记在我心头，常忆不忘，恍如目前。"

钱穆父亲在晚间常给钱穆的哥哥讲课，睡在床上的钱穆因此"沾光"。一次，父亲对钱穆的哥哥说："读书当知言外意。写一字，或有三字未写。写一句，或有三句未写。遇此等处，当运用自己的聪明，始解读书。"在床上"偷听"到这番话后，钱穆领悟出，读书，不仅要了解字面意思，还要挖出文字背后的深意。由于养成了用心读书的习惯，钱穆很快就赢得了"善读书，能见人所未见"的赞誉。

因为患病，钱穆的父亲过早去世了。父亲临终对钱穆说的最后一句话是："你要好好读书。"

父亲去世后，没留下任何产业，家徒四壁。不过，钱穆的母亲顶住了各种压力，让钱穆读完了中学。当有人为她的两个儿子介绍工作时，她拒绝了，说："先夫教读两儿，用心甚至。今两儿学业未成，我当遵先夫遗志，为钱氏家族保留几颗读书种子，不忍令其弃学。"

父亲的临终遗言，钱穆刻骨铭心。后来，他虽未能如愿进入大学深造，但一直坚持苦读，某年大年初一，钱穆把自己反锁在家读《孟子》，要求一天读完一篇，并且直到能背诵才允许自己下楼吃晚饭。这样坚持了七天，终于读完了《孟子》。钱穆还仿效古人"刚日诵经，柔日读史"的先例，规定自己清晨读经子类难读之书、晚上读历史书籍、中午杂览。

游历如读史

钱穆在小学、中学期间，都遇到了特别赏识他的老师。老师的赏识对他的成长起到了至关重要的作用。

在果育学校读小学时，体操先生钱伯圭非常看重钱穆，经常给他"开小灶"。一天课间休息，伯圭先生问钱穆："听说你喜欢看《三国演义》？"钱穆答："是。"伯圭先生就说："这种书还是少读为好。"钱穆不解，老师就耐心开导："这书开头就说，天下合久必分分久必合，一治一乱，这是中国历史走了错路，才造成这种情况的。而欧洲诸国不是这样，而是合了就不再分，治了就不再乱。我们应该学习他们。"

老师这番话如同电光石火，瞬时照亮了钱穆眼前的路。晚年，钱穆用这样的语言描述了老师这番话在他成长道路上所起的无与伦比的重要作用："东西文化孰得孰失，孰优孰劣，此一问题围困住近一百年来之全中国人，余之一生亦被困在此一问题内。而年方十龄，伯圭师即耳提面命，揭示此一问题，如巨雷轰顶，使余全心震撼。从此七十四年来，脑中所疑，心中所计，全属此一问题。余之用心，亦在此一问题上。余之毕生从事学问，实皆伯圭师此一番话有以启之。"

上初中后，国文老师华倩朔对钱穆同样很器重。一次，老师布置作文，题目是"鹬蚌相争"。钱穆周六完成了作文，下周一，他的作文就被老师贴在教室外面，供人欣赏。华老师的评语是："此故事本在战国时，苏代以此讽喻东方诸国。惟教科书中未言明出处。今该生即能以战国事作比，可谓妙得题旨。"钱穆作文的结语是："若鹬不啄蚌，蚌亦不钳鹬。故罪在鹬，而不在蚌。"华老师激赏这句话，评价说："结语尤如老吏断狱。"

因为作文出色，华老师让钱穆跳一级，还奖给他两本太平天国野史。这两本书培养了钱穆对历史的兴趣。

后来，钱穆又写出一篇佳作。华老师又奖赏给他一本日本人写的书。书里讲述了英法诸国很多自学成才者的故事。钱穆后来的发愤自学与此书对他的激励有很大关系。

钱穆升入高级班后，国文老师为顾子重。顾老师同样赏识钱穆。一次，有同学问顾老师：钱穆的作文，开头就用"呜呼"二字，老师为何大加赞赏？顾老师答：欧阳修《新五代史》诸序论不就是以"呜呼"开头的吗？该生听老师这样说，就以玩笑的口吻对钱穆说，原来你把欧阳修学到了家。顾老师严肃地对那位学生说：你不要嘲笑他，将来，他不仅能把欧阳修学到家，还能把韩愈学到手。老师这句话，给钱穆以强烈的震撼，自此他开始认真读韩愈，学问大有长进。钱穆说："余之正式知有学问，自顾师此一语始。"

除了读书，钱穆的另一大嗜好是远游。在北大任教期间，近郊之游不提，光远游就有四次。第一次游泰安、济南、曲阜，第二次游大同、绥远、包头；第三次游庐山；第四次游开封、洛阳、西安。执教西南联大时，几乎日日登山；就职无锡国专时，则时常泛舟太湖。

在钱穆看来，游山玩水，不仅可以饱览秀丽的自然风光，还可以探寻古老的文化经脉。如他说那样："山水胜境，必经前人描述歌咏，人文相续，乃益显其活处。若如西方人，仅以冒险探幽投迹人类未到处，有天地，无人物。即如踏上月球，亦不如一丘一壑，一溪一池，身履其地，而发思古之幽情者，所能同日语也。"也就是说，远游，是享受视觉的盛宴，也是接受文化的洗礼。

钱穆认为，山的皱褶隐含着历史诡谲的踪迹，水的波纹荡漾着文化迷离的色彩。所以，他说，游历如读史，且读的是一部活的历史。钱穆曾告诫学生，太史公幼年，即遍游中国名山大川，倘若游历了名山大川后再读《史记》，必有更深的体会。

在《中国文学论丛》一书中，钱穆阐述了自然风光和人文景观相互辉映的关系，他说：

中国乃如一幅大山水，一山一水，又必有人文点染。即如余乡，数里内即有小丘，称让皇山，乃西周吴泰伯让国来居，葬于此。则已有三千年以上之历史。亦称鸿山，乃东汉梁鸿偕其妻孟光来隐，亦葬于此。则亦已有接近两千年之历史。又有鹅荡，亦在数里内。明末东林大儒顾宪成在此教读，常扁舟徜徉其中，则亦有三百年以上之历史。有《梅里志》一书，环余乡数十里，古今人物名胜嘉话，穷日夜更仆缕指不能尽。故游中国山水，即如读中国历史，全国历史尽融入山水中。而每一山水名胜之经营构造，亦皆有历史可稽。如西湖，自唐之白乐天，吴越之钱武肃王，北宋之苏东坡，循此以往，上下一千年，西湖非由天造地设，乃有人文灌溉。故此中国一幅大山水，不仅一自然，乃由中国人文不断绘就。

……

中国地理，得天既厚，而中国人四千年来经之营之，人文赓续自然之参赞培植之功，亦在此世独占鳌头。在中国欲复兴文化，劝人读中国书，莫如先导人游中国地。身履其地，不啻即是读了一部活历史，而此一部活历史，实从天地大自然中孕育酝酿而来。

李埏是钱穆的得意弟子之一。他常陪老师出游。一次，他忍不住对老师说："我们听老师的课，佩服老师的渊博，以为老师整日都在书斋苦读，没想到老师经常出游。"钱穆便对他解释道："读书，要一意在书；游山水，要一意在山水。乘兴来玩，就要心无旁骛。读书，游山，用功皆在一心。能认识到读书和游山一样，则读书自有大乐趣，也会有大进步；否则把读书当苦差，把游山当乐事，那这两件事都做不好。"李埏又问："老师上课时为什么不这样说，好让更多的学生和老师一块游玩？"

钱穆答："向来只闻劝人读书，不闻劝人游山。不过，书里常有劝人游山的文字。《论语》云，仁者乐山，知者乐水。这就是要我们亲近山水。读朱子书，也有劝人游山之处。你从这个角度来读孔子、朱子的书，会有新的体会。太史公著《史记》，也告诉了我们作者早年已遍游山水。从读书中懂得游山的乐趣，才能真正享受游山。《论语》云，有朋自远方来，不亦乐乎。就像你现在随我读书，陪我游山，你是我真正的朋友。从师交友，也要如读书游山一般得到真正的快乐。"李埏听了这番话，不禁感慨："今日从师游山读书，是我生平第一大乐事。"

游览可获片刻的闲暇，而闲暇则是思想的温床。钱穆的一部《湖上闲思录》正是泛舟太湖的"副产品"："余之院长办公室在楼上，窗外远眺，太湖即在目前。下午无事，常一人至湖边村里，雇一小船荡漾湖中。每一小时花钱七毛，任其所至，经两三小时始返。自荣巷至学校，沿途乡民各筑小泊，养鱼为业，漫步岸上，上天下水，幽闲无极。余笔其遐想，成《湖上闲思录》一书。"

另外，钱穆游山时还能豁然开朗悟出一些读书的道理。他曾对朋友说："登山，拾级而上，每登临一山峰，俯视山下，必有不同，至顶峰，方能领略一个全新的境界。读书也一样，读得多，就想得多，才能触类旁通，举一反三，进入不同的思想境界，不会沾沾自喜于一隅之得。故，游山水也不能死守在一个狭窄的天地。"

对钱穆来说，读书如探幽访胜，美景纷至沓来；游山如寻章摘句，文思不期而至。读与游，合则双美；离则两伤。

钱穆上课认真，也给李埏留下深刻印象，他说："宾四先生上课，从未请过一次假，也没有过迟到、早退。每上课，铃声犹未落，便开始讲，没有一句题外话。给学生们感受最深的是，他一登上讲坛，便全神贯注，滔滔不绝地讲。以炽热的情感和另人心折的评议，把听讲者带入所讲述的历史环境中，如见其人，如闻其语，永远留在我们的脑海中。"

李埏还告诉我们，即便下课后，只要有学生继续请教，钱穆毫无倦色，依旧诲人不倦：

每当下课，一些高年级同学陪着先生边走边质疑、请益，我也跟在后面侧耳而听，在这种时候，先生不仅解答疑难，而且还常常教人以读书治学之方。一天下课后，质疑的人不多，我便鼓起勇气，上前求教。先生诲人不倦……这天，因话未讲完，便不雇车，徒步沿林荫道边谈边走，一直走到西单……

在另一位弟子李素的回忆中，课堂上的钱穆不仅"和蔼可亲"而且"谈吐风趣"：

在课堂里讲起书来，总是兴致勃勃的，声调柔和，态度闲适，左手执书本，右手握粉笔，一边讲，一边从讲台的这端踱到那端，周而复始。他讲到得意处突然止步，含笑而对众徒，眼光四射，仿佛有飞星闪烁，音符跳跃。那神情似乎显示他期待诸生加入他所了解的境界，分享他的悦乐。他并不太严肃，更不是孔家店里的偶像那么道貌岸然，而是和蔼可亲。谈吐风趣，颇具幽默感，常有轻松的妙语、警语，使听众不禁失声大笑。所以宾师上课时总是气氛热烈，兴味盎然，没有人会打瞌睡的。

当时有一种说法，说北大有所谓的岁寒三友：钱穆、汤用彤和蒙文通。在学子心目中，钱先生高明，汤先生沉潜，蒙先生汪洋恣肆，都是名重一时的大学问家。

钱穆教学不限于课堂，任何人，不论何种身份，只要求教，钱穆总是有问必答。一次，李埏问老师："有些人是慕名而来，欲一瞻风采而已，何以先生也很认真地赐以教言？"钱穆答："你知道张横渠谒范文正公的故事吗？北宋庆历间，范文正公以西夏兵事驻陕西。横渠时年十八，持兵书往谒。文正公授以《中庸》一卷，说：'儒者自有名教可乐，何事于兵？'横渠听了，幡然而悟，遂成一代儒宗。可见有时话虽不多，而影响却不小。孔子说：'知者不失人，亦不失言'。我宁失言，不肯失人。"

可见，钱穆诲人不倦，是对每位求教者寄予厚望的。

执着自己的见解

作为一名教师，学问要渊博，见识也要深。一个成功的教师，不能照本宣科，不能满足于"贩卖"别人的成果。优秀的教师，必须在苦读与深思的基础上形成自己独立而深邃的见解。钱穆就是这样的教师。

钱穆在县立高小任教时，因学校条件简陋，他只能和学生住在一起。一次，钱穆午夜梦回，发觉月光很美，当时，钱穆一只脚伸出帐外触到墙壁上，由墙壁之"壁"，他想到"壁""臂"都是形声字，辟属声，但臂在身旁，壁在室旁，凡辟声似乎都有旁义。由此，钱穆浮想联翩，想，避，乃走避一旁；璧，乃玉悬身旁；嬖，乃女侍在旁；譬，乃旁言喻正义；癖，乃旁疾

185

非正病；躄，乃两足不正常，分开两旁，盘散而行；劈，乃刀劈物分两旁。想到这，钱穆得出了结论：凡辟声皆有含义，这就是宋人所说的"右文"。那夜，钱穆因思有所得而兴奋不已。翌日清晨，上课时，钱穆把夜间的思考传授给学生。恰好，那天有督学听课，对钱穆所说的内容大为赏识。事后，督学写了篇文章，对钱穆来了个"通报表彰"。

因为经常在课堂上讲授自己的心得与体会，钱穆的课大受欢迎。著名报人徐铸成是钱穆的学生，他对钱穆的课有这样的评价："我听了钱先生一年课，这一年，他教《论语》《孟子》。他教得与别人不同。钱先生在学问上，喜创新，喜突破别人做过的结论，总是要自己想，执着自己的见解。学生们对他很钦服。"

通常，小学生都怕作文，因为无话可说。钱穆的学生却把上作文课视为乐事，何也？因钱穆的教学方法与众不同。

一次，钱穆要学生带着铅笔和稿纸来到郊外一座古墓旁，周围古柏苍松林立，足有百棵。钱穆让学生各选一棵树，就近坐下，静观四周形势景色，用文字写出。随后，让学生围坐一圈，每人宣读自己的作文，大家相互品评，指出谁忽略了何处，谁次序不当，谁轻重倒置，一堂课下来，大家趣味盎然，获益良多。

一天下雨，钱穆就让学生在走廊上观雨。钱穆问：今天下的是什么雨？学生答：黄梅雨。问：黄梅雨与其他雨有何不同？学生便七嘴八舌踊跃回答，答案自然是五花八门。钱穆就让学生相互讨论，随后开始动笔写，写毕，相互观摩，取长补短。

很多教师教作文，只注意培养学生写的能力，而钱穆这种"开门教学"的方式则培养了学生的观、听、写的综合能力。玩，是孩子的天性，钱穆便因势利导，让他们在玩中去学，效果很好。后来，钱穆创办新亚书院，仍把"游于艺"作为办学指导思想之一。

钱穆读书时，因受到老师的赏识而信心倍增，所以当教师后，他也尽量用赏识的目光激发学生对学习的兴趣。

一次下课，钱穆发现有名学生一直坐在位子上，不出去玩。一问，才知道此生叫杨锡麟，曾犯校规，校长惩罚他，不许他下课离开教室。钱穆认为校长做法欠妥，就让其他学生带杨锡麟出去玩。不一会儿，有学生汇报，说杨锡麟在水沟边将一只青蛙弄死了，钱穆并未惩罚杨锡麟，而是对其他学生说，杨锡麟因长期待在教室里，不知青蛙为何物才犯了错误，大家应该原谅他。经过一番接触，钱穆发现杨锡麟歌喉动听，为鼓励他，音乐课上，就让杨锡麟领唱。因为获得钱穆的赏识，杨锡麟恢复了信心，从此刻苦学习，由差生一跃而成优等生。

学文唯一正路

钱穆白手起家创办新亚，可谓筚路蓝缕，艰苦卓绝。他的百折不挠、无所畏惧体现在他为新亚撰写的《校歌》中：

> 手空空，无一物；路遥遥，无止境。乱离中，流浪里，饿我体肤劳我精。艰险我奋进，困乏我多情，千斤担子两肩挑，趁青春，结队向前行。珍重！珍重！这是我新亚精神。

钱穆热爱教育，关心学生无微不至，新亚的学生称他为家长。以下几位学生的话证明了钱穆和学生是多么亲密无间：

钱先生当时可谓是食宿无定所。他常常给我们买鲜虾加菜，饭后请我们吃香蕉。一次我有事外出回来晚了，钱先生把自己的饭菜分了一半给我。当时我感到一阵来自家庭的温暖。

……

某年大年初三，有八位同学给钱先生拜年，他们都像对自己的父亲那样，跪在地上叩头。钱先生一下子手足无措，慌忙将他们一一扶起。谁知道这个头不是白叩的。八位同学吵着要压岁钱，还要看电影，钱先生一口答应，学生们这才连蹦带跳地跑出院长寓所。

当时新亚的同学多来自内地，在香港漂泊了四五年，到了新亚，终于品尝到家的滋味。

每次开会，钱穆都会说："你们孤身在外，来到新亚，就像是来到你们的家了。"

新亚的学生爱戴自己的"家长"，也喜欢听"家长"的课。从下面两位学生的回忆中，我们可一窥钱穆讲台上的风采：

钱先生讲的中国历史简直会把你的耳油都听出来。你真要稀奇他怎么装了一肚子的历史。不过，上钱先生的课，千万别坐在第一排。因为他讲书时，喜欢在讲台上踱来踱去，你的视线被吸引在他的脸上，于是你的身子可就跟着他转动不停。这样呀……一个钟头听下来，你就会突然发觉到脖子又酸又累。不过，钱先生绝不发脾气，红润的脸庞常露着慈祥的笑容。

钱先生的仪态使人感到和蔼可亲，却又肃然起敬。他是一个富有人生情趣的人，常常和同学们在一块聊天，即使是青年的爱情问题，他也可以和我们谈出劲儿来。然而，当提起民族的忧难、人类的危机时，他的表情，便马上呈现出内心的沉重……钱先生在讲学的时候，全神贯注，有声有色。如讲《庄子·逍遥游》一篇时，他所表现的姿态与神情，真是大鹏逍遥于空际之气象，扮演之贴切逼真，使人的心绪也随之而遨游。

孟子说："分人以财谓之惠，教人以善谓之忠，为天下得人谓之仁。"

作为新亚的"家长"，钱穆这三者都做到了。

钱穆对新亚的每位学生都一视同仁，不因为学生天资差异而厚此薄彼。叶龙是新亚的一名普通学生，可钱穆对他仍用心指导，即便在叶龙毕业后，依旧在学业上指导、生活上关心。1959 年，钱穆得知某中学要聘用叶龙，而叶龙更想留在新亚，就开导弟子："你去中学教，可得些经验，而且教学相长，也是好事。将来仍有机会回新亚的。"

1960 年，身在美国的钱穆给叶龙回了一封很长的信，谈人生、谈学问，真知灼见启迪心灵，关怀之情动人心弦。叶龙说："这是钱师给我最重要的一封手札。"在此全文引录，以使所有爱好中国文学的青年学子从中受到启发和益处：

叶龙同学如面：

前后已二次接读来书，承远道相念，极为感慰。三月九日一书，备述最近努力读书教课事，更感欣慰。古人云，教学相长，能认真教课，自己学问自能随之增进，并在此进程中，自己能感到一种愉快与欢乐，学生方面与同事方面自能日增其信仰，如是内外相引，自然更使自己奋发，所谓为人与做学问一以贯之，可即从此体验。最近能精读姚篡，先从昌黎入门，依次可读柳欧王曾四家，然后再读苏氏父子，读各该诸家之诗文时，如能参读其年谱及后人之评注更佳。在新亚及孟氏图书馆中当可借得。读过姚纂，则曾钞已得其半，即从此两书入门，亦是学问一大道。惟望能持之以恒，不倦不懈，不到一两年即可确立一基础，至盼循此努力为要。《曾文正公家训》及《求阙斋读书记》及《鸣原堂论文》等，在《曾文正全书》中，盼加浏览，必能与最近弟之工夫有相得之启悟也。于读文之外，并盼同时能读诗，主要可依曾文正《十八家诗钞》所选，先就爱读者择其一二家读之，读完了一二家，便可再选一二家，以先读完此十八家为主。最少亦得读完十家上下，每日只须读几首，勿求急，勿贪多，日积月累，沉潜浸渍，读诗如此，读文亦然，从容玩味，所得始深，切记切记。

弟最近去某校教课，借此得一练习机会，亦甚有益，惟为学必先有一种超世绝俗之想，弟性情忠厚，可以深入，因诗文皆本原于性情也。惟其求深入，最先必须有超世绝俗之想。当知真性情与超世绝俗并非两条道路，若无真性情而求超世绝俗，则成为怪人，若不能超世绝俗，而只有此一番性情，亦终不免为俗人。从来能文能诗，无不抱有超时绝俗之高致，弟于读文时试从此方面细求之，若于此有得，则志气日长，见识日远，而性情亦日能真挚而醇笃。文学之一方面为艺术，其又一方面为道德，非有艺术心胸，非有道德修养，则不能窥文学之高处，必读其文为想见其人，精神笑貌，如在目前，则进步亦自不可限量矣。此后读书有得，仍盼随时来信。穆虽远在海外，然对弟等学问进修，闻之实深欣快。极盼能在再见面时，弟之气度心胸学问识趣，能卓然有所树立，能与前时相叙判若两人，此非不可能之事。真能潜心向学，自可有此境界，真能觅得道路，则达此境界亦殊非难事，必在自己心中感到有此一境界，则自此向前，始是学问之坦途，真可日新月异，脱胎换骨。如是则真成了一个学者，在己可有无上满足，而对人亦自可有无上贡献。此等话决非空言之即是，须自己真修实践，于痛下工夫后实实体验，始确知其如此。学诗学文，亦仅有循此道路。今弟正在读韩（愈）文，细诵其教人为文，何一语非教人做人乎？何一语非超世绝俗者而能道出乎？学文即是学道，此乃惟一正路也。匆匆即询

穆白

一九六〇年三月廿二日

一生只著一部书

在钱穆的众多弟子中，论学问大、影响广，当数严耕望和余英时。

作为弟子，严耕望曾和钱穆朝夕相处了三年，出师后依旧与老师联系密切，是受钱穆影响最大的弟子。谈到老师，严耕望的话充满敬仰与感激："除了学术方向的引导与诱发，教我眼光要高远、规模要宏大之外，更重要的是对于我的鼓励。"

1941 年 3 月 19 日，钱穆在武大讲学。那是严耕望首次听钱穆的课，他发现，钱穆颇有政治演讲家的风度，而在高瞻远瞩方面，还略胜一筹。

在演讲的开始，钱穆说，历史有两只脚，一是历史地理，一是制度。钱穆强调，这两门学问是历史学的骨干，要通史学，必须以这两门学问为基础。

当时的严耕望正对这两门学问发生兴趣，听了钱穆的话自然非常兴奋："此刻听到先生这番话，自然增加了我研究这两门学问的信心。"

不久，钱穆又在江苏省同乡会讲"我所提倡的一种读书方法"，对如何读书、读什么书做了具体的分析和指导：

现在人太注意专门学问，要做专家。事实上，通人之学尤其重要。做通人的读书方法，要读全书，不可割裂破碎，只注意某一方面；要能欣赏领会，与作者精神互起共鸣；要读各方面高标准的书，不要随便乱读。至于读书的方式，或采直闯式，不必管校勘、训诂等枝节问题；或采跳跃，不懂无趣的地方，尽可跳过，不要因为不懂而废读；或采闲逛式，如逛街游山，随兴之所至，久了自然尽可奥曲。读一书，先要信任它，不要预存怀疑，若有问题，读久了，自然可发现，加以比较研究。若走来就存怀疑态度，便不能学。最后主要一点，读一书，不要预存功利心，久了自然有益。

在武大讲学结束后，历史系师生开茶话欢送会，钱穆在会上勉励各位同学，眼光要远大，要给自己定一个 30 年或 50 年的规划，不要只作三五年的打算。

钱穆这两次的话对严耕望的治学产生了很大影响。

严耕望本来打算毕业后先去中学教书，但钱穆认为严耕望耐寂寞肯吃苦，就劝他去齐鲁研究所做助理研究员，因为研究所的条件更适合做学问。严耕望这才决定赴研究所拜钱穆为师。

身为老师，钱穆站得高看得远，在关键时刻，他的三言两语往往给弟子以很大很重要的启发。

一次，严耕望作学术报告，题目是"两汉地方官吏之籍贯限制"。报告中，严耕望提及他从1000多条材料中发现两个现象：一、武帝后，朝廷任命的长官都不是其统辖地区的本地人，县令长一职都由外县甚至外郡人担任。二、顾炎武说汉代州郡县长官自由任用的属吏，都是本地人，从史料上看，他说得对。严耕望在演说中轻描淡写地提到自己这两个发现，钱穆听后大为赞赏，他认为严耕望说的两点是意义重大的发现，理由如下：

秦汉时代，中国刚由分裂局面进入大一统时代，地方势力仍很强，且因交通不便，容易引发割据现象，若用本地人担任县令，不利于国家的统一。另外，由于外地人不谙本地民情，那么，规定县令必须任用本地人当属吏，既可避免地方官任用私人，也便于行政事务的处理。所以，这一条规定很有意义，不能等闲视之。

钱穆这番话让严耕望大受启发，他说："这一席话启示我研究问题时，不但要努力地搜取具体丰富的材料，得出真实的结论，而且要根据勤奋的成果，加以推论，加以发挥，使自己的结论显得更富有意义。"

钱穆的教学不限于课堂，散步、游玩中也不忘指点迷津，一次徒步旅行中，他对身旁的两位得意门生钱树棠与严耕望说：

我们读书人，立志总要远大，要成为领导社会、移风易俗的大师，这才是第一流的学者！专守一隅，做得再好，也只是第二流。现在一般青年都无计划的混日子，你们有意读书，已是高人一等，但是气魄不够。例如你们两人现在都研究汉代，一个致力于制度，一个致力于地理，以后向下发展，以你们读书毅力与已有的根底，将有成就，自无问题；但结果仍只能做一个二等学者。纵然在近代算是第一流的成就，但在历史上仍然要退居第二流。我希望你们要扩大范围，增加勇往迈进的气魄！

钱穆的教诲让严耕望懂得，作为学者，志向要高远，胸怀要博大，并且，还要以学问指导人生，以知识服务社会，亦即，做学问需坐冷板凳，对社会要有热心肠。

严耕望勤奋好学，但有点自卑，所以只求"一隅的成就"，不奢望走第一流的路线，对此，钱穆抓住一切机会给他打气，说：

（学术研究）只关自己的气魄及精神意志，与天资无大关系。大抵在学术上成就大的人都不是第一等天资，因为聪明人总无毅力与傻气。你的天资虽不高，但也不很低，正可求长进！

也许觉得自己这番话弟子没听进去，过了几天，钱穆又旧话重提，劝严耕望要树立远大抱负，说：

一个人无论读书或做事，一开始规模就要宏大高远，否则绝无大的成就。一个人的意志可以左右一切，倘使走来就是小规模的，等到达成这个目标后，便无勇气。一步已成，再走第二步，便吃亏很大！

钱穆还通过对中国学术界的批评激励弟子在学问上力求精进：

中国学术界实在差劲，学者无大野心，也无大成就，总是几年便换一批，学问老是过时！这难道是必然的吗？是自己功夫不深，写的东西价值不高！求学不可急。太急，不求利则求名，宜当缓缓为之。但太缓，又易懈怠。所以意志坚强最为要着！……要存心与古人相比，不可与今人相较。今人只是一时的人，古人功业学说传至今日，已非一时之人。以古人为标准，自能高瞻远瞩，力求精进不懈！

为了能让弟子目光高远，意志坚定，钱穆可谓苦口婆心，正如严耕望所说"随时谆谆致意"。

在钱穆的教诲下，严耕望心中慢慢形成一个"中国政治制度史"研究计划，拟倾毕生心力完成这一部书。钱穆对他的志向极为赞许，在散步中予以慰勉：

近人求学多想走捷径，成大名。结果名是成了，学问却谈不上。比如五四运动时代的学生，现在都已成名，但问学术，有谁成熟了！第二批，清华研究院的学生，当日有名师指导，成绩很好，但三十几岁都当了教授，生活一舒适，就完了，怎样能谈得上大成就！你如能以一生精力做一部书，这才切实，可以不朽！

钱穆与严耕望情同父子，不仅在学问上悉心指导，生活上也用心关照，但弟子有错也绝不姑息。不过，钱穆批评弟子往往分场合讲分寸。一次，钱穆要严耕望去做某事，严迟疑未做。事后他很后悔就去老师家认错，没想到老师笑脸相迎。待严耕望表明悔意后，钱穆说：

我平日自知脾气很坏，昨日不愿当面呵责，恐气势太盛，使你们精神感到压迫，伤了你们锐气。但昨日之事实不可谅。你们努力为学，平日为人也很好，所以我希望你们能有大的成就，但此亦不仅在读书，为人更重要，应该分些精神、时间，留意人事。为人总要热情，勇于助人，不可专为自己着想！

明知弟子有错，却压住内心的火气，因为怕自己冲动之下出语伤人，待感情平复后再和弟子说理。钱穆对弟子的包容源自他对弟子的深切爱护。

严耕望曾有意将两部《唐书》彻底整理一番，但完成这项工作须投入毕生的精力，同时，他也想从地理观点研究隋唐五代文人各方面的发展情况，这项工作也须全力以赴。鱼与熊掌，不可得兼，怎么办？只好求教于老师，钱穆略一思忖，即为弟子当机立断：

你已花去数年的时间完成这部精审的大著作。以你的精勤，再追下去，将两部《唐书》彻底整理一番，必将是一部不朽的著作，其功将过于王先谦之于两《汉书》。但把一生精力专注于史籍的补缠考订，工作实太枯燥，心灵也将僵滞，失去活泼生机。不如讲人文地理，可从多方面看问题，发挥自己心得，这样较为灵活有意义。

听了老师的话，严耕望不再犹豫，此后专心于历史人文地理研究。直到晚年，他依旧认为这一选择是正确的，而正是老师钱穆将其引入这一正确之路。

严耕望自卑时，钱穆多方鼓励；而严耕望在学术领域声名鹊起时，钱穆则提醒他不能为名所累："你将来必然要成名，只是时间问题。希望你成名后，要自己把持得住，不要失去重心。如能埋头苦学，迟些成名最好！"

严耕望后来一直记着老师这句告诫，"自励自惕，不敢或忘"："50年来，我对于任何事都采取低姿态，及后薄有浮名，也尽量避免讲学，极少出席会议，都与先生此刻的告诫不无关系。"

1973年，香港中文大学历史系讲座教授牟润孙于秋季退休。中文大学登出招聘启事。以严耕望当时的学术声誉，若应聘，将毫无悬念当选。友人极力劝说，他却婉言谢绝。在他看来，自己是一个纯粹的学人，任何高级的名位头衔不过是一时的装饰，不必去求。当他把自己的想法告诉老师后，钱穆在回信中对弟子的"寂寞自守"大加赞赏：

昨得来缄，不胜欣喜。弟不欲应征中大历史系教授，亦未为非计。担此任职，未必对中大能有贡献，不如置身事外，可省自己精力，亦减无聊是非。大陆流亡海外学术界，二十余年来，真能潜心学术，有著作问世者，几乎无从屈指。唯老弟能淡泊自甘，寂寞自守，庶不使人有秦无人之叹！此层所关不细，尚幸确守素志，继续不懈，以慰凤望。

严耕望学有所成之后能"淡泊自甘，寂寞自守"，一方面与其天性有关；另一方面也得益于老师钱穆多年的熏陶。

做笔记要留一半空白

钱穆创办的新亚书院培养出来的最大学者是余英时。余英时坦承，自己的成长凝聚着老师钱穆太多的心血。他说，没有钱穆，自己的生命将会是另外的样子："我可以说，如果我没有遇到钱先生，我以后40年的生命必然是另外一个样子。这就是说：这五年中，钱先生的生命进入了我的生命，而发生了塑造的绝大作用。"

余英时是从燕京大学转至新亚的。当时，新亚初创，只有一年级，余英时转学要从二年级开始，须接受一次简单的考试，主考官就是钱穆。钱穆让余英时用中英文各写一篇读书的经历和志愿。交卷后，钱穆当场阅卷，当即录取。余英时说，这次特殊的考试对他而言是一件值得引以自傲的事："因为钱先生的弟子尽管遍天下，但是从口试、出题、笔试、阅卷到录取，都由他一手包办的学生，也许我是唯一的一个。"

那时新亚的学生很少，水平参差不齐，钱穆教学时无法尽情发挥，必须尽量迁就水准低的学生。作为优等生的余英时在课堂上便觉收获寥寥。他坦言，从钱穆那里受益最多的是在课堂之外。余英时的父亲也在新亚授课，钱穆与他们一家相处融洽，节假日，他常和余英时一家去太平山顶或去石澳海边泡茶馆，下棋、打牌、聊天，有时能玩上一整天。这个时候，他当然不会和余英时谈学问，但不经意中的几句点拨却让这位弟子受用一生。

一年暑假，香港酷热。钱穆胃溃疡的毛病犯了，孤零零躺在教室的空地上。余英时去看他，问：我能帮你什么吗？钱穆说他想读王阳明的文集。余英时便去商务印书馆给他买了一部。

在那样艰困的环境，在那样无助的时刻，钱穆念念不忘王阳明文章。他对中国文化的热爱与痴迷给余英时留下难以磨灭的印象。余英时后来赴哈佛深造，对中国文化一直怀着温情和敬意，想来和钱穆的言传身教有极大关系。

余英时毕业后就留在新亚教书。不久，以助教身份赴哈佛访学，随后又留在哈佛读博士。尽管两人相隔万里，且余英时也有了新的导师，但钱穆依旧通过书信指点这位已出师门的弟子。

在钱穆眼中，余英时人才难得，但越是器重，指导越细致，批评也越严厉。在一封信中，钱穆对余英时某篇论文的批评坦诚而直率："稍嫌不贴切""下语时时有含混不分明之处""立论，有过偏之处""不能有深细之阐发"。为了让余英时在学术上尽快登堂入室，钱穆特别推荐他去读叶水心的《习学记言》、王船山的《读通鉴论》及章太炎的《检论》，说"此三书须仔细阅之，得一语两语可以有大用"。

关于论文体例方面，钱穆不惮其烦，提出意见，供弟子"采择"："在撰写论文前，须提纲挈领，有成竹在胸之准备，一气下笔，自然成章。"

钱穆直言，余英时论文"似嫌冗碎软弱"："未能使读者一开卷有朗然在目之感，此似弟临文前太注意在材料收集，未于主要论点刻意沉潜反复，有甚深自得之趣，于下笔时，枝节处胜过了大木大干。"钱穆提醒弟子："此事最当注意。"

余英时论文中多次出现"近人言之已详，可不待再论"字样，钱穆告诫弟子"此项辞句，宜一并删去"。

余英时论文后面的附注多达 107 条，钱穆认为太多了："大可删省，芜累去而精华见，即附注亦然，断不以争多尚博为胜。"

钱穆认为，附注和正文"只是一篇文字"，所以"不宜有所轻重"。

钱穆对余英时的指导不是泛泛而谈，而是极富针对性。指出了弟子论文的缺点所在，又为他提供补救措施。如此有的放矢的教导自然能起到立竿见影的效果。

钱穆说，治学当就自己性近，又须识得学术门路。作为老师，他对余英时的性情与性格了如指掌，所以能"对症下药"。他知道余英时才性、为文"近欧阳，不近韩柳"，所以劝弟子多读欧阳文章，当有事半功倍之效。

余英时喜欢熬夜，钱穆出于对弟子的关心，希望他戒除这一陋习："又念弟之生活，却似梁任公，任公在日本时起居无节，深夜作文，日上起睡，傍晚四五时再起床，弟求远到，盼能力戒，勿熬深夜，勿纵晏起。"

从论文附注的内容，到生活习惯的好坏，钱穆都对弟子提出切实可行的建议，可谓"心之所爱，无话不及"。无论是谁，有这样的老师都是难得的福分！

余英时曾发愤攻读钱穆的著作《国史大纲》，为加深印象，余英时边读边做笔记，把书中精要之处摘录下来。当余英时把笔记本呈老师过目，请老师指教时，钱穆说了这样一番话："你做这种笔记的工夫是一种训练，但是你最好在笔记本上留下一半空页，将来读到别人的史著而见解有不同时，可以写在空页上，以备比较和进一步的研究。"

钱穆这番话听起来很寻常，却对余英时产生很大的启示，他由此知道了钱穆对学问的态度:《国史大纲》是他对历史的系统见解，但他不认为这是唯一的看法，而是允许别人从不同角度得出不同的结论。另外，钱穆的话也在提醒余英时，初学者，更应该在不同之处用心，然后去追寻自己的答案。余英时因此懂得，学问的系统应该是开放的而不是封闭的。他说："从此以后，我便常常警惕自己不能武断，约束自己在读别人的论著——特别是自己不欣赏的观点时，尽量虚怀体会作者的用心和立论的根据。"

钱穆对余英时的点拨、指导，常常具有"振聋启聩的震撼力"：

当时我的计划是读完学位后回到新亚去执教，所以主要精力是放在西方历史和思想方面。我的心里颇有些焦急，因为我实在腾不出太多的时间来专读中国书，而中国古籍又是那样的浩如烟海。我在给钱先生的信中不免透露了这一浮躁的心情。钱先生每以朱子"放宽程限，紧着工夫"的话来勉慰我，叫我不要心慌。这种训诚真是对症下药，使我终身受用无穷。

所谓"放宽程限"，就是说做学问是一辈子的事，不可能毕其功于一役，所以，不必心慌焦急；所谓"紧着工夫"，就是要时时有紧迫感，要认识到，只有付出一点一滴的努力，才会有一尺一寸的收获。钱穆的话之所以让余英时终身受用，是因为他说出了做学问的真谛，那就是，做学问如同跑一场没有终点的马拉松，仿佛遥遥无期，但，如果你每一步都踏实，终有成功撞线的那一刻。

钱穆的话使余英时懂得，水滴石穿，在于韧。做学问，最关键的就是要有"韧"劲。

哈佛曾邀钱穆去讲演。因哈佛多次资助新亚，钱穆便对哈佛主事者表示感谢，对方却说："哈佛得新亚一余英时，价值胜哈佛赠款多矣，何言谢！"可见余英时在哈佛人心目中的重要地位。余英时的脱颖而出乃至蜚声中外，与钱穆的谆谆教诲密切相关。

钱穆 90 岁生日时，余英时写了《寿钱宾四师九十》律诗四首，其四为：

海滨回首隔前尘，犹记风吹水上鳞。
避地难求三户楚，占天曾说十年秦。
河间格义心如故，伏壁藏经世已新。
愧负当时传法意，唯余短发报长春。

钱穆逝世后，余英时又写了一副挽联：

一生为故国招魂，当时捣麝成尘，未学斋中香不散。
万里曾家山入梦，此日骑鲸渡海，素书楼外月初寒。

第十一章

傅斯年与弟子

山东好汉傅斯年，身材魁伟，状若小山包，脾气火爆，一点就会炸。他学问大、心肠好，混迹官场多年，书生本色不减。生来喜读书，天性爱教书。有人誉之为"纵横天岸马，俊逸人中龙"，诚不为过。

海外游学归来，傅斯年在中山大学初试锋芒出任文学院院长，后任职中央研究院，长袖善舞创办历史语言研究所；抗战结束深孚众望收复北大，为胡适出任北大校长扫平道路，最终临危受命执掌台湾大学。

出任台大校长后，为了让学生接受高水平的教育，他费尽周折，遍寻名师；也铁面无私辞退70多位不合格教员。为改善学生的住宿条件，他向政府申请增加办学经费，为此受到某议员的质询，在回答质询时，宿疾暴发，倒地不起。

他的临终遗言是："我不能看着许多有为的青年因贫穷而被摒弃于校门之外。"

会读书更能做事

在纪念北京大学建校52周年座谈会上，傅斯年说出这样一番妙语："梦麟先生的学问不如蔡元培先生，办事却比蔡元培先生高明；我的学问比不上胡适先生，但办事却比胡先生高明。这两位先生办事，真不敢恭维。"一旁的蒋梦麟插话道："孟真，你这话对极了，所以他们两位是北大的功臣，我们两个不过是北大的'功狗'。""功狗"云云，是指其会办事也。

傅斯年办事高明，高明在他既有原则性又不失灵活性。

傅斯年受命筹建中央研究院历史语言研究所时，曾四处网罗人才。不惜代价，请来了赫赫有名的陈寅恪、赵元任和李济，分别担任历史组、语言组和考古组的主任。

1929 年史语所迁北平后，所中学者纷纷去北大、清华兼课，贴补家用。课兼多了，研究院的本职工作难免受到影响。于是，傅斯年提出，史语所成员不得在外兼课。可赵元任、陈寅恪对清华大学感情极深，坚持在清华兼课，否则，宁可辞去史语所工作。两位大师，傅斯年得罪不起，只得对自己的话做了如下修正："只有你们二位可在外面兼课，别人都不许。"由此可知，傅斯年办事是兼具原则性和灵活性的。

傅斯年与陈寅恪私交甚好。两人在柏林大学读书时，交往密切。两人都嗜书如命，自律甚严。抗战时期，傅斯年虽患有高血压等多种疾病，却拖着病体无微不至关心着陈寅恪。每次跑警报，别人往外跑，他却往楼上爬，因为陈寅恪住在三楼，他要把陈搀下楼。在傅斯年身边工作的那廉君回忆：

> 孟真先生对朋友非常关心，抗战期间，在昆明的时候，我们都住在云南大学前面的靛花巷，西南联大陈寅恪教授那时候住在三楼。陈教授对空袭警报最为注意，他的口号是"闻机而坐，入土为安"。"机"指飞机而言；"入土"者，入防空洞也。因为当时靛花巷楼下空地上挖有一个防空洞，但经常水深盈尺，陈教授不惜带着椅子坐在水里边，一直等警报解除。每次警报一鸣，大家都往楼下跑，甚至于跑出北门，孟真先生却从楼下跑上三楼，通知陈教授（因为有时候陈教授在睡早觉或午觉），把陈教授搀扶下来入了洞。

傅斯年与陈寅恪堪称知音、密友，即便如此，傅斯年对陈的"特别关照"也是有限度的，比如在外兼课，可以；倘若陈寅恪不能在所中上班，则只能拿兼职薪水，而不能领专任薪水。

1942年6月，陈寅恪人在桂林，而中研院总干事叶企孙却致信傅斯年，打算聘陈为史语所专职研究员："以寅恪夫妇之身体论，住昆明及李庄均非所宜，最好办法，似为请彼专任所职，而允其在桂林工作，不知尊义如何？"

叶企孙关心战乱中贫病交加的陈寅恪，傅斯年感动当然也支持，但他提醒叶企孙，聘陈寅恪可以，不过，由于陈远在桂林，不能在所里上班，所以只能聘陈为兼职研究员，拿兼职的薪水。为使叶明白自己的苦心，他在信中有这样的解释：

> 弟平时办此所事，于人情之可以通融者无不竭力，如梁思永此次生病，弄得医务室完全破产。寅恪兄自港返，弟主张本院应竭力努力，弟固以为应该。然于章制之有限者，则丝毫不通融。盖凡事一有例外，即有援例者也。

傅斯年的话合情合理，叶完全同意："关于寅恪事，尊见甚是，请兄电彼征询其意见，倘彼决定在李庄工作，清华方面谅可容许其续假也。寅恪身体太弱，李庄昆明两地中究以何处为宜，应由彼自定。"

本来，事情至此已尘埃落定。没想到7月下旬，傅斯年从某办事员的信中获悉叶改变了主意。该办事员在信里透露这样一个信息："叶先生函商院长聘陈寅恪先生为专任研究员，月薪600外加薪40元，院长已批准照办。俟叶先生将起薪月日函复核，聘书即当寄贵所转寄桂林也。"

说好了的事，又反悔，且事前也不和身为所长的傅斯年沟通一下，对此，傅斯年很光火，他想，等聘书寄到李庄，先将其扣留，再和叶企孙理论。

没想到叶企孙料到傅斯年有这一着，他索性将聘书直接寄给了桂林的陈寅恪。这下傅斯年坐不住了，他向叶企孙发了一串声明：

一、弟绝不承认领专任薪者可在所外工作。在寅恪未表示到李庄之前，遽发聘书，而6月份薪起，即由寅恪自用，无异许其在桂林住而领专任薪。此与兄复弟之信大相悖谬。

二、自杏佛、在君以来，总干事未曾略过所长直接处理一所之事。所长不好，尽可免之；其意见不对，理当驳之。若商量不同意，最后自当以总干事之意见为正。但不可跳过直接处理。在寅恪未表示到李庄之前，固不应发专任聘书，即发亦不应直接寄去（以未得弟同意也），此乃违反本院十余年来一个良好Tradition之举也。

三、为弥补寅恪旅费，为寅恪之著作给奖（或日后有之，彼云即有著作寄来），院方无法报销，以专任薪为名，弟可承认。在此以外，即为住桂林领专任薪，弟不能承认。此事幸寅恪为明白之人，否则无异使人为"作梗之人"。尊处如此办法，恐所长甚难做矣。弟近日深感力有不逮，为思永病费，已受同人责言。今如再添一个破坏组织通则第十条之例，援例者起，何以应付。此弟至感惶恐者也。

以上声明之外，傅斯年还提醒叶企孙，办事一定要符合史语所有关手续：

即令弟同意此事，手续上亦须先经过本所所务会议通过，本所提请总处核办。总处照章则办理。亦一长手续也。又及与此事有关院章各条文：组织通则第十条，专任研究员及专任副研究员应常在研究所从事研究；第二条：本院各处所及事务人员之服务均须遵守本通则之规定。此外，间接有关者尚多，故领专任研究员薪而在所外工作，大悖院章也。

为避免陈寅恪误会，傅斯年还写信给陈，解释自己和叶企孙的冲突缘由：

此事在生人，或可以为系弟作梗。盖兄以本院薪住桂，原甚便也。但兄向为重视法规之人，企孙所提办法在本所之办不通，兄知之必详。本所诸君子皆自命为大贤，一有例外，即为常例矣。如思永大病一事，医费甚多，弟初亦料不到，舆论之不谓弟然也。此事兄必洞达此种情况。今此事以兄就广西大学之聘而过去，然此事原委就不可不说也。

其实，陈寅恪非常理解傅斯年的难处，对他的做法完全支持。即便傅斯年顾念私情，破例聘他为专任研究员，以陈的性格和做派，也绝不会接受的。事实上，他确实这样做了。他给傅斯年的回信中，谈到这一点：

弟尚未得尊电之前，已接到总办事处寄来专任研究员聘书，即于两小时内冒暑下山，将其寄回。当时不知何故，亦不知叶企孙兄有此提议。（此事今日得尊函始知也，企孙只有一书致弟，言到重庆晤谈而已。）弟当时之意，虽欲暂留桂，而不愿在桂遥领专任之职。院章有专任驻所之规定，弟所凤知，岂有故违之理？今日我辈尚不守法，何人更肯守法耶？此点正与兄同意也。……

傅斯年此事处理得颇为妥当。聘远在桂林不能驻所的陈寅恪为兼任研究员，既没有违背有关规定，又可缓解陈寅恪的经济压力，可谓两全其美；而叶企孙执意聘陈为专任研究员，违背了史语所有关章程，留下了话柄，陈寅恪若接受叶的聘任，也会影响自己的清誉。

傅斯年曾凭手中如椽之笔和口中如剑利舌，将孔祥熙和宋子文从行政院长的位子上轰了下来。他因此得了"傅大炮"的外号。孔祥熙是蒋介石的连襟，他在国民政府中，以财大气粗、人脉深厚而著称。想把他轰走，谈何容易。

傅斯年"批孔"，耗时长达八年，他最终能把孔祥熙轰出政坛，还得益于一个名叫陈赓雅的参政员。没有陈赓雅提供的重磅炸弹，傅斯年这尊大炮也很难显示出一鸣惊人的威力。

1945 年 7 月 7 日，国民参政会第四届第一次会议在重庆召开。当时，参政员陈赓雅收集到大量有关孔祥熙鲸吞美金公债的材料，并将其写出详细具体的提案，让傅斯年过目，请傅斯年联署。傅斯年大喜，有了这枚重磅炸弹，何愁孔祥熙不倒。

大会主席王世杰知悉此事后，怕事情闹大，影响政府声誉，于抗战不利，便以威胁的口吻劝阻傅斯年："案情性质尚属嫌疑，若政府调查事实有所出入，恐怕对于提案人、联署人以及大会的信誉都会有损的。"傅斯年硬邦邦地将其顶了回去："证据确凿，请不必代为顾虑。"

与傅斯年私交不错的陈布雷也担心傅斯年行动过火，开罪蒋介石。于是，他向蒋介石作了汇报。尽管一直袒护孔祥熙，但蒋对孔此次鲸吞美金公债一事也极为不满，他说，孔只好辞职，所吞美金也要分期吐出。不过，蒋毕竟好面子，不想家丑外扬，他对陈布雷说，此事不能列入提案，否则会严重影响政府声誉，外国友邦若知道此事，恐不会继续支持政府抗战。蒋要陈布雷从中斡旋，让傅斯年等写一份书面检举直接交给蒋。

陈布雷找到傅斯年，他首先肯定傅的行为是出于爱国，接着提醒傅斯年，一旦将此事形成提案，外国友邦知道，恐很难再支持这样腐败的政府。如此一来，虽轰走孔祥熙，外国友邦恐怕也被哄走了。傅斯年觉得陈说的在理。事实上，傅斯年也绝不想因此事而影响外国友邦对中国抗战的支持。但傅斯年也不想只向蒋介石交一份书面检举材料了事。他知道，蒋、孔关系非比寻常，检举材料交上去，很有可能是泥牛入海无消息。

于是，傅斯年决定采用折中方法，不列提案，也不上交书面检举材料，而是在参政员全体出席时，提出一个"质询案"，"质询案"的题目是"彻查中央银行中央信托局历年积弊　严加整顿惩罚罪人以重国家之要务而肃常案"。在"质询案"中，傅斯年呼吁，对贪污腐败、鲸吞美金之辈，一定要依法惩治。他还郑重声明：手中有确凿的证据，如有必要，随时可以对簿公堂。

傅斯年讲完话，大会成员群情激愤，掌声经久不息。傅斯年的话道出了很多人压抑已久的心声。

傅斯年此事做得漂亮、得力，蒋介石也很满意。他亲自召见了傅斯年，"对此事表示极好"，且对贪污腐败分子，"主张严正"，也就是严肃处理。不久，孔祥熙头上最后一顶乌纱帽"中央银行总裁"也被撸去。至此，历经八年，傅斯年的"倒孔"取得了决定性的胜利。孔祥熙这个毒瘤被彻底割除了。老孔倒台，傅斯年难掩兴奋之情，在给夫人的信里，他这样写道：

国库局案，我只嚷嚷题目，不说内容，不意地方法院竟向中央银行函询，最高法院总检察署又给公函给我要内容以凭参考（最近的事）。闭会后，孔祥熙连着免了两职：一、中央银行总裁，二、四行联合办事处副主席。老孔可给连根拔去矣（根是中央银行）。据说事前并未告他。老孔这次弄得真狼狈！闹老孔闹了八年，不大生效，这次算被我击中了，国家已如此了，可叹。可叹。

这一件官司（国库局）我不能作为报告，只能在参政会办，此事我大有斟酌，认证、物证齐全，你千万不要担心！把老孔闹掉，我已为满意……

傅斯年说"此事我大有斟酌"，确实如此。用"质询案"方式炮轰孔祥熙，傅斯年是经过深思熟虑的。

这样做，一则给了蒋介石面子。倘和蒋介石硬顶，容易把事情弄僵，反而不利于事情的解决。二则维护了政府的声誉，不致对抗战不利。三则在全体参政员面前质询，对蒋介石来说，是敲山震虎，对孔祥熙来说，是揭发声讨；而对参政员而言，则是放了一把同仇敌忾的火。可谓一箭三雕。

傅斯年办事能力强，学问也非一般人可比。他的著作《周东封与殷遗民》帮胡适解决了一个大难题。

胡适《中国哲学史》提到古代服丧三年这个问题。胡适的困惑在于，孔子与弟子宰我对这个问题看法不一。宰我认为一年就够了，孔子却说："夫三年之丧，天下之通丧也。"孔子之后100年，滕文公继位，孟子劝他，说服丧应三年，但滕国士大夫不同意，主张一年，说"吾宗国鲁先君莫之行，吾先君亦莫之行也"。他们的看法与孔子相异，谁对谁错？

傅斯年的文章解决了这个问题，他说，当时周统治中国，老百姓多为殷之遗民；上层阶级均用周礼，老百姓用殷礼。而孔子曾说："丘，殷人也。"殷朝虽亡，但其后700年，统治者与下层百姓习俗不同。孔子用殷礼，坚持服丧三年，没错；士大夫们用周礼，说一年就够了，也没错。

胡适告诉我们，2000多年来，是傅斯年首次用这个观念来解释《论语·先进篇》。这章的原文是：子曰：先进于礼乐，野人也；后进于礼乐，君子也。如用之，则吾从先进。

傅斯年的解释如下：

野人即是农夫，非如后人用之以对"斯文"而言；君子指卿大夫阶级，即统治阶级。先进后进，自是先到后到之义。礼乐是泛指文化，不专就玉帛钟鼓而言。名词既定，试翻译做现在的话如下："那些先到了开化的程度的，是乡下人；那些后到了开化程度的，是上等人。如问我何所取，则我是站在先开化的乡下人一边的。"

先开化的乡下人自然是殷遗民，后开化的上等人自然是周的宗姓婚姻了。

胡适激赏傅斯年的解释，说："我以为对这几句话解释得通才配读经；如果解释不通，不配读经！"

傅斯年这篇文章解决了胡适心中悬而未决的问题。根据这一观点，胡适后来写了篇长达5万字的论文《说儒》。

把才子气洗干净

1941 年王叔岷考取中央研究院文科研究所研究生，报到当天见到傅斯年，便呈上诗文请傅所长指教。傅斯年问他打算研究何书，王叔岷答："庄子。"傅斯年严肃地说："研究《庄子》当从校勘训诂入手，才切实。"接着，傅斯年翻翻王叔岷的诗文，补充一句："要把才子气洗干净，三年之内不许发文章。"这句话如同当头棒喝，让王叔岷意识到，在史语所，只能坚守书斋，痛下功夫。

几年下来，王叔岷遵循师训，以校勘训诂为基础，博览群书，广辑资料，终摸到学术门径。1944 年 8 月，王叔岷完成了《庄子校释》一书，博得傅斯年的赞许。

1946 年，傅斯年任北大代理校长，百事缠身，却影印了日本高山寺旧钞卷子本《庄子》七卷，让夫人回南京时带给王叔岷。收到这七卷珍贵的《庄子》，王叔岷如获至宝，急忙赶写《庄子校释补遗》。傅斯年百忙中依旧牵挂弟子的著述，王叔岷感戴不已，只能埋头用功，以学问精进作为回报。

傅斯年担心王叔岷是学术界新人，著作或被冷落，两次提出要为《庄子校释》写序，王叔岷却一再婉拒老师的好意。他想，自己的书，理应文责自负，不必老师揄扬；另外，倘自己的书错误较多，恐连累老师。傅斯年理解尊重弟子的选择，但仍热心把这部书介绍给上海商务印书馆出版。

对有真才实学的年轻人，傅斯年总是青眼有加。

严耕望大学毕业后工作不如意，想找个地方能继续读书，就给傅斯年寄去一份刚完成的论文。傅斯年很快回信，答应了严耕望想进史语所的要求，说，按论文程度，可为助理研究员，但按资历只能为助理员。严耕望大喜过望，他本来就是想找一个能读书的地方，对职称毫不在意。报到后，傅斯年想把严耕望留在身边当秘书，严耕望考虑自己拙于做行政工作，就拒绝了。傅斯年不以为忤，说："那么你就先到李庄史语所去，虽然正式的任命要等待所务会议通过，但应该没有问题，你先去报到也没关系。"

事后回忆此事，严耕望觉得自己太直率了。第一次见面就不听单位主管的安排。多亏傅斯年度量大，才把自己的"不听话"不当回事。

严耕望在史语所工作后，薪水低，家中常入不敷出。傅斯年便送他一笔钱，说是教育部审查论文的审查费，后来又亲自拿着严耕望太太的履历，为她找了份工作。

傅斯年去世后，严耕望回忆恩师对自己的关照，难掩激动之情："其实他那时极忙，来访的政要客人络绎不绝，但仍记挂我这个小职员的生活，实在令人铭感不能忘。当时他拿着内子的履历表走出史语所大门的步履姿态，至今仍常常浮现在我的眼前，这刻走笔至此，不禁涕泗交零，不能成字。"

傅斯年重原则讲规矩，想走他的后门不可能。但对有真本领的年轻人，他也会破格录用。

王利器大学毕业后，北京大学文科研究所在重庆招生，他拿着自己的获奖论文《风俗通义校注》去报名。不久接到昆明的一个通知，要他去重庆参加考试。当时通信不畅，等他收到通知，考试期限已过。但他不死心仍赶过去想补考。办公人员告诉他卷子已送到史语所傅斯年那里。王利器又赶至史语所。傅斯年同意让他单独考。那天敌机频繁轰炸，王利器不停地躲警报，一个上午，没答完几道题。中午吃饭时，傅斯年对他说：

"你回去吧，敌机疯狂轰炸，很危险，不要再考了，你早就取了，还准备给你中英庚款奖学金。你去昆明还是去李庄，由你选择。昆明有老师，李庄，中央研究院历史语言研究所在那里，有书读。"王利器决定去李庄。后来在傅斯年等老师的指导下，王利器完成了长达 300 万字的论文《吕氏春秋比义》，奠定了在学术界的地位。

对于史语所里的年轻人，傅斯年像爱护弟子一样爱护他们。为了留住人才，傅斯年不惜和自己的好友教育部长蒋梦麟闹翻。原来，曾任浙江大学秘书长的刘大白想把史语所的徐中舒挖走，傅斯年说服徐中舒留任，将浙江大学给徐的聘书退回。

当时刘大白是教育部常务次长，根本不买傅斯年的账，让浙大给徐中舒排了下学期的课，可傅斯年就是不放人。于是刘大白拉着教育部长蒋梦麟一道电令傅斯年："迅予放行，勿再留难。"傅斯年一连回了两封信，驳回对方的要求，最终留住了徐中舒。从傅斯年档案中留下的两封信，可知悉此事的来龙去脉。

傅斯年致蒋梦麟、刘大白：

孟邻、大白先生：

奉养电，不胜惊怪之至！案徐中舒先生，自去年（春）季来敝所，除其自己研究若干问题以外，还担任主持档案整理的事务。此项事务至少尚须二三年，而其自己之研究，尤非长久不可。若中途他去，对敝所之不便，两先生当然可以想像！

况且中舒在所，与同事相处甚得。陈寅恪、李济之诸先生尤以感情及工作之故，不愿见其他去。则浙江大学来拉时，我们要竭诚留他，当然不是犯法的事。

在上学期尚未放假时，中舒先生告我，浙江大学要聘他，他要去。我们即时留下他，即由斯年寄大白先生一信，这将及四个月了！

后来浙大寄了聘书，因为我们已将中舒先生留下，即把聘书代为寄还。斯年并附一信，说明一切。虽云一切罪过在我一人，然彼时实已将中舒先生留下，这又是将及三个月的事了！六月一日至四日间之一日，因敝院年会之故，晤到梦邻先生，谈及此事。梦邻先生谓，当由徐先生自定；他要留研究所，便留，要去浙江，便去。我说，那就不成问题了！

所以斯年以为这事早已完了！请两先生一想，这个手续哪节不对？顷奉盛怒之电，责以"迅予放行，勿再留难"，百思不得其解。浙江大学排了功课，选了功课，此时固甚为难。然聘书退于两三月前，而犹排功课，则责之在谁，实无问题。将此命令解释之，实得下列之必然的 derivatives：

敝所无权留其现在之同事，如一留之便是"留难"。

浙大要请谁，便无挽回之可能，故斯年之两函，一退聘书，并面得孟邻先生之言，皆同尘埃，与没有过一样。所以长久退了聘书之后，照旧排功课，而因此不理会事实以生之困难，责在别人身上！

但：为甚么要有这样原理呢？斯年破脑的想了一晚，不解。明天再想吧。

还有一件，斯年虽不解公事文章，然颇觉得"迅予放行，勿再留难"的话，仿佛只有税关上通用。否则，中舒先生是个活人，我们不是军队，如何"留难"，如何"放行"呢？那么，这话虽然意在责斯年，而不幸已把中舒先生作货物看待了！顶礼的时候，偏择了这样一个不敬之词，似亦大白先生手笔中千虑之一失也！一笑，勿罪！

如上所述，故碍难尊命。幸两先生谅之！专此

敬请

暑安！

斯年敬启

八月廿三日

傅斯年致刘大白：

大白先生次长勋鉴：

现在已查出关于中舒先生事，与吾公往来信件之日期，敬制一日表，以为大文"留难"、"放行"等等之一证。

五月五日奉上一信，（六日快信发）声明吾等留中舒之意。得廿日回信，谓不可。

旋于六月十七日，（十八日发）正式奉还中舒聘书，并更写一信，叙述一切。此件未蒙复书。

七月二日孟鄰先生云，此事由徐先生自决，若要去浙江，即去，若要留，即留。弟谓"那就无问题了"！

那么，这事早了了！退的聘书，若非当时已经留下，我能偷了来吗？此后如有异议，何不更写信来？此事我所知之经过如此。现奉"迅予放行，勿再留难"之令，不胜感其不通之至！此电虽同列孟鄰先生名，然就称谓及语气论，为大作无疑。论公则敝所并非贵部属辖，论个人则仆并非吾公之后辈。吾公不是反对文言文的吗？这样管场中的臭调文言，竟出之吾公之口，加之不佞之身，也是罪过！现请吾公收回成语，以维持《白屋文话》作者之文格词品，不胜荣幸之至！专此，唯颂

筹安！

傅斯年拜启

八月廿三日

如果不是特别爱才，傅斯年恐怕没必要和老友蒋梦麟翻脸吧，也不会和教育部次长斗气了。

傅斯年脾气就是这样，为了人才，谁都敢得罪！

高标准严要求

傅斯年创办中央历史研究院历史语言研究所，就是为好学肯干的年轻人提供一个读书、研究的场所。当然，他要求这些年轻人能够运用新工具、新观念来评述新历史。

凡具备"新工具""新观念"的年轻人，傅斯年一概录用；不符合标准的，则拒之门外。罗文干曾推荐历史学家吴廷燮去史语所，傅斯年未接收，就因为此人虽也有学问，但没有"新工具""新观念"，不合标准。

对于所内的年轻人，傅斯年要求非常严格，不管是谁，都得在图书馆坐三年冷板凳，然后才能发表文章。在所内遇到年轻人，傅斯年会问他研究目标、研究计划，追问不休。后来年轻人见了他会躲得很远。有时他出外公干，年轻人便松口气，但"胖猫"一旦回来，"小耗子"们就不敢偷懒了。

一次，一位助理研究员在外面散步时间较长，第二天，傅斯年让别人出门晒太阳，却不许那位助理研究员去。他说："你昨天晒过了。"

在他的严格要求下，史语所很多年轻人，后来都成了优秀的学者，在历史学、人类学、语言学领域取得杰出成就。

傅斯年领导史语所的办法说来简单，就是定下规矩，严格执行。

傅斯年执掌台大不过两年时间，却让一所三流大学成为台湾最好的大学。傅斯年认为，学校好不好、糟不糟，只是一句话，人才集中不集中。刚上任，他首先整顿教师队伍，聘用教师以才学为标准，各种请托，一律敬谢不敏。在学校会议上，他公开表态："这半年以来，我对于请教授，大有来者拒之，不来者寤寐求之之势。这是我为忠于职守应尽的责任，凡资格相合，而为台大目前所需要者，则教育部长之介绍信与自我介绍信同等效力；如其不然，同等无效。"

他主持的第一届教务会议就制定并通过了《台湾大学教员聘任及升级标准》，其中最重要的一条是："教员新任及升级根据学术成就、贡献（见于著作或发明者）及年资、教学成绩为准。"另外，傅斯年不允任何高官在台大获教授职位。

对于招生，傅斯年的要求也极为严格。他公开发表文章，宣布招生办法："这次办理考试，在关防上必须严之又严，在标准上必须绝对依据原则，毫无例外。由前一说，出题者虽有多人，但最后决定用何一题，只有校长与教务长知道，这是任何人事前无从揣到的。印题目时，当把印工和职员全部关在一楼上，断绝交通，四围以台北市警察看守，仅有校长与教务长可以自由出入。考题仅在考试前数点钟付印，考试未完，监守不撤。……录取标准决定之前，不拆密封，故无人能知任何一人之分数及其录取与否。"同时他也表明，绝不营私舞弊："假如我以任何理由，答应一个考试不及格或未经考试的进来，即是我对于一切经考试不及格而进不来或不考试而进不来者加以极不公道之待遇，这对于大学校长一职，实在有亏职守了。奉告至亲好友千万不要向我谈录取学生事，只要把简章买来细细地看，照样地办，一切全凭本领了。我毫无通融例外之办法，如果有人查出我有例外通融之办法，应由政府或社会予以最严厉之制裁。"

正是靠一系列规章制度，和对这些规章制度的严格执行，傅斯年才杜绝了许多弊端，扭转了不良的教风与学风，台湾大学这才脱胎换骨，面貌一新。

台湾大学现有"傅园""傅斯年大厅""傅钟"，人们以此来纪念傅斯年，他对台大的贡献实在太大了。

菩萨心

傅斯年对下属、对学生要求确实严，但这种严恰恰出自一种深切的爱。

史语所在李庄时，条件艰苦，所内员工甚至无钱买肉，常吃素。一次傅斯年在重庆筹得一笔小款，附一封信带至史语所分给员工，要求职位低、人口多的家庭多分一点。职位高的人便表示不满。而傅斯年在附信中已预先感慨：你们分得这笔钱后，有人一定大吃，有人一定大骂。其实傅斯年是想公平分配的，但僧多粥少，为之奈何？

台大校训出自傅斯年之手，是"敦品，励学，爱国，爱人"。傅斯年最重视一个人的人品，故列"敦品"为第一，而他本人在这方面也是无可挑剔。

傅斯年和政治圈接近，但不染一丝一毫官僚气息，廉洁正派，嫉恶如仇。台大只有校长和总务长才有车，傅太太上下班都坐公交车，从不搭校长的顺风车。那位总务长太太不幸去世，他就去追一位护士小姐，节假日常带她去郊外兜风，傅斯年知道后就警告他："你要知道，汽油是人民的血汗。"

傅斯年任台大校长，薪水不算高，家累又重，手头颇为拮据。去世前三天，他想去吃一顿烤肉，曾向夫人提起，但因囊中羞涩作罢。傅太太谈起此事，忍不住落泪。

傅斯年脾气大，性子急，人称"傅大炮"，对学生却有一颗菩萨心。他接手台大时，台大校舍不够，很多学生不得不住在校医院的病房中。傅斯年想方设法在短期内筹集一笔资金，在不到一年时间解决了8000多名学生的住宿问题。他曾对部下说："我们办学，应该先替学生解决困难，使他们有安定的求学环境，然后再要求他们用心勤学，如果我们不先替他们解决困难，不让他们有求学的安定环境，而只要求他们用功读书，那是不近人情的。"

在台大，一校之长的傅斯年常常去学生宿舍看学生吃饭，见有学生伙食太差，便摇头叹气，设法资助。

作家董桥的一篇散文标题为"傅斯年是母鸡"。傅斯年护学生确像母鸡护小鸡。他有一句名言：我所办的是大学，而不兼办警察事务。如果没有足够证据，他决不允许随便抓捕学生。一些被捕学生也在他的营救下重获自由。

傅斯年上任不久，台湾爆发学潮，台大也卷入其中。国民党当局冲入学校搜捕学生。傅斯年为此向国民党当局交涉，要求对学生不能武装镇压，绝对不能流血。在他的舍命抗议下，台大学生安然度过学潮风暴。

当时国民党政府要求机关学校实行联保制度，方法是公职人员相互监督，保证对方思想纯正，一旦联保中有人思想不正，保证人也要承担监督不力的责任。国民党当局要台大办理联保手续，傅斯年坚拒。他声称台大所有人思想都很纯正，绝无问题，一旦发现问题，由校长一人负全部责任。结果，台大没有实现联保制度。这不仅保护了教师和学生，也捍卫了学术的独立和尊严。

1950 年 12 月的一个冬夜。傅斯年埋头赶稿。妻子催他早点休息，他说："我正为董作宾主编的《大陆杂志》赶文章。想挣点稿费买几尺布、一捆棉花，让你为我缝一条棉裤。"

几天后，傅斯年竟因病去世。当傅斯年的弟子和好友前来悼念时，傅太太含泪向他们说了这件事："那晚他熬夜，若不是他说要换稿费买棉裤，我也不会任他辛劳。"一旁的董作宾忙掏出一沓钱，说："这就是那笔稿费。傅先生嘱托我把这笔钱交给您。先生跟我讲了，自从你嫁了他，没过上舒心的日子，这篇文章的稿费，是要留给你补贴家用的。做棉裤之说，只是先生的托词。"这时，一个学生站起来，也拿出一叠钱说："不，这才是先生最后的稿费。"原来，这是个贫困生，交不起学费，傅斯年就资助了他一笔钱，学生不肯收，傅斯年说："这是我刚收到的稿费，还不知道怎么花。"

这件事，显示了傅斯年人品之高贵，也表明了他的会办事。他撒了两个善意的谎，前一个谎，安慰了妻子；后一个谎，让学生心安。

"师者，父母心"，意思是，当老师的，心情和做父母的一样。大学校长傅斯年，对学生就有一颗这样的"父母心"。

第十二章

顾随与弟子

父亲的引导

1897年2月11日，河北省南部的清河县坝营集一户殷实之家，诞生了一位男孩。他就是后来享誉杏坛又倾心创作的顾随。他原名顾宝随，后改名顾随，字羡季，别号苦水，晚年号"驼庵"。

顾随祖父是当地的秀才，曾几次进城赶考，想中个举人，光耀门第，但都事与愿违，名落孙山，遂把中举的希望寄托在儿子（也就是顾随父亲）的身上，顾随的父亲虽然勤奋刻苦，娴于八股，但不久，科举取消了。中举这条路也就中断了。

顾随出生在远离都市的乡下，祖父、父亲从事的是农业与商业，但这个家庭读书氛围十分浓厚，作为家中长子，甫一出生，他的身上就承担着长辈想通过读书出人头地的愿望。

在课子读书方面，顾随父亲显得十分急切。儿子牙牙学语时，他就教他背诵唐人五绝，四五岁时正式入塾读书。私塾先生就是顾随的祖父。关于幼年读书，顾随有这样的回忆："自吾始能言，先君子即于枕上授唐人五言四句，令哦之以代儿歌。至七岁，从师读书已年余矣。"

祖父疼爱家中长孙，但在学习上要求十分严格。所讲授的"四书"、"五经"、诸子百家及唐宋八大家文章等都必须熟读成诵，一天中，早晨、上午、下午不能离开学堂。顾随后来能成为学术大家，与这段时间的苦学密切相关。

顾随祖父严格，其父亲却十分开明。那时候，小说不登大雅之堂，读书人往往不屑一顾。但顾随父亲喜读小说，也允许儿子读。顾随因此十岁前读了大量的古典小说。苦读"四书""五经"，当然打下了坚实的国学功底，但那古奥生涩的词句，沉闷严肃的内容，对一个孩子的灵气与悟性往往构成一种不易察觉的伤害。而语言生动、情节活泼的小说能起到很好的调剂作用。受到父亲的影响，顾随养成了爱读小说的嗜好，甚至在 15 岁时萌发了当小说家的念头。成年后虽然拿起了教鞭，但顾随还是挤出时间创作了几篇优秀小说。

也许是常年用心苦读的缘故，也许是祖父与父亲的潜移默化、耳濡目染，顾随在阅读古典诗词时显示了过人的理解力与感悟力。有一年的某段时间，母亲回娘家去了，父亲怕耽误儿子学习，没让年幼的顾随跟着一起去。白天读完"四书""五经"，晚上父亲又为他讲诵古典诗歌。那晚读的是杜甫的《题诸葛武侯祠》，读到"遗庙丹青落，空山草木长"时，顾随忽然觉得四周墙壁突然消逝，自己置身在一片荒山野岭中，那时候的顾随还从未见过真正的山，只朦朦胧胧在文字和图画中见识过所谓的山。顾随把这一奇妙的感受告诉父亲，父亲微笑不语，沉吟良久，这一刻，他知道自己的儿子是难得的读书种子，因为儿子诵书不是用口而是用心。全身心地浸入文字，读书当然能读出一番天地。

顾随的身上，承担着父亲的热望；而他的成长，自然凝聚着父亲的心血。如果没有父亲的关心、呵护和引导，顾随的求学之路不会那么一帆风顺的。父亲恩重如山，顾随对此心知肚明。回忆父亲，他写下一段饱蘸感情的话："我很感谢我的父亲，他在我幼小的心灵上撒下了文学爱好、研究以及创作的种子，使我越年长，越认定文学是我的终身事业。他又善于讲解，语言明确而又风趣，在讲文学作品的时候，他能够传达出作者的感情；他有着极洪亮而悦耳的嗓音，所以长于朗诵：这一些于我后来做教师、讲课都有很大的影响。"

11岁那年，顾随在祖父的要求下离开了家庭私塾，入读县城的高等小学堂。高小毕业后又在中学读了几年。在当地，读完中学，读书算是读到顶了。但顾随父亲不甘心，他执意要送儿子进京考大学。作为过来人，他知道儿子待在乡下，虽说中学毕业却无用武之地，读的那些书就浪费了，而一个年轻人，在偏僻的乡下，在灰暗的大家庭，很快就会颓唐下去。顾随父亲在这方面有切身体会，他决意送儿子进京考大学是不愿让儿子走自己的老路。

1915年，父亲送顾随进京报考北京大学。先步行三天到山东德州，从那里坐火车赴北京。正是酷寒的隆冬季节，一天晚上，父子俩住宿在一家条件简陋的小旅店。顾随年轻，奔波了一天，倒头就睡了。父亲却冷得睡不着。窗户纸没糊严，冷风直往里灌，父亲担心儿子被冷风吹，就向店家要来糨糊和纸，花了小半夜，把窗户糊严实。顾随一夜安眠，父亲却是一宿未合眼。

有一年因为闹土匪，顾随不能出外工作，就在家读闲书，没事时和孩子们打打闹闹，有些长辈看不惯，批评他越长越没出息了。父亲却替儿子辩护，说："读书的人，总要有二三分呆气，才能到得好处。聪明外露，千伶百俐的人，读书决不会有成。"

顾随结婚后，按当时的规矩，妻子只能待在乡下侍奉公婆，顾随则常年孤身一人在外谋生。在辅仁大学教书时，一则授课任务重，二来饮食起居乏人照料，顾随身体越来越坏，竟染上咯血症。父亲获悉后，当机立断，顶着旧家庭的巨大压力，让儿媳带着孙女去北平和儿子团聚。在妻子精心照料下，顾随的咯血症渐渐痊愈。

顾随妻子徐荫庭出身大户人家，略识文墨，贤惠温良，精女红，善烹饪。顾随大学毕业后即在外教书，和妻子聚少离多，但两人感情极深。顾随在山东教书时，曾把对妻子的深爱填入词中，如《蝶恋花》：

仆仆风尘何所有。遍体鳞伤，直把心伤透。衣上泪痕新叠旧。愁深酒浅年年瘦。

归去劳君为补救。一一伤痕，整理安排就。更要闲时舒玉手。熨平三缕眉心皱。

如《八声甘州》：

嫩朝阳一抹上窗纱，依然旧书斋。尽朝朝暮暮，风风雨雨，有甚情怀。记得君曾劝我，珍重瘦形骸。不怨吾衰甚，如此生涯。

底事年年轻别，只异乡情调，逐事堪哀。看两行樱树，指日便花开。好遗君二三花朵，佐晨妆、簪上翠鸾钗。算同我、赋诗携手，共度春来。

一家人在北平团圆后，徐荫庭夙夜操劳，精心料理丈夫的衣食起居，顾随这才得以全身心投入到教学与著述中。对于妻子的付出，顾随心知肚明，多次对女儿们说："我这一辈子做成的事，有一半是你娘给的，要是没有她，不用说做什么，恐怕人早就不行了！"1947年2月，顾随的弟子为庆贺老师50岁生日，用墨绿松枝编了一个大大的"寿"字，顾随对弟子们说："今年我们老夫妇二人的年龄加起来整是一百，还是用'百寿'二字好。"此举显露了顾随对妻子的尊重与深爱。

顾随走上读书治学之路，得益于父亲的引导；而他安心教书、著述则归功于妻子的悉心照料。没有父亲的谋划与决断，没有妻子的辛劳与关心，顾随取得的成就定会大打折扣。

师弟恩情逾骨肉

顾随1920年大学毕业后即赴山东、青岛等地的中学任教，后经恩师沈尹默推荐，在燕京、辅仁等大学授课。1949年以后，他本可以从事研究工作，但还是选择去天津师院做教师，理由是："我离不开学生"。

顾随学问好，口才好，甫一登上讲台就受学生欢迎。在给朋友的信中，顾随多次与朋友分享课徒之乐：

学生曹淑英君作了一首小诗：
"如果你看见花草们将要枯落，你也不必再去管她们了。
你就算勉强去培植，心里也是不舒服呀！"

还有王素馨的一首：
"雨后郊野的绿草，
洗了脸还没擦似的含着些露水珠儿！"
老兄！您瞧这多像是我作的呀！
真是老顾的学生呢！

学生甚活泼，但太能嚷——天津味儿也。一发问，则应者如雷。弟在青时，每作隽语，无一笑者——或不解，或不敢。

此间则大异：隽语一出，笑声哄堂上震屋瓦。

　　一天上课，顾随偶然在班上谈及宗教问题，说："宗教中的'神'是信仰对象的虚拟物。——这定义未免太累赘。"学生问："老师有信仰吗？"顾随答："正在徘徊歧路。你们有信仰吗？"有学生答："无。"也有学生说："老师便是我们的信仰。"顾随笑了："还到不了这个高度。"尽管学生的话未免夸张，但得到学生的认可，顾随还是打心眼儿里高兴的。

　　在顾随，教书不仅是一种职业，也是一种寄托；学生不仅是门生，也是朋友："若我辈与女中二三子，岂止师生关系而已？共患难，同哀乐，直友人耳，且求之于友而不可数得也！"

　　在恩师沈尹默的推荐下，顾随在教了多年的中学后首次站上大学讲台。为了在新环境下尽快立足，顾随下了苦功。他对子女说："我在大学里教书，没当过助教，一进门就是讲师，这全是靠了老师的力量，所以进了大学，不用说别的，为了不给老师丢脸，我也得好好卖力气！"说到这里，旁边的妻子插话道："你要不是因为'卖力气'，哪里至于累得吐血！"可见，为了把书教好，顾随真是拼了命。

　　备课，焚膏继晷；讲解，旁征博引；批改作业则一丝不苟。学生的每份作业都有评语，且绝不雷同。叶嘉莹是顾随最得意的学生之一，她一直保存着学生时代的作业，那上面老师批改的手泽凝聚着老师的心血与热望。

　　如叶嘉莹《鹧鸪天》末句"几点流萤上树飞"，顾随将"上"改为"绕"，并注明"上字太猛，与萤不称，故易之"。《春游杂咏》中"年年空送夕阳归"，顾随将"年年"改为"晚来"，并说明，"年年"与"夕阳"冲突。《寒假读诗偶得》中"诗人原写世人情"

一句，则被改为"眼前景物世间情"。对于老师的批改，叶嘉莹说："一般来说，先生对我之习作改动的地方并不多，但即使只是一二字的更易，却往往可以给我极大的启发。先生对遣词用字的感受之敏锐，辨析之精微，可以说是对于学习任何文学体式之写作的人，都有极大的助益。"

作为老师，得叶嘉莹这样的英才而教之，顾随也是满心喜悦，忍不住在批改作业时大加鼓励："作诗是诗，填词是词，谱曲是曲，青年清才如此，当善自护持。勉之，勉之。"

后来，叶嘉莹每当身处困境，心生倦怠时，想到老师的鼓励，便振作精神，在读书治学的路上奋力前行。

对于叶嘉莹这样的高徒，顾随当然有更高的期望，在给对方的信中，他明确表示不希望对方做一个"传法弟子"，而要求对方"别有开发"：

年来足下听不佞讲文最勤，所得亦最多。然不佞却并不希望足下能为苦水传法弟子而已。假使苦水有法可传，则截至今日，凡所有法，足下已尽得之。此语在不佞为非夸，而对足下亦非过誉。不佞之望于足下者，在于不佞法外，别有开发，能自建树，成为南岳下之马祖；而不愿足下成为孔门之曾参也。

对另一位得意门生周汝昌，顾随也提出了同样的要求：

近词数章，笔意清新，尤为可喜。如此猛晋，真乃畏友，苦水遂不欲以一日之长自居矣。呵呵！禅宗古德曰："见与师齐，减师半德；见过于师，方可承受。"然哉，然哉！

知徒莫若师，顾随知道，像叶嘉莹、周汝昌这样的大才，倘若固守师承，或许会浪费了他们的天赋。谈及诗歌创作的"创新与冒险"时，顾随说："名父之子多不成，便因其脑中有其老子，而他老子脑中前无古人，故能不可一世。此岂非狂妄？然欲一艺成名必如此，否则承师法，只是屋下架屋。儒家讲立志，不可不有'不可一世''前无古人'之志。"

顾随不让两位得意门生成为"传法弟子"，是希望他们能"见过于师""一艺成名"。这显露了顾随宽广的胸怀，也表达了对两位高足的殷切希望。

师者，传道授业解惑也。顾随希望弟子"见过于师"，考虑的是"道"而非老师的面子。如果学生能发扬光大老师所传的"道"，那越过老师有何不可？

"丈夫自有冲天志，不向如来行处行"，顾随喜欢这句诗，他认为，有出息的弟子就该有这样的"冲天志"。

叶嘉莹婚后随夫君南下谋职，顾随有诗相赠：

蓼辛茶苦觉芳甘，世味和禅比并参。十载观生非梦幻，几人传法现优昙。分明已见鹏起北，衰朽敢言吾道南。此际泠然御风去，日明云暗过江潭。

那时候叶嘉莹新婚燕尔，尚未走上讲坛，作为老师的顾随却预言一只鲲鹏即将展翅高飞了。叶嘉莹没有辜负老师的厚望，虽历经坎坷，却立足讲坛，传道授业，讲诗赏词，验证了恩师的预见。

叶嘉莹赴台后，顾随担心她客居异地，生计无着，就写信给老友台静农，请他设法为弟子谋一份职业："辅大校友叶嘉莹女士系中文系毕业生，学识写作在今日俱属不可多得，刻避地赴台，拟觅相当工作。吾兄久居该地，必能相机设法……"

学问上，倾其所有；生活上，倾囊相助。在他眼中，学生如同自己的孩子。早在山东教中学时，顾随就曾资助过一位家境清寒的学生，在致友人信中，他说："曹君依我，如娇女依母。本来伊来海上，举目无亲，所恃者惟弟一人，自不能不更加眷顾。弟亦当洗心革面，去尽旧颓废心情，视此子如吾亲生。"

一位词人的作品中有这样的词句："文字因缘逾骨肉，匡扶志业托讴吟，只应不负岁寒心。"叶嘉莹将之改为："师弟恩情逾骨肉，匡扶志业托讴吟，只应不负岁寒心。"并用以形容顾随和学生之间关系。顾随和弟子没有血缘关系，但他关心弟子甚于子女，诚可谓：师弟恩情逾骨肉。

对学生，顾随有一片菩萨心肠，其诗词作品也显示出他的悲悯情怀。顾随曾为一位街头卜者填了一阕词：

是何人弄笛，惊旅客，使魂销。想身外茫茫，行来踽踽，深巷迢迢。尘嚣。渐随夜杳，但霏霏露湿敝缊袍。空际几声颤响，悲凉更甚饧箫。

难消。清泪如潮。空令我，酒频浇。有谁将命运，双肩担起，一手全操。徒劳。暗中摸索，奈千家闭户卧凉宵。试问一枝笛子，甚时吹到明朝。

一部文学史，有几位诗人会因为一位卑微渺小的街头卜者而"清泪如潮"，而"酒频浇"？没有悲天悯人的胸怀，顾随怎会替一位卜者倾诉生活的不幸，抗议命运的不公？正如顾随弟子周汝昌感慨的那样，该有多大的胸怀，才会写出"试问一支笛子，甚时吹到明朝"？

在老北京，帮人送煤的"煤黑子"，身份低贱，日子艰难。顾随却为这些不幸者填了一阕词，倾注了他对"煤黑子"的深深的同情和极大的尊重：

策疲驴过市，貌黧黑，颜狰狞。倘月下相逢，真疑地狱，忽见幽灵。风生。黯尘扑面，者风尘不算太无情。白尽星星双鬓，旁人只道青青。

豪英。百炼苦修行。死去任无名。有衷心一颗，何曾灿烂，只会怦怦。堪憎。破衫裹住，似暗纱笼罩夜深灯。我便为君倾倒，从今敢怨飘零。

字里行间流露出顾随对底层人的同情与关心，对那个"真疑地狱"的黑暗社会的憎恨与抨击，让人想起杜甫的名句："朱门酒肉臭，路有冻死骨。"

顾随喜欢辛弃疾的一阕《生查子》：

悠悠万世功，矻矻当年苦。鱼自入深渊，人自居平土。
红日又西沉，白浪长东去。不是望金山，我自思量禹。

如果顾随没有关怀民瘼、心系天下的胸怀，他又如何能体会并感动于辛弃疾的"不是望金山，我自思量禹"的心情？

顾随填过一阕《卜算子》：

荒草漫荒原，从没人经过。夜半谁将火种来，引起熊熊火。

烟纵烈风吹，焰舐长天破。一个流星一点光，点点从空堕。

顾随执教数十年，就是要把文明的"火种"播入学生的心田，就是要以理想之"光"，引导学生不断前行。顾随虽为一介书生，心里有大爱，胸中有大志，前者是他半生任教的动力，后者是他数年育人的目标。

顾随在培养了一个又一个的英才的同时，也书写了属于自己的灿烂篇章。

一波才动万波随

在弟子叶嘉莹看来，顾随平生最大成就不在著述，而在古典文学的讲授方面。叶嘉莹说，顾随讲授诗歌，以感发为主，全凭神行，一空依傍："旁征博引，兴会淋漓，触绪发挥，皆具妙义，可以予听者极深之感受与启迪。"顾随喜欢元遗山两句诗："奇外无奇更出奇，一波才动万波随。"而顾随讲课，联想丰富，比喻生动，有类如此。

正如叶嘉莹所说，顾随讲诗特别注重"感发"。顾随认为，"诗可以兴"的"兴"，就是感发。他说："吾人读诗只解字面固然不可，而要千载之下的人能体会千载而上之人的诗心。然而这也还不够，必须要从此中有生发。"顾随强调："天下万事如果没有生发早已经灭亡。"且生发是互相的："可以说吾人的心帮助古人的作品有所生发，也可以说古人的作品帮助吾人的心有所生发。这就是互为因缘。"顾随还进一步解释到，不了解古人是辜负古人，只了解古人是辜负自己，所以，必须在了解之后还有一番生发。

　　《论语》对《诗经》的评价是："诗三百，一言以蔽之，曰：思无邪。"对于"思无邪"，顾随有一番感发。顾随说，这里的"无邪"，应理解为"直"，而"直"就是"诚"，接下来，顾随又引用《易传》的名句："修辞立其诚。"认为用这句话来解释"思无邪"最恰当。之后又引释迦牟尼的话进一步阐释"思无邪"："真语者，实语者，如语者，不诳语者，不异语者。"由此，顾随强调"诚"的重要性："凡、忠、恕、仁义，皆发自诚。"顾随还告诉学生，理学家程颐说过："思无邪者，诚也。"《中庸》则说："不诚无物。"那么，"诗三百"，既然是"思无邪"，其价值与魅力就在于"诚"，在于"实"，与此相反，后来的诗人"皆不实"，而"不实则伪"，有伪人必有伪诗，"伪也者，貌似而实非，虽调平仄、用韵而无真感情"。

　　顾随一番感发，既让学生们懂得了"思无邪"的意思，也提醒学生们，想写出诚实的诗，必先做诚实的人。

　　懂得了"诚"的重要性，顾随再谈及《诗经》的魅力，学生们就豁然开朗了："'三百篇'是有什么就喊什么，想说什么就说什么，想怎么说就怎么说。古人诗是如此，然说出来并不俗、不弱，因为它'真'。"

　　叶嘉莹回忆说，顾随授课时常把学文与学道、作诗与做人相提并论，所以："凡是从先生受业的学生往往不仅在学文作诗方面可以得到很大的启发，而且在立身为人方面也可以得到很大的激励。"

　　诚，是做人的根本。顾随曾在课堂上多次谈及这一根本。1948 年 8 月 14 日，在一次讲座中，顾随强调了有一颗诗心的重要：

诸君不要以为诗心只是诗人们自己的事，与非诗人无干；亦不可以为诗心只是作诗用得着，不作诗时便可抛掉：苟其如此，大错，大错。诗心的健康，关系诗人作品的健康，亦即关系整个民族与全人类的健康；一个民族的诗心不健康，一个民族的衰弱灭亡随之；全人类的诗心不健康，全人类的毁灭亦即为期不远。宋儒有言，我虽不识一个字，也要堂堂正正地作一个人。我只要说：我们虽不识一个字，不能吟一句诗，也要保持及长养一颗健康的诗心。

而拥有一颗诗心的前提是"诚"，对于"诚"，顾随的解释非常具体：

"诚"有二义，一者无伪，一者专一。中外古今底诗人更无一个不是具有如是诗心。若不如此，那人便非诗人，那人的心便非诗心，写出来的作品无论如何字句精巧，音节和谐，也一定不成其为诗的作品。倘若说诚字未免太陈旧，又是诚，又是无伪，又是专一，未免有些儿三心二意，于此，我再传给你们一个法门：诗心是个单纯。能作到单纯，《诗经》的"杨柳依依"是诗，《离骚》的"哀众芳之芜秽"也是诗，曹公的"老骥伏枥"是诗，曹子建的"明月照高楼"也是诗，陶公的"采菊东篱下"是诗，他的"带月荷锄归"也是诗，李太白的"床前明月光"是诗，杜少陵的"麻鞋见天子，衣袖露两肘"也是诗……扩而充之，不会说话的婴儿之一举手、一投足、一哭、一笑也无非是诗。推而广之，盈天地之间，自然、人事、形形色色，也无一非诗了也。

顾随这番"感发"，看似天马行空，实则紧扣中心；看似信口道来，实则深思熟虑。既说出了作诗的法门，也传授了做人的法则，且二者浑然一体，密不可分。让听众大开眼界，大受启发。

顾随授课时总是把如何写诗与如何做人结合起来，讲授"桃之夭夭，灼灼其华"时，顾随说，很多人认为桃花得名"薄命花"，是因为其花期不长而颜色娇艳，其实这是不对的："盖桃树既老，很少花果，桃三杏四梨五年，桃三年即花，年愈少花果益盛，五六年最盛，俟其既老不花，无用，便作薪樵，曰薄命花言寿命短也。"

由此，顾随"感发"如下："诗人不但博物（'多识于鸟兽草木之名'），而且格物（通乎物之情理）。若我辈游山见小草，虽见其形而不知即吾人常读之某字，此连博物也不够。诗人不但识其名，而且了解其生活情形。诗人是与天地日月同心的，天无不覆，地无不载，日月无不照临，故诗人博物且格物。《桃夭》即是如此，诗人不但知其形、识其名，且能知其性情、品格、生活状况。"

顾随赏析《诗经》，没有局限于文字与技巧，而是由此生发开去，大谈"博物""格物"之重要，看似旁逸斜出，实则抓住根本。

叶嘉莹曾说，听了顾随的课，学生不仅增长了知识与学问，而且能在品格、情操、心灵方面多有提升。

确实如此。一次，带领学生们欣赏了《关雎》《桃夭》之后，顾随特别强调了"爱"之重要性，说："近人常说结婚是爱的坟墓。此话不然，真是一言误尽苍生。彼等以为结婚是爱的最高潮，也不然。"接着，顾随表明了自己对爱的看法："结婚的爱是新的萌芽，也许不再继长增高，也许不再生枝干，但只一日不死，便会结出好的果实来。故《桃夭》之'其叶蓁蓁'是真好。"顾随进一步解释说，爱有多种："爱，不只男女之爱，耶稣基督说天地若没有爱，便没有天地；人类若没有爱，便没有人类。天没有爱，不能有日月；地没有爱，不能有水土。最高的爱便是良心的爱与亲子的爱。"

这是一堂《诗经》课，也是一堂"爱"之课。

讲授陶渊明诗歌时，顾随一方面肯定了陶诗"不弃世而弃世，不世弃而世弃""人而见道，有自得之趣"，另一方面，对陶诗也做了委婉的批评。顾随说，人的七情六欲升华后，可成为反抗精神，反抗能引起社会的改革与改进，而中国诗，包括陶渊明诗，"只是到世弃、弃世而已，这样与己无益、与世无用"。而中国的不少诗人，包括陶渊明，往往"空令姓字喧时辈，不救饥寒趋路傍"。故，陶诗，虽见道、自得，却缺少挑战精神。顾随以鲁迅和陶渊明相比，说："鲁迅先生则不然，有此种反抗精神，不论何人皆可反抗，猫子、狗子也饶不过。鲁迅先生虽看不起诗人，而鲁迅先生实是诗人。"

顾随这番话，点出了陶诗短处，更是激励学生要有反抗精神，为社会的改革与改进贡献一份力量。

顾随认为，"诗法之表现是人格之表现，人格之活跃，要在子句中表现出作者人格"。从这个角度，顾随激赏王绩《野望》中"树树皆秋色，山山惟落晖。牧童驱犊返，猎马带禽归"。认为，前一句，写物即写其心；后一句，则写出了作者的自在之心与英俊之气。对王维名句"草枯鹰眼疾，雪尽马蹄轻"，顾随认为不及王绩，因为"不能将心、物融合，故生的色彩表现不浓厚"。

顾随评价杜甫《绝句四首》其三是一首伟大、高尚的诗。

首句"两个黄鹂鸣翠柳，一行白鹭上青天"，给人以一种异乎寻常的清洁之感，由这种清洁，可感受作者之"高尚"。后两句"窗含西岭千秋雪，门泊东吴万里船"则显示出高尚的情趣和伟大的力量："后人皆以写实视此诗，实乃象征，且为老杜人格之表现。"顾随感叹："若不知此，未免辜负老杜诗心。"

由此，学生们懂得了，杜甫伟大，不仅在诗艺的精湛，更在其情趣之高尚与人格之伟岸。那么，对一个诗人而言，首先要陶冶情操，磨砺意志，开阔胸襟，培养诗心，方可成大诗人。如果一味雕章琢句，苦思冥想，充其量只能成为诗匠。要言之，心胸博大、人格恢弘，方能写出纵横捭阖、气象辽阔的诗。

顾随不仅是深受学生喜欢与爱戴的老师，也是杰出的诗人、词人与书法家。他有此成就不能不归功于他的人格与风骨。叶嘉莹五古《题季师手写诗稿册子》，对此有详尽的说明：

> 旧瓶入新酒，出语雄且杰。
> 以此战诗坛，何止黄陈敌。
> 小楷更工妙，直与晋唐接。
> 气溢乌丝阑，卓荦见风骨。
> 人向字中看，诗从心底出。
> 淡宕风中兰，清严雪中柏。
> 挥洒既多姿，盘旋尤有力。
> 小语近人情，端厚如彭泽。
> 诲人亦谆谆，虽劳无倦色。

顾随做人，"淡宕风中兰，清严雪中柏"，其诗文，方"出语雄且杰"，其书法，方"气溢乌丝阑，卓荦见风骨"。

顾随教了半辈子书，对教书的甘苦深有体会，也积累了丰富的教学经验，当弟子也开始走上讲坛后，顾随会毫无保留地把"独得之秘"传授给弟子。在给弟子刘在昭的信中，顾随说：

教书实在不容易，俗语有云，教书的得要说书的嘴、巡警的腿，此语大有味。讲书是得站着，而且最好不要动。走来走去，学生的眼睛也跟着晃来晃去，精神不易集中。师迹来衰老，往往偷懒，低着头只顾讲下去——这是错的。做先生的总得眼光笼罩住学生，所以说要熟，不可句句看着讲。书该拿在手里，离得远些，眼睛照顾着听讲的人。

除了循循善诱的"技"的引导，也有语重心长的"道"的教诲："不惭愧地说，我们在这里总有一些光，即令不是月亮，也总是一点萤火，如果连这一点光也没有，岂不漆黑了？"

《维摩诘经》有一段话："有法门名无尽灯，汝等当学。无尽灯者，譬如一灯燃百千灯，冥者皆明，明终不尽。"作为一代名师，顾随正是这种"无尽灯"，数十年立足讲坛，教书育人，桃李遍天下，"一灯燃百千灯"，让"冥者皆明，明终不尽"。

第十三章

叶企孙与弟子

1911 年 2 月，叶企孙考取了北京清华学堂，是清华学堂的第一批学生。入学不久，辛亥革命爆发，清华学堂解散。叶企孙又回到上海。为了继续学习，他又考了上海兵工学校。在一堂课上，他的表现给老师吴蕴初留下深刻印象。

那天，吴老师把一首杜牧的诗抄在黑板上：

折戟沉沙铁未销，自将磨洗认前朝。

东风不与周郎便，铜雀春深锁二乔。

吴老师问：这是一首什么诗？有学生答是咏史诗，也有说是叙事诗。这时，叶企孙却非常肯定地说："这是一首哲理诗。"老师问："何以见得？"叶企孙答："这首诗通过古代的兵器，以小见大，由浅入深，写出了事物之间的内在联系，耐人寻味，引人深思。"尽管吴老师不完全同意叶企孙的观点，但叶企孙的独到的眼光令他吃惊。事实上，叶企孙的回答显露出他好学深思的品性。

1913 年，清华学堂又重新开办了。叶企孙得以重返清华。临行前，他拍照留念。由于紧张、拘谨，那张相照得不理想。在相片的背后，叶企孙题下几行"自我批评"的文字：

戴平顶草帽则照片形式不佳

右手置花架上置法尚未得宜

二足如此摆列不雅观

长衫多皱处

当时的叶企孙不过 15 岁，竟能如此冷静而老道地"自我剖析"，足见其少年老成。

一个人的成熟标志就是能不断自我省察。而中学时代的叶企孙就能做到这一点。

1915 年，17 岁的叶企孙与同学郑思聪、洪深在寝室里高谈阔论了一番，晚间，叶企孙在日记里记下了这次谈论的收获：

今日予语郑君思聪曰，凡劳力之人，必寡情欲，因情欲等事，脑之作用，非肉体之作用，常人做事，心力不能并用。劳力时心常清净；劳心时每懒于用力。今既劳力，则心虑必去；心虑去则情欲自去。今日学校盛行体育，虽大效在于练成强有力之身体，以适于生存之竞争，然于德育上能消除情欲，亦未必无间接之效也。近世监狱制度，多使囚人多苦工，亦即此意。予又谓，人生无聊之时，每冥然而思，涉于情欲；试观夜不成眠及醒而不起之人，其脑中必百虑交至，而涉于情欲者为多。故卫生家寝后求速眠，醒后即起床，盖其用意，毋使此身有怠惰之时而涉于恶念也。予语时洪深君适在侧，遽尔曰："子何以知他人之思念？意者足下于夜不成眠及醒而未起之时，未尝不悠悠吾思乎？"予答之曰："噫！此言而实也。则吾之思虑，君亦何由知之？假而不实，则吾亦安能自辩？吾不知尔之思，尔亦不知吾之思。人生于世，如此而已耳，如此而已耳！"

十几岁的少年几乎都喜欢睡懒觉。叶企孙却通过自己的深思，"逼"出睡懒觉的深层根源；且能以子之矛攻子之盾化解同学的反诘。思考之深，反应之快，于此可见。

明其道计其功

　　叶企孙敏于观察，勤于思考，看问题的角度总是与众不同，往往能在别人习焉不察的地方看出问题，也能透过现象看本质，一眼洞穿问题的关键。

　　早在高中时，叶企孙对当时出国留学生选择专业的盲目性有一针见血的分析：

　　徐志诚先生云，吾国青年之留学美国者，其不似鲁宾逊之造船者几希。当其在清华中等科时，毫不计及文实二科，于己何者为宜。一旦升入高等，则随声附和，任入一科，甚至当入于文者，反入于实，当入于实者反入于文，既至高等亦然，毫不计及他日留美，何种学问，于己最宜。光阴如矢，转瞬四年，高等又毕业矣，将送往美国矣，乃始于一月之中决定终身大事，欲其无误，得耶？况至美国后，投考学校，一科不取，即改他科，其宗旨之无定，更有甚于以上所云者耶？夫一人有一人最长之能力，唯此种能力不易发现，欲他人发现之尚易，予自己发现之更难。古人云，知己较知人更难，即此意也。故欲决定自己于何种学问专长，以为将来专究之目的，极不容易，古来大学问家有废十余年以决终身之行止者矣，而今于极短之时间中，遽定终身之大事，无论其贻误终身，则幸尔获中，亦非坚定之宗旨，欲其专心于学问，得乎，呜呼！留学生之费，美国退还之赔款也，既退还矣，谓之我国之财，而亦不可。祖国以巨万金钱，供给留学生，当如何艰难困苦，谋祖国之福，而乃敷衍从事，不亦悲乎。

叶企孙这段话告诉我们，高中生选科，留学生选专业，都要慎重，都要根据自己的特长和兴趣，不能附和他人，草率选择，也不能急功近利，无视自身条件，一味选择所谓的热门的实用的专业。

陈寅恪也曾在美国哈佛大学留过学，他也注意到中国留学生选择专业"唯重实用"，对此，他提出了批评：

中国之哲学、美术，远不如希腊，不特科学为逊泰西也。但中国古人，素擅长政治及实践伦理学，与罗马人最相似。其言道德，唯重实用，不究虚理，其长处短处均在此。长处，即修齐治平之旨。短处，即实事之利害得失，观察过明，而乏精深远大之思。故昔则士子群习八股，以得功名富贵；而学德之士，终属极少数。今则凡留学生，皆学工程、实业，其希慕富贵，不肯用力学问之意则一。而不知实业以科学为根本。不揣其本，而治其末，充其极只成下等之工匠。境遇学理，略有变迁，则其技不复能用，所谓最实用者，乃适成为最不实用。至若天理人事之学，精深博奥者，亘万古，横九垓，而不变。凡时凡地，均可用之。救国经世，尤必以精神之学问（谓形而上之学）为根基。乃吾国留学生不知研究，且鄙弃之，不自伤其愚陋，皆由偏重实用积习未改之故……夫国家如个人然，苟其性专重实事，则处世一切必周备，而研究人群中关系之学必发达。故中国孔孟之教，悉人事之学。而佛教则未能大行于中国。尤有说者，专趋实用者，则乏远虑，利己营私，而难以团结，谋长久之公益。即人事一方，亦有不足。今人误谓中国过重虚理，专谋以功利机械之事输入，而不图精神之救药，势必至人欲横流，道义沦丧，即求其输诚爱国，且不能得。西国前史，陈迹昭著，可为比鉴也。

把这段话与叶企孙上面的话对比一下，可发现，他俩虽然都批评了留学生选择专业的"唯重实用"，但两人的着眼点完全不同。

叶企孙提醒人们，选专业要慎重，要深思熟虑，要根据个人的兴趣和特长选择适合的专业，不能附和旁人，不能随大流；而陈寅恪则强调，选择专业，越是追求实用，越是事与愿违，"所谓最实用者，乃适成为最不实用"；相反，如能专心研究博大精深之学问，浸淫形而上之学，反而能确立"救国经世"之根基。最终，无用之用终成大用。

陈寅恪对知识的态度类似于希腊人。周作人在《希腊人的好学》一文中，介绍了希腊人对知识的态度，所谓"明其道不计其功"：

好学亦不甚难，难在那样的超越利害，纯粹求知而非为实用。——其实，实用也何尝不是即在其中。中国人专讲实用，结果却是无知亦无得……我们不必薄今人而爱古人，但古希腊人之可钦佩却是的确的事，中国人如能多注意他们，能略学他们好学求知，明其道不计其功的学风，未始不是好事，对于国家教育大政方针未必能有补救，在个人正不妨当作寂寞的路试去走走耳。

在太平盛世，我们可以沉醉在"纯粹求知"的乐趣中，可以对学问、知识抱"明其道不计其功"的态度。然而，在国难当头，民不聊生的特定背景下，热血青年哪能抱着"超越利害，纯粹求知"的态度去学习呢？试想，在祖国处于生存危急之秋，青年们若躲进小楼精研"超越利害"的学问，若干年后，等这些"无用"的知识转化成"救国经世"之力量，处于危难之中的国家能否存在都是个问题。另外，当外国侵略者肆意践踏祖国领土之际，青年们也不可能有超然物外的心情来"纯粹求知"了——事实上，即便他们想静下心做形而上的学问，恐怕也找不到一张平静的书桌了。

在这样的背景下，叶企孙恐怕不会同意胡适的话："社会需要的标准是次要的"；也不能认同周作人所称道的对知识的态度："明其道不计其功"。在特定的时代背景下，叶企孙选择人生目标时，既会考虑个人特长，也要考虑社会标准，既明其道，也计其功。

1923 年，叶企孙在美国哈佛获得博士学位回到国内。按照个人的特长和兴趣，叶企孙本可以躲进书斋和研究室，专心研究，实现自己的理想：成为一名科学家。凭着他的聪慧、执着、刻苦，他完全可以梦想成真。然而，经过一番深思熟虑，他放弃了成为科学家的想法，决定投身教育，为祖国培养众多的科技人才。他认为，一个科学家救不了国，一群科学家却一定能让中国崛起。其实，叶企孙口才不佳，不喜交际，本不适合做教师，但为了改变祖国贫穷落后的面貌，把中国从列强的炮火中拯救出来，叶企孙知难而上，放弃成名成家的念头，全身心投入到教育事业中，为培养科技人才而夙兴夜寐，披肝沥胆。叶企孙的努力没有白费，自他回国后，短短 20 年，他就为中国培养出一批科技精英。新中国成立后，中国的科技队伍就由这批精英组成：王淦昌，中国核武器之父；赵忠尧，核物理学家；赵九章，地球物理学家；钱三强，核物理学家，中国科学院院士；王大珩，应用光学专家；邓稼先，中国"两弹"元勋；周光召，"两弹一星"功勋奖章获得者等。这些闻名遐迩的科技精英，有一个共同的老师：叶企孙。

在这些精英们还是莘莘学子时，叶企孙把科学救国的思想灌注在他们的脑海里，帮助他们树立了科学救国的远大抱负，领着他们踏上"为中华崛起而读书"的漫漫人生路。

透视一下王淦昌的成才之路，我们可知，这些精英们面临人生抉择的关键时刻，叶企孙的谆谆教诲起到了举足轻重的作用，他们的成长凝聚着王淦昌的心血。

王淦昌考入清华，选的是化学系，后在叶企孙循循善诱的引导下，他才改选了物理：

二年级时，我和施士元都转到物理系了，这是怎么发生的呢？是叶师的为人品德，他对学生的厚爱，他的教学，像磁石吸铁那样把我吸引到物理科学事业中去了。有一次上普通物理课，叶师在大课堂上给我们演示伯努利原理，他拿着一个带有管子的小漏斗，另一手把豌豆从漏斗上放下去，同时用嘴在管子的另一端吹气，豌豆飘在漏斗中间，既掉不下来，也没有被吹的气冲走。这现象非常有趣，又耐人思索。叶师站在讲台上问："我们在座的各位同学，有没有人能够解答这个问题？"我想了想，就站起来解释了这个问题，他听了非常高兴，说我理解问题清晰准确，自这以后，他经常找我，和我谈许多物理问题，关心我的学习和生活，告诉我学习有困难和问题时，随时都可以去找他。在叶师的循循善诱下，我逐渐觉得物理实验也很有意思。就这样，在进入专业课学习时，我选择了物理，从此决定我半个多世纪以来始终在物理的海洋中遨游！

叶企孙不仅让王淦昌选择了物理专业，也把科学救国的"种子"播进他的心中。

震惊中外的三·一八惨案广为人知。王淦昌也参加了那次集会游行。当晚，他和几位同学去叶企孙家，向老师描述了白天惊心动魄的场面。叶企孙听后，激动地问他们："谁叫你们去的？你们明白自己的使命吗？一个国家，一个民族，为什么会落后，为什么会挨打？如果我们国家像大唐时代那样强盛，这个世界谁敢欺负我们？一个国家与一个人一样，弱肉强食是亘古不变的法则，要想我们的国家不遭外国凌辱，就只有靠科学！科学，只有科学才能拯救我们的民族。"

听了老师这番激愤之语，"科学救国"的种子从此就在王淦昌心中生根发芽。

几年后，王淦昌在德国柏林拿到了博士学位，导师出于好心劝他留在德国工作。他对王淦昌说，中国研究条件差，设备陈旧，回国会影响你的前程。这时候，王淦昌又想到叶企孙说的那句话"科学，只有科学才能拯救我们的民族"，他谢绝了老师的好意，义无反顾选择回国，开始了披荆斩棘、筚路蓝缕的"科学救国"人生之路。

钱伟长是著名历史学家钱穆的侄子。当年他考清华时，中文和历史都是满分。学术大师陈寅恪和杨树达预言，钱伟长必将成为文史领域的新星。时值九一八事变，日本吞并东三省的野蛮行径激怒了钱伟长。他决定弃文学理。他认为，在那样一个战火纷飞的年代，学习物理，比学习文史，能更快更有力地报效祖国。然而，按照清华校规，新生不能转系，后在叶企孙的帮助下，钱伟长才得以转学物理，终成名扬中外的物理学家。虽然钱伟长学物理，牺牲了自己的文史特长，但从祖国需要的角度来看，钱伟长转学更具应用功能的物理学，显然利大于弊。而叶企孙之所以帮助钱伟长转系，也是因为他更看重物理学的社会功用。

清华大学改制后，一批旧制下的学生，担心改制后影响自己出国，要求提前放洋。当时，清华大学的最高权力机构是教授评议会，叶企孙是评议会成员之一，他坚决反对学生"提前放洋"的无理要求，在学生大会上，他谆谆告诫学生：要多为国家和社会考虑，不要只顾打自己的小算盘。

选择专业或职业，当然要考虑自己的特长和兴趣，但更要考虑祖国和社会的需要。必要时，宁可牺牲自己的兴趣，也不能无视社会的急需。叶企孙就是按这个原则，把自己定位于教育家的角色，引导学生们走一条既能发挥特长又能利国利民的人生之路。

有人说，大科学家是由大科学家挑选和培养出来的；那么，我们也可以说，大师是由大师挑选和培养出来的。叶企孙正是这样的大师。他和他的弟子，对知识的态度，就是，明其道也计其功。

明科学之道，计社会之功。

实验做不好，理论也要扣分

1932年，清华大学向全国招考公费留学生。叶企孙根据当时国内国际形势，又广泛征求权威人士的意见后，特意去找龚祖同谈话。叶企孙说："应用光学在军事上非常重要，现在世界上各个强国都在研究它，这个领域在我国还是空白。我想派一名学生去国外去学应用光学，希望你能考取这个名额。"龚祖同说："是空白我就去补它。"于是，他从核物理研究专业中退出，改变专业方向，一番苦读，顺利考取这个名额，远赴德国攻读应用光学。龚祖同后来成了中国光学的奠基人。

叶企孙一句话，让中国建立了一个新的应用光学领域。可见，对国家而言，教育家的眼光多么重要。

作为老师，叶企孙强调精讲多练。对于重点难点，他花大气力讲解分析，然后布置习题让学生做。学生必须凭自己的努力来完成作业。有时，学生们苦思冥想，不得要领；而一旦找到解题的方法，则终生难忘。

叶企孙是物理老师，特别重视实验课。在实验课上，谁想偷懒都没门，他会逼你动手。很多学生被他"逼"成实验高手。

叶企孙不仅因材施教，他的考试方法也因人而异。一次考统计物理时，他把一本德文版的统计物理学专著给学生王大珩，让他读完这本书，然后根据这本书的内容写出自己的见解。王大珩当时对德文一知半解，但为了通过考试，只能死啃德文。废寝忘食，连续作战，王大珩终于读懂了这本书，顺利写出读书报告。当然，他的考试也获得高分。

通过这次考试，王大珩不仅学到了物理学方面的指示，德语也有了质的飞跃。这为他后来赴德深造奠定了坚实的基础。

李政道的脱颖而出，也得益于叶企孙对他的"另眼相看"。当时李政道在叶企孙班上学电磁。叶企孙上课时，李政道总在看别的书，原来，电磁学的知识李政道早就掌握了。叶企孙了解情况后，便对李政道说："既然电磁学的理论知识你已掌握，何必来听课浪费时间。你的实验是薄弱环节，你就把时间花在实验上面去吧。"

后来，电磁学考试，李政道认真答题，自信没有错误。叶企孙却给了 83 分。李政道去老师那里问个究竟。叶企孙拿出试卷，说："理论成绩总分 60 分，我给了你 58 分。这已经是全年级最高分了。但实验总分 40 分，你只得了 25 分，所以，你的实验还得加强。而且，正因为你实验成绩不佳，所以理论成绩不能给你满分。"叶企孙还对李政道说："实验做不好，你很难进入物理学的前沿。"

叶企孙对李政道的要求，严格得近乎苛刻，这是因为他看出李政道是可造之材，一心要把他培养成第一流的物理人才。

李政道上大二那年，叶企孙就推荐他出国留学。11 年后，李政道即荣获诺贝尔物理学奖。

如果没有叶企孙的严格要求和大力举荐，李政道恐怕不会那么快地在物理学领域崭露头角吧。李政道后来在一次讲演中吐露了对叶企孙老师的感激与崇敬："没有叶老师，就没有我后来的成就。叶师不仅是我的启蒙老师，而且是影响我一生科学成就的恩师！"

给学生自由选择的权利

叶企孙对学生的要求确实严格，但他对学生的关爱也非一般教师可比。他一生未婚，生活简朴，经济条件较宽裕，住房也宽敞，所以常请学生去家中吃饭，甚至提供住所。当然生活上关心归关心，一旦学生某方面有了错，哪怕是很小的错，他也毫不留情，当面指出。

一次，某学生向叶企孙请教问题，用左手重重地翻着书页，叶企孙看到，很不高兴，批评道："像你这样翻书，用不了多久书就全烂了。国家花钱买这些书不容易。"说着，他用右手轻轻翻开书页的右上角，果然，书既不卷页，也翻得快。叶企孙教的这个方法，这个学生记了一辈子，还把这种方法传给自己的孩子。

该批评，批评；该保护，还得保护。

当时清华一年级不分系，二年级根据成绩和学生的志愿再分。叶企孙要求严，成绩不高的学生他一般不收。每次学生去报名，对于成绩未达标的学生，他微笑婉拒。有学生不服，要看自己成绩，叶企孙也微笑婉拒，其实他是不想让学生看到糟糕的成绩而难为情。这个细节体现了他对学生自尊心的爱护。

教师和学生朝夕相处，他的一言一行、一举一动都会对学生产生很大的影响。

王大珩就坦言，叶老师对他最大的影响不是治学而是做人。他说："叶先生做人真诚正直，不温不火。无论在什么情况下，他从不哗众取宠，也绝不趋炎附势。"有人问王大珩，最佩服老师哪一点，他答："叶老师有一颗诚挚的爱国之心。只要是对国家民族有利的事情，他就一定要倾尽自己的全力去做，而且无怨无悔。"

无论是科学知识还是做人道理，叶企孙都不会强行灌输，而是春风化雨润物无声。叶企孙的弟子施士元曾说："叶先生从来不会直接替学生包办，他留给学生自由选择的权利。"施士元赴法国深造前夕，叶企孙为他讲居里夫人的故事，帮他借了居里夫人的传记，还和他分析该学习居里夫人哪方面：爱国情怀？钻研精神？高洁情操？施士元说，在叶师和他谈这些时，已经为他做出了人生的重大选择，已经把一条路铺在他的脚下，尽管从表面上看，叶师似乎并没有谈及这些。这才是高明的老师，不着一字，尽得风流。

"课上得不好"，却对得住学生

一位大师，不仅要有广博学识、献身精神，还要有坦诚谦逊的胸怀。叶企孙的宽厚、谦逊动人心弦、感人至深。

一次上物理课，已到下课时间，一位同学向叶企孙请教一个问题。这时下课铃响了，叶企孙就对那位同学说："我回去想想再来解释。"

后来这位学生又向助教林家翘请教这一问题。没想到，林家翘三言两语就把这问题解决了。有人把这事告诉了叶企孙，叶没有一丝的尴尬和难为情，而是大赞林家翘，说："林先生聪颖过人，又努力钻研，来日必有辉煌成就。"

学生冯秉铨读书用功，文科成绩优秀，但数学不理想，叶企孙就劝他转学文科，可冯说自己喜欢物理不愿转系。叶企孙劝道："你数学不好，怎么学好物理？"冯秉铨则请老师给自己一个机会，如果下学期数学再考不好，就转系。接下来的一学期，冯秉铨做了上千道数学题，成绩突飞猛进，终如愿留在物理系。

一次，冯秉铨和其他同学一道去看望叶企孙。叶留他们吃晚饭，还略饮了一点酒。微醺之际，叶企孙说："我课上得不好，对不住你们。我有一点却对得住你们，我请来教你们的老师个个比我强。"

叶企孙的"酒后吐真言"，让弟子们的内心荡起一圈又一圈感动的涟漪。

后来，在给老师的信里，冯秉铨写道："您的话成了我自从清华毕业之后 40 多年的工作指南。40 多年来，我可能犯过不少错误，但有一点可以告慰于您，那就是，我从来不搞文人相轻，从来不嫉妒比我强的人。此外，对年轻人也比较关心爱护。这些，我认为是受您的影响。"

名师是这样炼成的

民国时期，大师辈出；当今时代，大师阙如。何以如此？读一下叶企孙的日记，或许有助于我们找到问题的症结所在。

1915 年 7 月 26 日，叶企孙在清华读完两年（相当于现在的高中二年级）时刚 17 岁。那年暑假，他到上海求新机器厂及同昌纱厂参观。他在日记中记述了这次参观经过，并作如下评论："噫！海通以来吾国人屡受巨创，振兴实业以富国之说，固人人能言之，而确有事功者不数数觏。如朱君伯仲者，诚实业界中之鸿毛鳞爪也。惜朱君有志有为而无识，经济一门，更少有研究，故两厂虽历 10 余年，而盈余颇少，推源其端，厥有二端：（一）厂基不广而分工太细，故费用多而利息少；（二）各种机械求新厂均能仿造而不能专精于一种，故材料人工不免滥用。此二端虽断断于言利，实于工业之盛衰有深系焉。盖百工所以厚生，而厚生非利不可，苟无余利，国家何必岁费巨金以建工厂哉。予参观毕，心有所感，记之，后人欲建工厂者，可以览于斯文。"

李政道读了上面这番评论，大为感慨："当时叶师只是高二学生，就如此关心国家之发展，且能注意到办厂的经济效益问题，可见他日后成为一代名师，绝非偶然。"

叶企孙在清华读书时，清华要求学生德智体全面发展，功课要及格，体育也要及格，还必须学会游泳。另外，鼓励学生组织课外活动，如科学讨论会，一般会员每学期1分，主持者可得3分。

叶企孙入学后，就和几位同窗成立了"科学会"，举行了多次讨论会。社员演讲的题目有：《几何学之基础》《何谓力》《天演学说之证据》《森林卫生》《苹果接种》《中国造纸法及历史》《江西之瓷业》等。

对这件事，李政道的评价是："由此可看出这些高中生的思想境界和知识面，他们查阅文献、进行社会调查，理论联系实际，通过这些活动，得到全面发展，许多人后来成为著名科学家、教育家。作为'科学会'主要组织者的叶企孙老师，则从此以后一直积极参加和组织各种志在科教兴国的社会事业，鞠躬尽瘁，死而后已。他是我们的模范。"

大学之大，不在于有大楼，而在于有大师。而当今高校，大师缺席，由此造成的巨大空白，令我们惶惑、怅惘、无奈！因此，我们也更加怀念那个诞生了叶企孙等诸多大师的星光熠熠的时代。

第十四章

王力与弟子

王力，字了一，广西博伯人。1931 年获法国巴黎大学文学博士学位。回国后，曾任清华大学、广西大学、昆明西南联合大学、中山大学、岭南大学教授。1954 年后任北京大学一级教授。

大牛带小牛

王力是学术大师，也是北大名师。语法课内容一向单调、枯燥，王力却以广博的学识、生动的语言，将这门课变成最受学生欢迎的课，堂堂爆满，十分叫座。

香港大学马蒙说："王力的《汉语讲话》很叫座，深受学生欢迎。我当时是班上的一个学生。每周只听两次课，先生讲课的风采一直铭记在心里。特别是先生那种娓娓不倦、条理分明的讲话神态，给我留下非常深刻的印象。"

香港女作家宋贻瑞也曾在北大求学，是王力的学生。在一篇文章中，她说："王力教授是我选修古代汉语课程的导师。在那坐满黑压压的学生的阶梯式大课堂里，王教授那充满睿智的精彩讲课，培养了我对古代汉语的浓厚兴趣。"

能把一门枯燥的课上得趣味盎然，主要是因为王力学问大，口才佳。上课时旁征博引，左右逢源，诙谐生动，妙语连珠。

在讲到在某种情况下数词后面不能加量词时，王力举了个例子，说，我们只能说"看了一眼"，不能说"看了一只眼"。学生听了，忍俊不禁，留下深刻的印象。

分析词义古今有别时，王力举了"羹"这个词。他先是复述了《项羽本纪》中的一段话：项羽把刘邦抓住了，威胁刘邦，你不投降，就把你父亲烹了。刘邦不在乎，说：我俩拜过把子，我父即你父，你若烹了，希望分我一杯羹。接着王力分析道："我们现在说的'羹'是'汤'，古时，'羹'指'肉'，所以刘邦说的'分一杯羹'，不是要汤，而是要肉。我们想想看，刘邦只要一杯汤，他对项羽会这么客气？"

看似信手拈来，实则举重若轻。一番深入浅出的阐述，让人一听即懂，过耳难忘。

解释"案"字时，王力举了"举案齐眉"这个词。他说，这个词讲的是梁鸿与妻子孟光的故事。孟光给丈夫送饭，把盘子高举得和眉毛一般齐。这个"案"在古代指"盘子"，如果是"桌子"，孟光也举不起来。

如此驾轻就熟，要言不烦，显然得益于学识广博，举例精当。

王力立足讲台数十年，培养出一批又一批的语言学者。他常对弟子说这样的话："现在我是大牛，你们是小牛。将来你们也要成为大牛，要带好小牛。"

这句话显得那么质朴谦逊，又蕴含着甘为人梯的精神。

化批评为营养

在中国学界，王力堪称语言大家、学术泰斗。但他极其谦虚，倘若有人对其著作提出质疑，不论对方是谁，他都表示欢迎。博大的胸怀使他能容下任何的质疑和批评，由此，从他的身上，我们也见识了闻错则喜的风度。

青年学者林玉山曾在一本《汉语语法学史》的书稿中，对王力的语法著作提出一些批评。为慎重起见，他将书稿寄给王力审阅。王力认真读完书稿，很快给作者写信，说："你把我关于语法几部书都看了，并能融会贯通，进行中肯的评论，我看了觉得很好。"

林玉山还看到，在退回的书稿中，某些段落，王力画了杠子，加了批语："批评得对。"

姜亮夫是王力的同学。他曾托人带口信向王力致歉。因为他编的一本书中，收入了一篇批评王力著作的文章。当时姜亮夫忙，没有细读此文。书出版后，再读，发现其中的一些批评没有道理。王力听了口信，笑道："姜先生太多虑了。学术上的事得让大家来谈，如切如磋，学术才能发展。那篇批评《同源字典》的文章我读过，我已经去信给作者，还寄去一本《同源字典》呢！"

王力学问大，心胸亦大；口才佳，风度更佳。

王力不仅欢迎别人的批评，而且还认真研究对方的批评，化对方的批评为学术之资源。

王力的《语法纲要》，1954 年曾被翻译成俄文出版。苏联著名学者龙果夫在序言中，对王力的一些观点做了批评。王力非常重视他的批评。后来这本书在国内再版时，王力在写的序中说："我们从龙果夫教授的注解中学到了一些什么呢？我想主要有两点：第一，必须从语法结构上研究语法，不能单纯从意义上研究语法；第二，研究语法和研究其他科学一样，要有逻辑的脑筋。"

视批评为毒药，只会固步自封，原地踏步；化批评为营养，才能强学问之"身"，健学术之"体"。

青年学者邵荣芬对王力《汉语史稿》第三册词类发展部分提出异议。王力看到她的文章，非常重视她的意见。他托人给邵荣芬带去一套《汉语史稿》和一封信，感谢她提出的批评，并希望她写出更详细的意见。邵荣芬接信后很感动，说："我读了王力的信，很受感动，王力这样虚怀若谷，不耻下问，只有真正的科学家才能做到。"

心胸狭隘，拒绝批评，不仅于学术无益，人格上也会受损；心胸博大，闻错则喜，不仅学问会更上层楼，人格也熠熠生辉。

王力多次对学生说，在学术问题上，谁说的对就听谁的。在学术园地，不要讲资历、讲地位、讲身份，要看谁说得在理，要允许不同意见。百花齐放，学术才能繁荣；墨守师规，科学就不能发展。

古人云：君子之过，如日月之食焉，过也，人皆见之；更也，人皆仰之。

王力欢迎批评，闻错即改，具备这一"人皆仰之"的君子风度。

王力八十大寿时，著名学者郭绍虞撰《了一先生像赞》表示祝贺：

不矜己长，是曰无私；
即此美德，经师人师。
不攻人短，斯能祛蔽；
正义既伸，邪匿自避。
无私祛蔽，自畅其怀；
致力于学，自尽其材。
是真学者！是好风格！
威仪棣棣，是法是则。

王力感谢众多友人为他祝寿，他的发言一如既往那么谦逊而诚恳：

"三四十年前在课堂上听我的课的老同学，今天多数成为专家、学者、教授，其中还有世界第一流的学者。当然他们的成就是由于他们的刻苦钻研，由于他们另有名师指导，我不能把他们的成就记在我的功劳簿上。但是，我和他们的交情是建立在学术上的，我就会感到他们的成就就是我的幸福。"

王力的勤勉刻苦让他成为"真学者"，而他的谦虚坦诚则成就了他的"好风格"。

十足安全感

很长一段时间，王力的著作在台湾被列为禁书。但王力名气太大，一些青年学者冒着风险偷偷啃王力的著作。一位博士候选人在论文中引用了王力的观点，但在参考文献中没提王力的著作，因为禁书不能放在文后。答辩导师认可了他的非常规做法，一致通过了他的博士答辩。一位导师发表了这样看法："台湾的博士候选人冒着禁令，抢先读了王了一先生的新书，居然得了博士学位。多一个博士，发扬王了一先生的学术，不是象征着中国文化光明统一吗？这不是最好的现象吗？"

被列为禁书，仍然在学者手中悄悄流传，这充分证明了王力著作之精、名气之大。

因为名气大，社会上一些爱学习的人也写信向王力求教。王力本着有教无类的原则，对求学者一视同仁。有问必答，有信必复。

广东人辛干民拜王力为师长达 20 年，两人因此建立深厚的感情。1972 年，当时的王力尚在"劳动改造"中，接到辛干民的信。信中，他抄了一首社会上流传的诗，问王力是否为陈毅元帅的作品。王力回信：

你抄来的诗，原是白居易的诗，原文是：

放言五首（第三首）

赠君一法决狐疑，不用钻龟与祝蓍。

试玉要烧三日满，辨材须待七年期。

周公恐惧流言日，王莽谦恭未篡时。

向使当初身便死，一生真伪复谁知！

（流言日，一本作流言后；当初，一本作当时。）

《三国演义》第 56 回把这首七律改成七绝，作为"后人"（不说是白居易）骂曹操的诗，文字也稍有出入：

周公恐惧流言日，王莽谦恭下士时。

假使当年身便死，一生真伪有谁知！

这是我查出的资料，供参考。

为解答一个普通读者的一个小问题，王力的回答那么详细而严谨，足见对求学者他是多么热心而认真。

1976 年，辛干民写信请教关于北曲、南曲等问题，王力的回信洋洋洒洒近千言：

29 日来信，附来赵朴初的《江秃哭林秃》。这一首曲写得很好，我们抄下了一份。听赵朴初说，除了《反听曲》之外，其他传抄的所谓赵朴初的诗，都不是他本人的作品。这也没关系，只要是好诗，我们就欣赏，不管是谁写的。

来信提出的问题，我简单地答复如下：

衬字不讲平仄。

增加的曲字，不讲平仄，常常不在韵脚。（如果在韵脚，要押韵。）

北曲、南曲指的是元代、明代的散曲。北曲不是指京戏，南曲不是指粤曲。北曲以《西厢记》为代表，这种曲作为戏剧已不传，但作为散曲则现在还有人学写。赵朴初所作的曲就是北曲。南曲传到现代变为昆曲。

京戏和粤剧的曲，不是按曲谱写的。

作曲是依曲谱填写，不过因有衬字，所以灵活得多。赵朴初有时自制曲牌，那也是一种创新。

"带过"应是加上的意思。

《哭皇天》的简谱如下：仄仄平平去，平平仄仄平。平平平仄仄，仄仄仄平平。平仄，平平仄仄，仄仄平平仄仄平。平平仄仄，平平仄仄。（用去声处，不能用上声，这是曲律比诗律更严处。）

《江秃哭林秃》不一定严格依照曲谱，所以我不能把它的衬字和增损标出。

我怀疑作者只作用《哭皇天》来表示"哭"，并非真的采用了曲牌《哭皇天》。至于《小上坟》，恐怕也是作者创造的曲牌。

匆匆答复，不一定对，供参考。

对这个问题，王力的回答详尽具体。也许，这就是传说中的"小扣大鸣"。

1982 年，湖北沔阳一个中学生给王力写信，质疑课本中的两处注解。他认为课本对"乞人不屑"的"不屑"与"吾王庶几无疾病"中的"庶几"解释有误,他把自己的看法写了出来,请王力老师指教。另外,他还问《屈原列传》中提到的"秦向楚割汉中地"是怎么一回事。

当时王力正埋头写作《汉语史稿》,但他还是挤出时间给这位学生回了信:

新春同学:

来信收到。你读书提出问题,这是很好的学风,值得赞扬。你的意见基本上是正确的。"庶几无疾病"的"庶几",是揣测之词。你理解为"大概"是对的。"乞人不屑"的"不屑",是认为耻辱而不甘心接受的意思。秦割地的理由我也不清楚,只好存疑。

平常的信件都是由我的助手代为答复。此次因为你是高二的学生而能这样好学深思,所以我亲自答复你。

王力

一九八二、二、十四

亲笔给中学生回信,表明王力对年轻学子的关心与厚爱。在信中,王力承认不清楚秦割地的理由,这体现一个学者的求真求是、知之为知之不知为不知的严谨学风。按何炳棣的说法,只有一个具有十足安全感的人才会说出如此坦诚的话。可见,在学术上,王力也是个具有十足安全感的人。

王力工作繁忙,惜时如金,却忙里偷闲义务辅导"编外学生",还多次给中学生、小学生回信答疑。这让他的形象显得更加可亲可敬。

龙虫并雕

王力一直在高校工作，身居象牙塔，从事的也是"阳春白雪"的学术工作；但他从未淡忘十字街头的大众，重提高不忘普及，热心文化普及工作，为此写了大量文章，并出版相关著作。对王力先生的"龙虫并雕"，季羡林先生有这样的评价：

从中国学术史上来看，学者们大多分为两类。一类专门从事钻研探讨，青箱传世，白首穷经，筚路蓝缕，独辟蹊径，因而名标青史，举世景仰；一类专门编写通俗文章，用现在的话来说，就是做普及工作。二者之间是有矛盾的，前者往往瞧不起后者，古人说"雕虫小技，壮夫不为"可以透露其中的消息。实际上，前者不乐意，不屑于做后者的工作，往往是不善于做。能兼这二者之长的学者异常的少，了一先生是其中之一。在前者中，他是巨人；对于后者，不但乐于做，而且善于做。他那许多通俗文章起了很大的作用。他的著作《江浙人怎样学习普通话》《广东人怎样学习普通话》，对于普及普通话工作所起的推动作用，是难以估量的。从这里也可以看出了一先生的远大的眼光和广阔的胸怀。我认为，这是非常难得的，是值得我们大家去学习的。"阳春白雪"，我们竭诚拥护，这是不可缺少的。难道说"国中和者数千人"的"下里巴人"，就不重要，就是可以缺少的吗？

王力这辈子，马不停蹄，建构学术大厦；春蚕吐丝，哺育万千学子；龙虫并雕，致力文化普及。在这三个领域，王力均硕果累累，功勋卓著。

第十五章

钱钟书与弟子

姓了一辈子钱，对钱从不迷信；读了一辈子书，对书永远痴迷。

文化大师钱钟书出生于无锡的一个书香之家。幼时抓周时抓得一本书，得名"钟书"；考大学时数学只有 15 分，却因国文、英文成绩出色被清华大学破格录取；后留洋深造，恣意读书，因用眼过度而患上头晕的顽疾。

学成归国，钱钟书左手创作，右手治学，故纸堆里寻觅，不亦乐乎；乌有乡中神游，岂不快哉？一部《围城》，嬉笑怒骂，妙趣横生，神来之笔随处可见，风靡海内外，畅销几十年；五册《管锥编》，博大精深，振聋发聩，妙绝之论，俯拾即是，震惊学术界，倾倒读书人。

一堂课就是一篇好文章

钱钟书大学毕业后，曾在光华大学、西南师范大学、湖南蓝田师院任教。在弟子眼中，讲台上的钱钟书，学识渊博，口才绝佳，引经据典，挥洒自如。有时穿西装，风度翩翩；有时着长袍，气度不凡。

1933 年秋，钱钟书应聘到光华大学教书。古人云："常格不破，大才难得。"当年，校长罗家伦慧眼识珠破格录取了钱钟书，现在，光华大学聘钱钟书为讲师也是"不拘一格"。按惯例，大学本科毕业只能做助教，数年后才有望晋升讲师，由于钱钟书学生时代已崭露头角，并发表多篇见识不凡的文章，所以，刚上讲台就直升讲师。钱钟书读书多，口才佳，他的课在光华很受欢迎。

　　当时钱钟书父亲钱基博也在光华任教，父子两人如同比赛一样，经常挑灯夜读，深宵不寐，一时传为佳话。

　　那段时间，温源宁的《不够知己》在坊间流传，其中写吴宓一章颇为传神。在温的笔下，吴宓"脑袋形似一颗炸弹"，而眼睛亮晶晶的"像两粒炙光的煤炭"。文中写道："世上有一种人，永远不知所谓年少气盛是怎么一回事。雨僧就是其中一个。虽然已年满四十，他看起来是在三十与百岁之间，他待人以宽，待己却甚严。"这样的文笔与风格颇像钱钟书。为辟谣，钱钟书写了首很风趣的诗：

　　　　褚先生莫误司迁，大作家原在那边。
　　　　文苑儒林公分有，淋漓难得笔如椽。

　　诗后有注释："或有谓予为雨僧师作英文传者，师知其非，聊引《卢氏杂忆》王维语解嘲。"

　　褚先生指修补《史记》的褚少孙。褚少孙的补文当然不如司马迁，钱钟书也表明不敢当司马迁。"大作家原在那边"引自《卢氏杂忆》中的王维语。相国王玙好与人作碑铭，有送润笔者，误叩王维门，王维就说："大作家在那边。"

　　钱钟书这首小诗显示了他的博学与风趣。

　　在光华大学，钱钟书还给《马克思传》写了篇书评，言短意长：

　　记得几天前看到一本《马克思传》。妙在不是一本拍马的书，写他不通世故，善于得罪朋友，孩子气十足，绝不像我们理想中的大胡子。又分析他思想包含英法德成分为多，绝无犹太臭味，极为新颖，似乎值得介绍几个好朋友看。

1938 年，西南联大聘留学归来的钱钟书为教授还是破格之举，按例，留学生回来只能先当讲师，再升副教授、教授。可当时的文学院院长冯友兰致信校长梅贻琦，要求学校破格聘钱钟书为教授：

钱钟书来一航空信，言可到清华，但其于九月半方能离法，又须先到上海，故要求准其于年底来校。经与公超、福田商酌，拟请其于 11 月底来或下学年第二学期来。弟前嘱其开在国外学历，此航空信说已有一信来，但尚未接到。弟意或可即将聘书寄去，因现别处约钱者有外交部、中山文化馆之《天下月刊》及上海西童公学，我方须将待遇条件先确定与说。弟意名义可与教授，月薪三百，不知近聘王竹溪、华罗庚条件如何，钱之待遇不减于此二人方好。

著名翻译家许渊冲是钱钟书在西南联大时的学生，他说，钱钟书上课，说的是一口标准的伦敦语音，纯正优雅，十分悦耳。

讲授课文《一对啄木鸟》时，钱钟书用戏剧化、拟人化的手法将一个平淡的故事演绎得妙趣横生、引人入胜，可谓"化科学为艺术，使散文有诗意"。

钱钟书的渊博与细致在授课时也充分显露。讲授爱伦坡《一个凶手的自白》时，一位同学问："某个句子怎么没有动词？"钱钟书答："名词后面省了动词 be。"后来查原书，果然那个名词后面漏了一个动词。

兰姆是英国的幽默大家，讲授兰姆名作《论烤猪》，钱钟书不失时机幽了兰姆一默。兰姆在文章中说，为了吃烤肉把野猪藏身的树林烧掉，可谓小题大做。钱钟书"反唇相讥"："把吃烤肉的故事做成论文，不也是小题大做？"

许渊冲说，听钱钟书的课，十分提神、过瘾，绝无沉闷之感，因为妙语连珠是钱钟书的拿手好戏。他在课堂上说的两句妙语，许渊冲铭心刻骨且终身受用。一句是：To understand all is to pardon all（理解就是原谅），一句是：Everything is a question mark; nothing is a fullstop(每件事都是问号，哪有最终结论)。

许渊冲的学长许国璋听钱钟书的课，听到会神处，"往往停笔默记"，他赞叹："钱钟书一次讲课，即是一篇好文章，一次美的感受。"而李赋宁在钱钟书的课堂上却感受到一种冲击力，因为"钱先生旁征博引，贯通古今，气势磅礴，振聋发聩"。

在西南联大，钱钟书和以前的老师吴宓、叶公超等人成了同事，均任教于外文系，叶公超是系主任。

一次，外文系准备向外国书店买 200 镑外文书，让钱钟书开了个书目，200 镑没花完，还剩 40 余镑购书款。钱钟书就让老师吴宓根据需要补充要买的书目。虽然钱钟书跟系主任叶公超汇报了此事，但叶最后自己做主把余下书款用掉了，弄得钱钟书在吴宓面前非常尴尬，便以诗代简，向老师"告罪"：

生钟书再拜，上白雨僧师：

勿药当有喜，体中昨何如？珏良出片纸，召我以小诗。想见有逸兴，文字自娱戏。尚望勤摄卫，病去如抽丝。书单开列事，请得陈其词。五日日未午，高斋一叩扉，室迩人偏远，怅怅独来归。清缮所开目，价格略可稽。应开二百镑，有羡而无亏；尚余四十许，待师补缺遗。媵书上叶先，(公超) 重言申明之。珏良所目睹，皎皎不可欺。朝来与叶晤，复将此点提；则云己自补，无复有余资。由渠生性急，致我食言肥。此中多曲折，特以报师知。匆匆勿尽意。Ever Yours，四月十五日下午第五时。

这封诗简，亦庄亦谐，妙不可言。可见，钱钟书是学人，也是趣人。

书是音符话是歌

钱钟书对晚辈学子的教诲不限于课堂。一些年轻人，通过和钱钟书书信往来、私下聊天也获益多多。

傅璇琮写过一篇《崔颢考》，讲到崔颢一首诗《王家少妇》，全诗如下：

十五嫁王昌，盈盈入画堂。
自矜年最少，复倚婿为郎。
舞爱前溪绿，歌怜子夜长。
闲来斗百草，度日不成妆。

崔颢初见李邕，即呈上这首诗，李邕大怒，道："小子无礼，不予接待。"傅璇琮对李邕此举颇有疑问，就写信向钱钟书请教。钱在回信中解答如下：

观六朝、初唐人句，王昌本事虽不得而知，而词意似为众女所喜之"爱饽饽儿"，不惜与之"隔墙儿唱和到天明"或"钻穴隙相窥"者；然皆"隔花阴人远天涯近"，只是意中人、望中人，而非身边人、枕边人也。崔诗云"十五嫁王昌"，一破旧说，不复结邻，而为结婚，得未曾有。李邕"轻薄"之诃，诚为费解，然胡应麟谓"岂六朝制作全未过目"，亦不中肯；盖前人之言"恨不嫁"、"忆东家"，并未有"嫁"而"入堂"之说。李邕或是怪其增饰古典，夸夫婿"禁脔"独得，语近佻耶？

傅璇琮收到信大喜过望，说："我一段极平凡的几百字，却引来了钱先生极精彩的考析，真是意外之获。"

丁伟志在《中国社会科学》做编辑时，偶尔会从来稿中选几篇和钱钟书专业有关的文章，请他审阅、指导，他本人也想借机"偷"点学问。钱钟书的答复很及时，有时不厌其烦写上好几页纸，"解难疑释，分辨得失"。比如对"通感"，钱钟书作了这样解释：

"通感"是心理学术语，与"想象""灵感"等有联系而不可等同，作者对于此界说似不严密，扩大以至于几如"创造性的想象"的同义词，这就是由于他对这问题的文献不熟悉的缘故，而多少上了拙文的当。

借分析李阳冰《上李大夫论古篆书》，钱钟书进一步指出：

那是讲篆书的笔画象形，与画仿佛，不能说是"通感"。"通感"是这个感觉（视觉）会通于那个感"觉"（听、触等等），绝非"有感于物，有悟于心"。子在川上观水，和尚参筶帛，决不可称为"通感"。

钱钟书三言两语就把一个复杂的学术问题，解释得一清二楚，水落石出。

黄梅在中国社科院工作，是杨绛的"小同事"。1983年她有机会去国外留学，当时有两个选择：一是去英国还是美国；二是修比较文学还是进英语系。她拿不定主意，就去问钱钟书。钱钟书态度明确，说："出去总要把英文学好吧？进英文系。英国生活费用贵，还是去美国过日子容易些。"黄梅接受钱钟书的建议，在美国大学英语系苦读六年，对英文原著有了深切的体会，认识到学习虽是个漫长的过程，但在关键时刻得到名家点拨和指教至关重要。她感慨："人生真是充满偶然性，钱先生的只言片语无意间竟影响了我此后终生读书问学的志向。"

和钱钟书聊天，受到教益之余也是一大享受，他的某位朋友说：

钱钟书才思敏捷，富有灵感，又具有非凡的记忆力和尖锐的幽默感，每到这一时刻，钱钟书就显得容颜焕发，光彩照人，口若悬河，滔滔不绝；他的声音圆润，富有音乐质感，听者好像在看表演和听音乐，而能尽情分享他的知识。当评论某一个人物时，他不但谈论这个人物的正面，也往往涉及他们的少为人知的侧面和各种荒唐事。他能通过他们的逸闻、逸事，描述得比他们的本来面目更为真实、更具真人相。

这位朋友感慨："听钱钟书清谈，是最大的享受，我们尽情地吞噬和分享他丰富的知识。我们都好像在听音乐，他的声音有一种色泽感。契诃夫说得对：'书是音符，谈话才是歌'。"

很多年轻人，特别珍惜和钱钟书聊天的机会，他不经意的点拨，让你大受教益。刘再复的老师郑朝宗就曾写信给刘再复，希望他"永远不要离开这个巨人"：

你现身荷重任，大展宏才，去年在《读书》第一、二期发表的文章气魄很大，可见进步之速。但你仍须继续争取钱默存先生的帮助。钱是我生平最崇敬的师友，不仅才学盖世，人品之高亦为以大师自居者所望尘莫及，能得他的赏识与支持实为莫大幸福。他未曾轻许别人，因此有些人认为他尖刻，但他可是伟大的人道主义者。我与他交游数十年，从他身上得到温暖最多。一九五七年我堕入泥潭，他对我一无怀疑，六〇年摘帽后来信并寄诗安慰我者以他为最早。他其实是最温厚的人，《围城》是愤世嫉俗之作，并不反映作者的性格。你应该紧紧抓住这个巨人，时时向他求教。

其实不必老师耳提面命，刘再复也会珍惜和钱钟书共处的时光，"时时向他求教"。

和钱钟书聊天，丁伟志显得颇有"心机"，他总是设法把话题引到自己关心的近代文化史范围，他知道，只要引出钱钟书只言片语，自己即大有斩获。一次，丁伟志谈到康有为写的一句诗"彩云思作赋，丹壁问藏书"，钱钟书立即点评："康圣人到了晚年，就是处处要表现他心怀魏阙。"又一回，谈起张之洞，钱钟书说："张之洞办洋务，特别是在清末实行'新政'中的作用，是不好一概都否定的。"另有一次谈维新思潮，钱钟书提醒丁伟志："汪康年，是个起了重要的思想启蒙作用的人，现在似乎对他没有足够重视。"

钻研近代思想史的丁伟志听了钱钟书这些简明扼要的点评，如醍醐灌顶，如拨云见日。

对于好学的年轻人，钱钟书会热心地教导。一次他问一个年轻人"bug"和"siesta"是什么意思？先问"bug"，年轻人答："臭虫"。钱钟书引导他，是臭虫，但还有一个意思。接着钱钟书说了一个故事：一位美国人住进一个非英语国家的宾馆。进房间后，美国人在房间里寻寻觅觅仿佛找什么，服务员奇怪，问他找什么。美国人答："I am looking for bug（我在找 bug）。"服务员忙说："我们是五星级宾馆，哪里有臭虫。"美国人耸肩摊手，服务员莫名其妙地走了。

年轻人听到这里，好奇地问："bug 到底还有什么意思？"钱钟书答："窃听器。看来你和那位服务员一样。"

"siesta"，年轻人知道是午睡的意思，他问钱钟书，这个词怎么不像英语。钱钟书答："对。这个词是从西班牙文引入的。"接着钱钟书告诉年轻人，为什么要把西班牙的"午睡"引进英语，因为在西班牙，午睡是头等大事，一到中午，整个马德里像夜晚一样寂静，所有人都在午睡。午后，马德里才会醒。

钱钟书对外语单词的来龙去脉了如指掌，对中国方言、典故更是"门儿清"。一次有人问："无锡话女儿为何称'汝倪'？"钱钟书答："无锡话保留了相当部分的古音。'女儿'在古代就读'汝倪'。'女'古音为'汝'，'儿'古音为'倪'。唐代李益的《江南曲》：'嫁与瞿唐贾，朝朝误妾期。早知潮有信，嫁与弄潮儿'。这里的'儿'，应读作'倪'才押韵。"

一些海外学者见到钱钟书，也会趁机向他请教。余英时1978 年来大陆访问时提出要见钱钟书。见面后他问钱钟书，白居易的"退之服硫磺，一病讫不痊"之说是否属实，他说，按陈寅恪的考证，确有此事。钱钟书则告诉他，这里的退之，不是韩愈而是卫中立。一句话消解了余英时心中的疑团。

钱钟书曾担任中国社科院副院长，他极少的几次会议致辞，简短漂亮，可供欣赏，甚至值得我们背诵。"纪念鲁迅逝世五十周年"学术讨论会上，钱钟书的致辞不过600字，第一段话说：

19世纪意大利作家孟佐尼在他最著名的小说里写一对少年男女经过许多艰难挫折，终于苦尽甘来，他马上说，最美满幸福的生活是毋须叙述的，因为叙述起来，只会使读者厌倦，全书就此收场。我想，像鲁迅这样非常伟大和著名的人物也毋须介绍的，像"中外文化"这样一个明白响亮的大题目，也毋须解释的，我多余地来介绍一番，解释一番，作为开场白，只会使听者腻烦。何况今天在座的都是对鲁迅的生平和著作很熟悉、很有研究的女士和先生，我更不敢班门弄斧。我只代表本院欢迎各位，并预祝这次会议的成功。

谦逊诚恳，妥帖自然，让人听了十分舒服。
第二段更好，值得我们再三咀嚼，甚至背诵：

中外一堂，各种观点的、各个方面的意见都可以畅言无忌，不必曲意求同。学术讨论不像外交或贸易谈判那样，毋须订立什么条约，各方完全同意，假如容许我咬文嚼字，"会"字的训诂是"合也"，着重大家一致，但是"讨论"的"讨"字的训诂是"伐也"，"论"字的训诂是"评也"，有彼此交锋争鸣的涵义。所以，讨论会是具有正反相成的辩证性的，也许可以用英语来概括：No conference without differences。

谈言微中，鞭辟入里。

无微不至的关怀

傅璇琮先生曾说，钱钟书先生学风上的一大特点，是对晚辈的赞赏与扶掖。傅璇琮编的《江西诗派研究资料》，钱钟书很看重，曾当面对他说："你这本书我一直放在书架上，我的《谈艺录》，说的都是古人，提到现代人的，只有两处，一处是吕思勉，一处就是你的这本书。"后来，钱钟书在信中又重申了此事："拙著 428 页借大著增重，又 416 页称吕诚之丈遗著，道及时贤，惟此两处。"《管锥编》出版后，钱钟书赠傅璇琮一册，并在扉页上写道："璇琮先生精思劬学，能发千古之覆，吾之畏友。拙著聊资弹射而已。"

傅璇琮收到书，看到这几句话，十分惶恐。他知道，钱钟书如此揄扬他，出于对晚辈的关爱与鼓励。

钱钟书还认真读了傅璇琮主编的《全宋诗》，之后，致信傅璇琮指出其中的一些错误。在信的结尾，钱钟书善解人意地表明自己并非挑错，不过是充当"校对"："自恨昏眼戒读书，寒舍又无书可检，故未能始终厥役，为兄作校对员耳。不足为外人道也。"

许渊冲曾将自己翻译的《唐诗一百五十首》和论文集《翻译的艺术》寄给钱钟书求教。钱钟书回信夸赞弟子"二书如羽翼之相辅，星月之交辉"后，许渊冲又赠老师一本自己翻译的

《唐宋词选一百首》，钱钟书回信再次赞赏："足下译著兼诗词两体制，英法两语种，如十八般武艺之有双枪将，左右开弓手矣。"

许渊冲坦言，老师的肯定对他是极大的鼓舞和鞭策。

1979 年，钱钟书赠丁伟志一本刚出版的《旧文四篇》。丁拿回家一看，钱钟书竟对这本书从头到尾做了一遍校改，文句、引文甚至标点、字母等错误或不规范之处，都作了改动。95 页的一本书，校改了 67 处。丁伟志大为感动，大发感慨："钱先生为着送我这本书，居然付出了这么多的劳动，叫我如何能够心安！当然我只有用加倍的努力学习，来回报这种无微不至的关怀。"

刘再复是钱钟书器重赏识的一位后辈。他对刘的鼓励与扶持令后者终身难忘。

1984 年，刘再复有本散文集将在香港出版，就斗胆请钱钟书题签。三天后，钱钟书就将题签寄给他，并附有一封信：

再复同志：

来书敬悉。尊集重翻一遍，如"他乡遇故知"，醺醺有味。恶书题签，深恐佛头着秽，然不敢违命，写就如别纸呈裁。匆布，即颂

日祺

钱钟书上

二十日

书出版后，刘再复立即给钱钟书送上一册。钱钟书当即回函致谢：

再复同志：

　　赐散文诗集款式精致，不负足下文笔之美感尧尧，当与内人共咀味之，先此道谢。拙著《谈艺录》新本上市将呈雅教而结墨缘，即颂日祺

钱钟书　杨绛同候

　　这两封短函，让刘再复感受钱钟书对年轻学子的真诚，他说："中国文化的精髓不仅在钱先生的书里，也在他的身上。生活的细节最能真实地呈现一个人的真品格，为我题签书名一事，就足以让人感到钱先生是何等温厚。"

　　刘再复的《性格组合论》出版后受到一些批评。一次，钱钟书要刘去他家，有事相告。刘一到那里，钱钟书立即告诉他，刚才胡乔木来了，说《性格组合论》符合辩证法，肯定站得住的。刘再复听了这句话，感动又惭愧，他没想到自己的学术文章竟让钱先生这样操心。这件事让他再次感受到钱钟书对年轻人的温厚。

　　不久，钱钟书留刘再复在家中吃饭。饭后，就刘再复和一些学者关于主体性争论，钱钟书谈了两点：一、"代沟"是存在的，一代人与一代人的理念很难完全一样；二、批评你刘再复的人，有的只是嫉妒，他们的"主义"不过是下边遮羞的叶子。

　　刘再复明白，第一点是提醒他要学会宽容；第二点是鼓励他继续探索。钱钟书的点拨，让刘再复很受教益，他说："我牢记第一点，尽可能去理解老一辈学人的理念，不负钱先生的教诲。"

　　1988年，刘再复论文《论八十年代文学批评的文体革命》在全国近千篇论文中脱颖而出，荣获一等奖。钱钟书给他写了

贺信，信中说："理论文章荣获嘉奖，具证有目共赏，特此奉贺。"

有朋友对刘再复说："'有目共赏'四个字，尤为难得。这四个字，一字千钧。"但刘再复明白，这是钱先生的溢美之词，是宽厚的钱先生对晚辈的鼓励，"切不可以为真的所有的眼睛都在欣赏你"。

欢迎批评的人是有力量的

钱钟书曾说："一个人二十不狂没志气，三十犹狂是无识妄人。"这句话源自桐城先辈之语："子弟二十不狂没出息，三十犹狂没出息"。杨绛说，这也是钱钟书的"夫子自道"。

人到中年后，钱钟书学问愈益精进，人却愈益谦逊，而面对权贵，则是一以贯之的"倚南窗以寄傲"。

《围城》被改编成电视连续剧后，钱钟书由学术大佬变成娱乐版头条，欲一睹大师风采者络绎不绝，喜欢清静的钱钟书不胜其烦，便说出了那句名言："你吃了鸡蛋，又何必见下蛋的鸡。"

刘再复曾请钱钟书和社科院文学研究所年轻人见一次面，钱钟书谢绝了。他对刘再复说："请对年轻人说：钱某名不副实，万万不要迷信。这就是帮了我的大忙。不实之名，就像不义之财，会招来恶根的。"

说"名不副实"，那是谦虚；说"万万不要迷信"，那可是真诚告诫，青年人不可不记。

对于很多人孜孜以求的"知名度"，钱钟书的态度是："有些人大力建立自己的知名度，反倒被它害了。"在给学者陆文虎的信中，钱钟书说："大名气和大影响都是百分之九十的误会和曲解揉和成的东西。"

对于年轻人，钱钟书一向以友相待，不摆长者和老师的架子。

王水照是他指导的研究生，但他收到王水照寄赠的《唐宋文学论集》时，在回信中说："吾友明通之识，缜密之学，如孙悟空所谓自家会的，老夫何与焉。"

王水照师承钱钟书，不敢说自己的本领"如孙悟空所谓自家会的"。一次见面对钱钟书说："我是您的学生，有'文'可证。当年我的进修计划和您的审批意见俱在，白纸黑字。"钱钟书听了大笑："给你写的题签，特地盖上我的印章，已经表示咱们的交情了。"但事后写信，钱钟书仍以平辈待之，称王水照为"贤弟""贤友""吾兄"。

钱钟书把王水照这个弟子当作朋友，那是他的谦虚了。其实，他曾手把手教王水照写论文。

王水照执笔写的《唐诗选·前言》全文一万多字，钱钟书为此写的审读意见有 1600 多字。王水照文章开头说："唐代是我国古代诗歌发展史上极其重要的阶段，呈现出空前繁荣的景象。诚如鲁迅先生所说：'我以为一切好诗到唐已被做完'……"钱钟书以为不妥，指出："首句'我国古代诗歌发展史'宜改为'我国文学史'更妥，因'诗歌'与其他文学体裁在语言上血肉联系，且唐诗至今还是有它不可磨灭的价值。此为开宗明义之句，应说得高瞻远瞩些。何况隔一句又说'我国古代诗歌'，似不须重复如此。鲁迅语可引，但其意（'到唐已被做完'）是绝后，而把它来承上句'空前繁荣'，稍觉不贯，至少得说'鲁迅先生还（甚至）说'这一类字样。"

经钱钟书提醒，王水照才发现，鲁迅语中"绝后"之意与前文"空前"抵牾。王水照本人浑然不觉，钱钟书明察秋毫。钱钟书的敏锐和缜密让王水照大为叹服也大受教益。

王水照文稿中还有这样一句："在唐诗研究中，困难不在于描述唐诗繁荣的盛况，而在于正确解释繁荣的原因。我们下面提出一些不成熟的看法，希望能引起进一步的探讨。"

"不成熟"三个字引来了钱钟书的批评："'不成熟'三字似可删，因主观上是'成'而大成、'熟'而烂熟，方敢提出公之于世。此序义非即席临时发言或考场试卷，无人催促，非急就章，如觉'不成熟'，不妨再加深思熟虑。虽客气话，亦当切合体裁。"

王水照一直珍藏钱钟书对自己文稿的"审读意见"，他从中读出老师的智慧，也读出他对晚辈的提携深情。

吴泰昌曾在一本书的后记中称钱钟书为"老师"，钱钟书当即回信婉拒："'师'称谨璧。《西游记》唐僧在玉华国被九头狮子咬去，广目天王对孙猴儿说：'只因你们欲为人师。所以惹出一窝狮子来也！'我愚夫妇记牢那个教训，一笑。"

有学者著文研究钱钟书创作与学术成就，钱钟书极力劝阻，他说，研究我，无异于"刻画无盐，疏凿混沌"。谈及《围城》，他说："我写完《围城》，就对它不满意。"《谈艺录》，他认为是自己最不满意的一本文学批评；《管锥编》则是"木屑竹头"，《宋诗选注》是"模糊的铜镜"，《旧文四篇》更是"贫薄的小书"。

钱钟书的谦虚对年轻学者有极大的感染力。学者陆文虎有过这样的体会。陆文虎曾读到一篇讽刺自己的文章，他想到当前学界多吹捧少批评，就将此文收入自己编的一本文集中。钱钟书得知此事后很高兴，说："欢迎批评的人是有力量的人，一是有实力，批不倒；二是有胸怀，经得起。"

1989年，文化艺术出版社出版了不定期刊物《钱钟书研究》，尽管钱钟书极力劝阻，这本不定期刊物还是一辑一辑地面世了。无奈之际，钱钟书只能听之任之，说："编者要编报，出版家要出书，天要落雨，娘要嫁人，不以人的意志为转移。"又感慨："老夫竟成八股时文的《四书》射题。呜呼哀哉，几被作死矣！"

后来有人要成立"钱学研究会"，出版刊物。钱钟书全力阻止，对朋友说："我是不喜欢这类东西的人，没想到自己成为组织'学会'的借口，真是'人生的讽刺'了！人生的讽刺是免不了的，只希望'缓刑'到人死以后。"

有编辑从过去的报刊中发掘出钱钟书的佚文，欲出版《钱钟书佚文集》，写信征求意见，钱钟书回信拒绝，说："我过去写的东西不值得保存。一些热衷发掘'文墓'的同志曾有过和你们相同的意图，我都不'首肯'。我在英国的学位论文（英文），香港、新西兰先后在刊物上找到，建议出版，日本学者建议译为日文，我也婉言谢绝或不准许。至于这些东西将来怎样处理，当然是'身后是非谁管得了'！"

钱钟书1979年赴美返国后，美国多所大学邀他去讲学，有人说，即使胡适当年卸任驻美大使后在美国也没有如此风光过。但钱钟书对所有的邀请都一概婉拒，他在给夏志清的信中多次谈及此事："Princeton，Chicago等来函，邀弟明年携眷来美'讲学'，七十老翁，夜行宜止，宁作坐山虎，不为山林狼，已婉谢矣。"

钱钟书态度坚决，但美国高校诚意不减，年复一年，不断邀请，开出的价码也越来越高，钱钟书却以不变应万变，他在给夏志清的信中说："弟自去冬访日本归，自省七十之年，逸我以老，安我以拙，将为伏枥之病骥，非复行空之天马。故 Princeton 旧约，牛津 All Souls 新招，均谢未赴；迩如香港，亦懒规往。……游骑无归，流辈固乐而不疲，夜行不止，古人则弥以为戒。李易安词云：'如今憔悴，风鬟雾鬓，怕见夜间出去'，断章咏之。知弟如兄，当能鉴谅，惟不得与兄续拾取坠欢，饫闻高论，商量旧学，增益新知，是大恨事耳！"

钱钟书的桌上堆满了国外的邀请函，他的外甥女曾问："舅舅，难道你就从不考虑。"钱钟书答："法国总统密特朗的邀请我都没答应，还会答应其他人？"

神州自有好湖山

钱钟书和杨绛第一次见面就老实坦白，平生志趣不大，只想读书做学问。钱钟书的一生也验证了这句话。升官发财念头钱钟书从来没有，对于达官贵人，他要么敬而远之，要么一躲了之。

抗战胜利后，钱钟书曾任暨南大学教授，兼英国文化委员会顾问。每月要到南京汇报工作，早车去，晚上很晚才能赶回家。一次，他回来得很早，杨绛不解，钱钟书就说："今天晚宴，要和'极峰'（蒋介石）握手，我趁早溜了回来。"

国民党高官朱家骅曾许给钱钟书一个联合国教科文组织的职位，钱钟书辞谢了。杨绛问："联合国的职位为何不要？"钱钟书答："那是胡萝卜。"杨绛想了一会，明白了：胡萝卜与大棒是连在一起的，吃了胡萝卜，就得受大棒的驱使。

新中国成立前夕，钱钟书夫妇可以在国外谋一份职位，但他俩不愿离开故土，离开祖国，留在了上海等待解放。杨绛的话道出她和钱钟书共同的心声："我国是国耻重重的弱国，跑出去仰人鼻息，做二等公民，我们不愿意。我们是文化人，爱祖国的文化，爱祖国的文字，爱祖国的语言。一句话，我们是倔强的中国老百姓，不愿做外国人。"

1978年钱钟书曾赴意大利访问讲学。其间，一位旅德学者请钱钟书题词留念。钱钟书写了他1936年在欧洲创作的一首诗《莱蒙湖边即目》："瀑边淅沥风头湿，雪外嶙峋石骨斑。夜半不须持挟去，神州自有好湖山。"

这首诗道出了钱钟书对祖国的热爱，对中国文化的自信和自尊。

漫言高处不胜寒

钱钟书生前曾说："我姓了一辈子钱，还迷信钱吗？"他说到做到，和杨绛商量决定，将全部家当现金72万元捐给清华，设立"好读书奖学金"，奖励成绩优秀的贫寒子弟。

72万元在当时不是一笔小数目。钱钟书夫妇捐出的巨款与他们平常朴素甚至窘迫的生活形成鲜明对照。

1989年，杨绛《干校六记》在一次评奖活动中获一等奖，奖金为1000元，但主办方忘了汇款。杨绛托吴泰昌查询并代领。事后，钱钟书写信致谢：

杨绛奖金已汇到。……渠因本月分二门，各户租金水电等费番值收算，历六未克。亲笔道谢，属书代致感佩之忱。……

接到信后，吴泰昌大为惊讶，他这才知道钱氏夫妇经常拒收酬金、捐赠稿费，不是因为有钱。从信中可看出，钱氏夫妇和其他家庭一样，也有手头拮据的时候。

清华校训是"自强不息，厚德载物"，杨绛说："我理解'自强不息'是我们要从自身做起，努力学习，求知识，学本领，永远上进。'厚德载物'是一个道德标志。我们努力求知识、学本领，为的是什么？如果我们没有高尚的思想境界敢于担当时代重任，那我们的努力还有什么价值？'自强不息'是'起'，起点的起；'厚德载物'是'止'，'止于至善'的止。这八个大字也是我对'好读书奖学金'获奖同学们的希望。"

这番话，也代表了钱钟书的心声。

"筋力新来楼懒上，漫言高处不胜寒"，这是钱钟书《重九日雨》最后两句。余英时说，这两句诗，是钱钟书的"咏怀诗"。由这两句诗，我们可看出，钱钟书是纯净的读书人，对"阿堵物"，对"向上爬"无丝毫兴趣。

好友郑朝宗说："钟书有了杨绛，他还企求什么？"虽是玩笑话，但也道出钱钟书、杨绛伉俪情深，夫唱妇随。

"天赋迂儒自圣狂，读书不肯为人忙。平生所学宁堪赠，独此区区是秘方。"这首出自陈寅恪笔下的诗，想必会引起钱钟书的共鸣，因为他俩虽志趣、个性不尽相同，却共同具备独立之人格、自由之精神。

最聪明的人下最笨的功夫

说起钱钟书的满腹经纶，人们往往归功于他的天分高，记忆力强。其实，钱钟书学问博大精深，更多来自后天手不释卷的苦功。古人云："以生之资志困勉之学。"意思是说，最聪明的人也要下最笨的功夫。用这句话来形容钱钟书，十分贴切。

许振德是钱钟书大学同窗，他在一篇文章里介绍了钱钟书大学时读书之勤："钟书兄，苏之无锡人，大一上课无久，即驰誉全校，中英文俱佳，且博览群书，学号为八四四号，余在校四年期间，图书馆借书之多，恐无能与钱兄相比者，课外用功之勤恐亦乏其匹……家学渊源，经史子集，无所不读；一目十行，过目成诵，自谓'无书不读，百家为通'。在校时，以一周读中文经典，一周阅欧美名著，交互行之，四年如一日。每赴图书馆借书还书，必怀抱五六巨册，且奔且驰。且阅毕一册，必作札记，美哲爱迪生所谓天才乃百分之九十九血汗及百分之一之灵感合成之语，证之钱兄而益信其不谬。"

抗战时期，钱钟书奉父命从上海赶至湖南蓝田师院，一路上，舟车劳顿，十分辛苦，但任何时候，钱钟书手中总拿着一本书，他说："艰苦是艰苦，手上拿本书就不艰苦了。"有同事凑近一看，钱钟书手拿的竟是一本字典，不解地问："一本索然寡味的字典，怎能捧在手中一个月？"钱钟书道："字典是旅途中的良伴，上次去英国时，轮船上惟以约翰生博士的字典自随，深得读字典的乐趣，现在已养成习惯。"

钱钟书在"五七"干校时负责烧锅炉，工作累，条件差，但他工作间隙依旧手不释卷，手上捧的是砖头厚的外文原典。一位年轻同事大为佩服，说："这才叫'手不释卷'，在平静的日常环境下，做到手不释卷，已属不易，而在这种厄运中，仍能坚持手不释卷，则尤其难。"

钱钟书读书刻苦，动笔也勤，几乎每天都写读书笔记，先用古文写一遍，再用英语、法语写一遍。

这样的天资下这样的苦功，钱钟书的渊博自不在话下。

社科院年轻研究员刘士杰读英语版的《基督山伯爵》，遇到一个词"clasic"，查遍各种词典查不到，散步时遇到钱钟书，连忙请教。钱钟书告诉他："这个词是来自法语。是法国的一个地名。"刘士杰不解："是地名，第一个字母为何不大写？"钱钟书答："问得好。因为 clasic 这个地方以烹饪著称，时间久了，就引伸为佳肴的意思。好菜就叫 clasic。"

刘士杰回去结合上下文一看，果然是"佳肴"的意思。弄懂了这个词，刘士杰也像品尝了一道"佳肴"那样高兴。对钱钟书更是佩服不迭，因为从他那里可学到字典里学不到的知识。

画家黄永玉和钱钟书曾有缘住在一个小区，一次，在某饭店聚餐，两人聊起打猎，钱钟书便在一张菜单后，写下 50 部关于打猎的书。

黄永玉曾画过一幅《凤凰涅槃》，打算送给外国某城市。画很快完成，但必须写段文字说明，否则外国友人看不懂画的意思。然而，黄永玉翻遍资料，找不到《凤凰涅槃》的出处。不得已，打电话向钱钟书求教，钱钟书告诉他，可翻翻中文本的《简明不列颠百科全书》，在第三册可以找到。一翻，果然找到了。

余英时在海外读《谈艺录》，其中提到灵源和尚与程伊川二简，可与韩愈与天颠三书相映成趣，但书中没有举出"二简"的出处。余英时查了很多资料也没找到。后来他有机会见到钱钟书，询问此事。钱钟书告诉他，出处在元代《佛祖通载》。

1952 年，钱钟书借调至《毛泽东选集》翻译委员会工作，委员会集中了全国翻译界顶尖高手。这些高手们对钱钟书都心服口服，因为遇到难译之处，只有钱钟书能一锤定音。

一次，翻译"吃一堑，长一智"，众人苦思半日，没有进展，请教钱钟书，他脱口而出：

A fall into the pit，A gain in your wit.

众人拍手叫绝。

还有一次翻译"三个牛皮匠，合成一个诸葛亮"，众人束手无策。钱钟书将其译成：

Three cobblers with their wits combined，equal Zhuge Liang the master.

这句名译在翻译圈传颂一时。有人说，钱钟书由此登上中国译坛的顶峰。

写文章好比追女孩子

1979 年，钱钟书首次访美，让海外学人欣赏到他的口才，见识了他的渊博。

在和加州大学师生座谈时，一位学者研究《金瓶梅》，向钱钟书请教他对此书的看法。钱钟书用英语回答："《金瓶梅》是写实主义极好的一部著作，《红楼梦》从这本书里得到的好处很多。尽管如此，在中国的知识分子间，《金瓶梅》并不是一本尽人可以公开讨论的书，所以我听说美国有位女教席在讲授《金瓶梅》这本书时，吓了一跳。因为是淫书，床笫间秽腻之事，她怎样教？"

接着，钱钟书从《金瓶梅》的写实主义讲到作家所犯的"时代错误症"。如《金瓶梅》第三十三回有谚语曰："南京沈万三，北京枯树湾。"钱钟书告诉大家，《金瓶梅》的故事发生在北宋，那时只有东京（开封）、西京；无南京、北京之分。钱钟书还把这句谚语写在纸上给大家看，并说自己看《金瓶梅》是30多年前的事了，但今天引用这句话仿佛昨天刚看过那么清楚。有位学生感慨："这大概是钱钟书先生最大的能耐之一，就是读书过目不忘，若有神助，西洋人所谓'照相术的记忆力'是也。"

对于作家笔下的"时代错误症"，钱钟书认为不必吹毛求疵，因为小说毕竟不是历史。

《水浒传》里王婆说过一句话："他家（武大夫妇）卖拖蒸河漏子，热荡温和大辣酥。"加州大学有位教授看不懂这句话，就向钱钟书请教。钱钟书答：这是一句玩笑话，在西洋修辞学上叫 oxymoron（叫冤亲词），就是将词意相反的两个词放在一起，如新古董之类。他告诉这位教授，河漏子是一种点心，蒸过，就不必拖了；大辣酥也是一种点心，既"热荡"就不会"温和"。王婆故意这样风言风语，目的是挑逗西门庆，而作者也借这种修辞手法刻画潘金莲相互冲突的双重性格。

钱钟书说："大学问家的学问，跟他的整个性情陶融为一片，不仅有丰富的数量，还添上个别的兴致；每一个琐细的事实，都在他的心血里沉浸滋养，长了神经和脉络，是你所学不会、学不到的。"

钱钟书的"大学问"，"跟他的整个性情陶融为一片"后，经"他的心血里沉浸滋养"，不仅"长了神经和脉络"，也化成他口中、笔下那珍珠般的睿智之语。

有位记者问钱钟书："您的作品是高质品，文采飞扬，而且十分耐看，这几乎是公认的。"

钱钟书答："写文章好比追女孩子。假如你追一个女孩子，究竟喜欢容易上手的，还是难上手的？"

记者："我看一般人只能追容易上手的，因为难上手的他们追不上。"

钱钟书："就算你只能追到容易上手的女孩子，还是瞧不起她的。这是常人的心理，也是写作人的心理，他们一般不满足于容易上手的东西，而是喜欢从难处着手。"

用一个妙喻揭示写作者的心理，举重若轻，曲尽其妙。

在美国访问时，有位研究生问钱钟书："钱先生，《围城》中每一角色，都被冷嘲热讽过，唯独唐小姐例外，偏偏她又是'淡出'的，这两者中间，有什么关系吗？"

钱钟书答："难道你的意思是说，唐晓芙是我的梦中情人？"

以问代答，妙不可言。

有位记者去看望钱钟书，两人作了简短交谈。回去后，记者想发表谈话内容，钱钟书回信拒绝，说："乍见一人，即急走笔写成报道，譬之《镜花缘》中直肠国民，'食物才入口，已疾注肠胃，腹雷鸣而下洞泄'。岂雅士所屑为哉！"

连批评、拒绝都引经据典，文质彬彬。

世事洞明皆学问

关于"吃饭"，钱钟书有这样的妙论：

社交的吃饭种类虽然复杂，性质极为简单。把饭给自己有饭吃的人吃，那是请饭；自己有饭可吃而去吃人家的饭，那是赏面子。反过来说，把饭给予没饭吃的人吃，那是施食；自己无饭可吃而去吃人家的饭，赏面子就一变而为丢脸。这便是慈善救济，算不上交际了。……我们吃了人家的饭该有多少天不在背后说主人的坏话，时间的长短按照饭菜的质量而定；所以做人应当多多请客吃饭，并且吃好饭，以增进朋友的感情，减少仇敌的毁谤。

"世事洞明皆学问，人情练达即文章"，钱钟书这番话就是明证。钱钟书通世故却不世故。笔下通世故，所以文章老道；生活不世故，所以做人厚道。

挂羊头卖狗肉，越高级越隐晦，对此钱钟书洞若观火：

柏拉图在《理想国》里把国家分成三等人，相当于灵魂的三个成分；饥渴吃喝是灵魂里最低贱的成分，等于政治组织里的平民或民众。最巧妙的政治家知道怎样来敷衍民众，把自己的野心装点成民众的意志和福利；请客上馆子去吃菜，还顶着吃饭的名义，这正是舌头对肚子的藉口，仿佛说："你别抱怨，这有你的份！你享着名，我替你出力去干，还亏了你什么？"其实呢，天知道——更有饿瘪的肚子知道——若专为充肠填腹起见，树皮草根跟鸡鸭鱼肉差不了多少！真想不到，在区区消化排泄的生理过程里还需要那么多的政治作用。

没有火眼金睛，哪看出这样的奥秘？

提倡道德当然是好事，但唱高调者往往不能行低调；另外，把"道德"提到一个不适合的高度，也会带来危害，钱钟书说：

以才学骄人，你并不以骄傲而丧失才学；以贫贱骄人，你并不以骄傲而变或富贵。但是，道德跟骄傲是不能并立的。世界上的大罪恶，大残忍——没有比残忍更大的罪恶了——大多是真有道德理想的人干的。没有道德的人犯罪，自己明白是罪；真有道德的人害了人，他还觉得是道德应有的牺牲。上帝要惩罚人类，有时来一个荒年，有时来一次瘟疫或战争，有时产生一个道德家，抱有高尚到一般人所不及的理想，更有跟他的理想成正比例的骄傲和力量。

振聋发聩，令人深思。

知识只有变成智慧才能让我们从中获益。钱钟书的言行可证明，他不是死啃书本的书虫，而是活学活用的智者。

钱钟书口中时有警句，其实他本人就是一道警句，令人惊叹！钱钟书笔下睿语纷呈，其实他本人就是一棵智慧树，根深叶茂，生机勃勃。玄思之花下面是智慧之果，供我们观赏，供我们采撷。

第十六章

程千帆与弟子

1957 年，著名文史学家程千帆沦为"右派"，被剥夺了教学科研的权利，下放农场，放牛为生。跌入人生低谷，程千帆没有消沉绝望，反而立下雄心壮志，要以一己之力撰写数百万字的中国通史。

程千帆当时的住处简陋局促，墙壁上贴着一幅他手书的小诗：

一寸光阴一寸金，寸金难买寸光阴。
移山岂改愚公志，伏枥宁忘万里心！

凭着砸不烂的"愚公志"，依仗击不垮的"万里心"，程千帆终走出冰天雪地的岁月，步入春暖花开的暮年。

被打入另册后，程千帆一直坚信，自己没有做对不起人民的事，自己所学的知识终有一天会被社会承认。那段时间，他白天放牛挖土，晚上挑灯夜读，每天还坚持写满 3000 字。后来，程千帆坦言，他之所以没有被命运击倒，一靠不服输的个性。既然别人要打倒我，我偏要发愤做出成绩；二靠对中国传统文化、特别是儒家文化的深厚感情。既然你们要摧残中国文化，我偏要焚膏继晷，给儒家文化延续香火。

晚年，程千帆这样回忆："我的信念就是无论如何也要同这种不合理的现象对抗下去，就是不死，就是要看看到底结局如何。在沙洋农场，图书室没别的书，正好有一套中华书局校点的晋隋八史，我白天劳动和挨斗，晚上就把这些书看了一遍。这包含了自私的个人信念，也包含了对祖国文化的热爱的信念，二者很难区分。"

1978 年，南京大学慧眼识珠，重新起用了"奉命退休"的程千帆。那时的程千帆已是 65 岁的老人，他却以惊人的意志和

顽强的拼搏精神，在人生的秋季，迎来事业的春天：培养了 19
名研究生，其中包括新中国第一位文学博士莫砺锋；出版了皇
皇 15 卷学术著作。

老骥伏枥，志在千里，已属不易；人生暮年，老树开花，
更加可贵。程千帆说："我从小最大的野心就是当个教授。"可
以说，他实现这个"野心"是从 65 岁那年开始的。

"每堂课都要准备一两个精彩例子"

程千帆对教师这个身份十分重视，他总强调，自己先是一
个教师，然后才是一个学者。到南京大学以后，他为培养学生
付出了大量的心血。程千帆说，他到南大后有两个特点，一是
少出去开会，二是把培养学生放在第一位，把自己的研究放在
第二位。弟子莫砺锋的话验证了这一点："一般来说，一个学者
在被耽误 20 年后，最着急的事当然是整理自己的学术成果，完
成名山事业。然而程先生复出之后，却把培养学生放在第一位，
他常常引《庄子》的话说：'指穷于为薪，火传也，不知其尽也。'
在他看来，弥补'文化大革命'所造成的损失，让光辉灿烂的
中华文化后继有人，这是重中之重，急中之急。于是，程先生
不顾年老体弱，亲自为本科生上大课，后来又转以培养研究生
为主要的教学任务。"

正因为把培养学生放在第一位，程千帆特别重视上课。他
的课，放得开收得拢，开合自如又丝丝入扣，严肃庄重也不失
幽默诙谐。课堂上引用的诗文，他都能脱口而出，背诵如流。
一个学生好奇地问他："您怎么背了这么多作品，而且背得这么

滚瓜烂熟？"程千帆微微一笑，老实坦白："我备了课。明天上什么课，晚上都已设计好，所引用的作品也先背熟，到课堂上就应付裕如了。"学生这才明白，老师课堂"显贵"，是因了课前"遭罪"啊。程千帆还告诉这位学生："每堂课都要准备好一两个精彩例子，听的人才会印象深刻。"

程千帆的弟子们对老师准备的精彩例子都印象深刻，难以忘怀。一次在校雠学课堂上，程千帆讲了这样一个故事：有人请了私塾先生，报酬不菲但有附加条件：教错一个字扣半吊钱。学期结束，先生将束脩交给师娘，师娘发现少了两吊钱。先生就解释说："一吊给了李麻子，一吊给了王四嫂。"给李麻子师娘还能接受，给王四嫂师娘不干了，就追问缘由。原来，这位先生教《论语》时将"季康子"说成了"李麻子"；教《孟子》时将"王曰叟"念成"王四嫂"，所以，扣了两吊钱。程千帆就用这个有趣的例子说明了校雠的重要性。

一位博士生不敢早定学位论文的题目，怕定早了和别人"撞车"，程千帆就开导他："撞车当然不好，但如果你估计大家水平差不多，那就不要紧，可以比一比。'君子无所争，必也射乎。'你做你的，我做我的。你是破汽车怕撞，要是坦克还怕撞吗？当然，如果别人已做出相当的成绩，估计不可能超过，或不可能有大突破，那就罢了。莫砺锋本来要作《朱熹研究》，后来听说钱穆写了一本《朱子学案》，就将题目改了，撞钱穆是撞不过的。"一个巧妙的比喻就化解了弟子的困惑，亦庄亦谐，举重若轻。

研究生毕业前准备论文时，程千帆会对他们说这样一番话："研究生的三年学习，要拿出自己最满意的学位论文，好比是摘下你最满意的果实，奉献给老师、学校和国家。这首先要有目标，志存高远，奋力摘取最满意的果实，不是随手捞一个来交差；二是要有眼光，善于发现树上最好的果实（选题）；三是集聚实力，发挥你最大的潜力，使出你最大的劲，跳得最高，跳得最好，跳起来摘取最丰满、最新鲜、最满意的果实。"

研究生要写出怎样的论文、如何写，是一个复杂而抽象的问题，程千帆却用一个常见的比喻轻松道出，形象生动，一听就懂，过耳难忘。

研究生毕业前最后一堂课，程千帆常会讲这样一个故事：

德山宣鉴禅师去拜访龙潭信禅师，在龙潭住了一段时间。一天晚上，宣鉴禅师在信禅师身边侍立良久。信禅师说：时候不早了，你为什么还不走呢？宣鉴禅师刚出门又回头说："外面很黑。"信禅师点上蜡烛交给宣鉴禅师，对方刚伸手要接，信禅师又"噗"地将蜡烛吹灭。宣鉴禅师大悟，纳头便拜。

宣鉴禅师悟到了什么？程千帆未说。但弟子们已听懂了故事的寓意：毕业后，路要靠自己走了。

程千帆只讲故事，并未对故事做一字说明，但弟子已然获得重要启示。可谓，不立文字，直指人心。

在和弟子私下交流时，程千帆也喜欢打比方。一次，谈及文章的写法，他对弟子张宏生说："写文章不要说废话。语言多，并不等于丰富。我们不必要求数量上的多，而是要追求准确，一句是一句。古人的文学批评用诗话的形式，往往高度凝练，今天一般都不用了，但是否就要以多取胜？要惜墨如金，遣词造句要准确。就比如打排球，砸到空挡里，就打死了；如果砸到人家手里，就会被接起来。不要二句当作三句说，明明一言可以解决，偏偏要作二言、三言。另外，要注意结构的层次，这牵涉到逻辑思维。打个比喻，就像是国宴招待外宾，要把元首让在首位，主人在下首相陪。如果乱七八糟，把外交部长让在首席，元首却在一边，那就不行了。社会活动如此，写文章也是如此。哪些摆在前面，哪些摆在后面；是直接讲出来，还是绕个弯子再讲，都有讲究。"

程千帆之所以用了一个打排球的例子，是因为张宏生酷爱排球，是南京大学排球队主力队员。这样，程千帆信手拈来的一个比喻，张宏生自然心领神会。

一次，程千帆和弟子们谈到"古典"与"今典"问题，程千帆道："注古典易，注今典难。"因为，许多本事，只有当事人知晓，时过境迁，就不知所谓了。接着，他举了沈祖棻先生《得介眉塞外书奉寄》中"犹忆春风旧讲堂，穹庐雅谑意飞扬"两句，给弟子们讲了它的本事："王易字晓湘，博学而讷于言词，30 年代初在中央大学讲乐府通论，学者多以听受为苦，女生游寿（后任哈尔滨师范大学历史系教授）素善谑，便拟《敕勒歌》之体嘲道：'中山院，层楼高。四壁如笼，乌鹊难逃。心慌慌，意忙忙，抬头又见王晓湘。'见者无不大笑。"

一个生动、鲜活的例子足以说明"注古典易，注今典难"。

20 世纪 80 年代，不少大学的研究生经常出外开会，程千帆的几个弟子看了眼热，也提出想出外开会。程千帆对他们的要求不置可否，却讲了个《世说新语》的故事："谢安石隐居东山时，兄弟都做了官，他夫人对他说：'大丈夫不当如此乎？'谢安石捂着鼻子说：'但恐不免耳。'你们也是，他年恐不免耳。"弟弟们听了，哈哈大笑。笑声中自然接受了老师含蓄而诙谐的批评。

程千帆上课，时间把握，不差分毫。每次步入课堂，即侃侃而谈，几个问题结束后，下课铃适时响起。弟子们叹为观止，啧啧称奇。其实，程千帆为了达到这样"神奇"的效果，在背后不知下了多少功夫。"台上一分钟，台下十年功"，这句话用在追求尽善尽美的程千帆身上，决不为过。

"敬业，乐群，勤奋，谦虚"

莫砺锋是新中国第一位博士生，他就出自程千帆门下。当时教育部对如何指导博士没有明确规定，程千帆只能"摸着石头过河"。实践出真知，在指导莫砺锋的过程中，他渐渐明确了对博士生的要求，那就是"敬业，乐群，勤奋，谦虚"。程千帆在不同场合多次阐述过这四点要求，现简述如下：

敬业。就是对所从事的事业抱一种非常严肃认真的学习态度。程千帆强调，不能把读博士当作个人的功名，因为如果完全从个人打算，很容易灰心丧气；如果更多地为科研事业着想，才不会被困难吓倒，才能持久、有耐力地前进。程千帆说："我总的想法，是要把你们的学习掌握在一个非常紧张而又不至于被压垮的程度。"

当然，敬业不是一个观念问题，而要有行动。首先，要注意的是基本操作规程，基本训练，就是不写潦草字和错别字。程千帆对学生写字这种小事要求特别严格："你们以后写一个条子向我请假，也要写正楷字。""绝不允许一篇作业完成后，连第二遍都不看，便向上一交。"其次，程千帆要求学生引用任何材料都要注明出处，包括篇名、版本、卷数。"凡是能找到第一手材料的，不可以用第二手材料；凡是有不同版本、异文的，应该加以注明。"最后，程千帆提醒学生们注意古人所说的"慎独"。"当一个人待在房间里的时候，特别要谨慎，没人管着你，所以要慎独。博士研究生不集体上课，因而比硕士生更要慎独些。"程千帆说："这是敬业。"

引语为什么要查出处？程千帆对此也作了耐心的解释："凡是引书，如果原书在，就应该找原书。如果原书亡佚了，可以引类书等。另外，如果原书尚在，但其他的书引述其中的文字，有所出入，那么就要选择，做判断。所以，引书第一要完整、准确、可靠，还有第二点，要辨雅俗。什么叫雅？原始的、权威性的叫雅，第二手的叫俗。用第一手资料，即使错了，也有根据。如果是很难找到的书，必须转引，也要写明白，是根据谁的书引的，同样是错了也有根据。这提高到哲学上讲，就是一切从实际出发。"

弟子蒋寅在一篇文章中引用了恩格斯的话："科学的历史就是这种荒谬思想渐渐被排除的历史，是它被新的、荒诞性日愈减少着的荒谬思想所替代的历史。"但他没查出处，只说"记得恩格斯说"，结果受到程千帆的严厉批评，并在不同场合提起，以说明学术规范的重要性。

乐群。孔子说："友直，友谅，友多闻，义也。"程千帆要求弟子交朋友就要"直、谅、多闻"。程千帆很反感那种对材料秘不示人的做法。他提醒弟子："不要认为材料就是学问。如果你把材料当成学问，就会对材料保密。真正学问做得好的，主要不是靠在材料上有什么新发现，当然，发现材料也很重要，但材料本身不是学问。"程千帆认为，把材料当学问，有点材料不给别人看，就是"纨绔子弟作风"。

程千帆教导弟子，做学问"要心胸开阔，要有气象"，既能容人，也不怕批评，他说："如果你真正不断地积蓄、努力，在学问上很富有，哪怕你讲我有十条错误，我还有一百条呢，我怕什么呢？你自卑、自满，就会把前进的道路堵塞了。"至于嫉妒，程千帆认为更要不得，因为："你妒忌别人，就把从别人那里取得益处的道路也堵塞了，堵来堵去，你就成了孤家寡人。"所以，程千帆强调："乐群是非常重要的，也要落实到具体行动上。"

勤奋。程千帆认为勤奋很重要，但提醒弟子们要注意节奏，"文武之道，一张一弛""善于学习，也善于生活"。程千帆坦言，他不想把自己的博士生培养成书呆子。对于酷爱学习，整天泡图书馆的莫砺锋，他提出批评："莫砺锋在南京待了五六年，什么地方都不知道，我觉得这也是个缺点，尽管你一天到晚埋在图书馆里，得了博士学位。要有适当的节奏，劳逸结合。"

程千帆还要求学生注意学与思的关系，也就是处理好吸收和消化的关系。他说："你记了很多典故、很多事实，但如果你没有抽象的能力，也就难以形成科学的体系，所以古人说要笃学，又要慎思，明辨。"程千帆叮嘱弟子："学就是积累，思就是去吸收、抽象、条理。"

谦虚。对于谦虚，程千帆认为要辩证地看，亦即"谦虚，同时又有自信"。程千帆承认，这个分寸比较难以掌握，但要求弟子"最好要掌握"。如何掌握，听程千帆指点迷津："你谦虚到什么主见也没有，自己什么意见也不敢拿出来，那就成学术界的乡愿。什么东西拿出来都四平八稳，是没法子使科学发展的。所以既要谦虚，又要自信，当一个道理没有能够说服你的时候，你可以坚持下去，但当你真正发现了错误以后，就应该有勇气承认它。"

程千帆还指出，人往往一开始都是谦虚的，有了一点成绩就慢慢变骄傲了，所以，他告诫弟子："谦虚的困难不在于当你是一张白纸的时候，而是在你小有成就的时候。"

对于刚入学的博士生，程千帆还有具体的要求，那就是在两个星期内，交三篇自传："一篇用白话文写，写得详细一些，把自己的家庭情况、学习情况、思想情况都说一说，特别注意要字迹端正，文字通顺，长短不拘。另一篇用文言文写，看你们使用古汉语和剪裁的能力。中国古代有许多传记、行状等，看你们能不能做一篇像样子的古文。还有一篇用外语写。"

程千帆根据三篇自传了解学生的文化水准和表达能力，然后因材施教，有的放矢。

"治学、做学问，就是要创新"

程千帆曾对弟子说："做教师不能只是教书匠，教书匠是为了培养人，培养人首先要不断提高自己，所以还要做学问。"另外，程千帆在南大的主要工作是指导研究生，教会学生做学问，是他的本职工作。

做学问的第一步是读书，怎么读书？读哪些书？这些方面，程千帆都有明确的指导。

对于刚入学的硕士生，第一学期，程千帆布置他们精读《唐宋文举要》和《古诗笺》，作业是写札记，做补注。具体要求如下："要先从分析字、句、篇入手，不能连基本的意思还没有搞懂，就写一大篇。要逐步地从微观走到宏观。可以写一个大题目，论一个大作家，但头一年，至少头半年，不要操之过急，要一点点来。""补注做四五十条，不懂就查书。一篇诗，注三、五条可以，注一、二条也可以。总之，确实是原注里没有，而你们又是通过查书搞懂的。"

为了让学生重视读书，程千帆要求每位学生至少背熟300首古诗，否则不予毕业，他说："我提一个要求，要多读、多背，三年后不背熟300，就不能毕业。有些学生说诗词格律不懂，就是因为作品读得太少，就不会有两只知音的耳朵。汉时司马相如说读了1000篇赋，就学会了写赋。三国时的董遇把他的读书经验概括成'读书百遍，其义自见'八个字。"程千帆这番话如同暮鼓晨钟，给每位弟子留下深刻印象。

具体到每位弟子，因情况不同，程千帆的要求也不同。对弟子蒋寅，他这样要求："我劝你读一部经典著作，仔细玩味，深入体会，由此触类旁通，再读其他书便可于不知不觉中跨越了过去的自己。如何将博涉与专精、广泛的知识与独特的见解融汇起来，恐为你今后值得求索的问题。"对于急功近利想早出成果的弟子，程千帆会及时批评："学术研究当然要出成果，但是不能急功近利，要把基础打得宽厚一些，要像金字塔那样，切不可像根电线杆。你们的研究方向是宋元明清文学，也必须熟悉先秦两汉的典籍、汉魏六朝小说、唐人传奇，对后来的戏曲、小说影响深远，不溯源难以穷流，广博才能专精。视野要宽阔。"

程千帆还特别强调，"治学、做学问，就是要创新。"他认为，"要真正做到思想解放，也要靠自我摆脱经学的重压，才有可能使学术前进。"

对于论文选题，程千帆的看法是："其原则是有一定难度，角度新，无人做过；要广泛占有资料，经过努力能够完成。"也就是说，不能太难，太高。太高，跳也跳不过去，就会挫伤积极性。论文为何要创新，对此，程千帆的解释是："做论文是要解决新的问题，或者前人对有些问题解决得不完善，你使它更完善了。如果你说出的东西没有新意，没有贡献，那这个论文便不是很有价值。"

对每位弟子遇到的具体问题，程千帆则会具体诊断，开出"药方"。对弟子张宏生，他曾这样开导："这些日子看了你的几篇文章，发觉太平。我已读过两篇，暂时还是不要写，这样写下去容易写得顺手。袁伟民一遇到不利就暂停调整。目前思想上没有突破，可以反思一下。有些问题要集中，你的一些文章现在是很精练了，都不长，但论述的问题还较多，所以就不能深刻。比如六朝民歌问题，你对思想艺术各方面都论到，才几千字。如果你抓住六朝人恋爱心理的觉醒这个问题，通过与《诗经》比较，就很新。《诗经》没有这么大胆和挑逗，而六朝没有'无感我帨'端谨。这都是与恋爱心理有关的，并不只是封建思想的束缚等。"

弟子蒋寅研究苏轼，程千帆便提醒注意唐诗和宋诗的区别："唐诗和宋诗不同，读多了宋诗，就会不满唐诗。唐诗固有许多宋人不可及处，但与宋人比，唐人显得笨拙，唐人对仗多僵硬，而宋人则活脱。就作家而言，苏黄同为大家，但不同，苏浅黄深，苏尽管学陶，终浅，陶深。苏东坡对一切都满不在乎——要在乎他早死了。坡诗如浪涛澎湃，但较浅，只是在上面翻滚。"

听了老师这番高屋建瓴的指导，蒋寅及时调整思路，着重从历时性的角度分析苏东坡诗文中时间意识的前后差异，由此说明其人生态度随政治遭遇而产生变化。这一论点得到名家的赞扬。

弟子陈书录的硕士论文是研究明代"前后七子"的。当时程千帆因病住院，但仍坚持在病榻上给弟子的论文进行"学术诊断"，指出其中的缺陷，只注意研究明代"前后七子"的文学理论与文学批评，却忽视了"前后七子"的文学创作。他向弟子指出："这实际上是本世纪 50 年代以来，中国古代文学理论研究中一个突出的倾向或弱点，也可以说是一种'通病'，研究者往往将古代文学创作与理论批评强行割裂开来，只注重古代文学理论的研究，以理论阐释理论，脱离了文学理论的基础即血肉丰满的中国古代文学创作的历史，出现了'一条腿走路'的'通病'。"他安慰弟子说："染上这种'通病'的不只是你陈书录一个人。"

程千帆始终认为，古代文学研究要学会"两条腿走路"，也就是既注重批评，也注重文献；既要研究理论，也要研究创作。程千帆将之命名为"两点论"。一次讲座，他专门谈了古代文学研究方法——"两点论"。

讲座开始，程千帆说了一个关于吕洞宾的故事。说的是吕洞宾在某人家住了很久，临走时他问主人想要什么，主人没回答，吕洞宾就把手一指，一块石头变成了金子，主人却不要。吕洞宾又把一块更大的石头变成金子，主人还不要。吕洞宾问主人到底要什么，主人开口了，说要点石成金的那根手指。说到这里，程千帆对故事做了分析："从一方面来看，主人贪婪，品德不好；另一方面，从做学问来看，又是很聪明的办法，他不是要某个学问，而是要做学问的方法。"

程千帆以此故事说明了方法的重要性。而他给学生的方法，就是"两点论"：形象与逻辑并重，创作与理论共抓。

为了说明创作的重要性，程千帆又举例说明："这里有两个姑娘，一个是专业学校毕业，分配在幼儿园带小孩，她可以根据老师讲的很好地照顾小孩；另外一个姑娘没有经过专业训练，可她结了婚，有了孩子，对孩子护理得可能比那个专科毕业的姑娘更为仔细，经过不懂到懂，非常有经验，是个好妈妈、好老师。"说到这里，程千帆言归正传："我们研究文学自己完全没有创作经验，就像那个没有当过母亲的老师一样。"

至此，弟子们完全明白并相信，对于文学研究者而言，创作经验弥足珍贵。

"退一步想，则心自安"

倘想了解程千帆的人生情怀、价值取向，他的一番夫子自道不可不知。在给朋友的信中，程先生说：

> 我始终是个儒家，也信马克思主义，但儒家是本体。我相信人与人之间的关系是一切的根本，人活着就得做一点对人类有益处的事。就凭这一点，我在十八年的"右派"生活中活了下来。老子主张守静，庄子主张达观，我不羡慕荣华富贵，也不想和别人计较（虽有时也不免）。我同陶芸结婚后生活很安静，根本的一条是知足，我刻了一方图章叫"残年饱饭"。

程先生是一位儒家，这一点应该毋庸置疑。作为一名饱受儒家文化熏陶的恂恂儒者，他的人格修养、治学态度、处世方法无不深深打上儒家文化的烙印。他对弟子们关于做人方面的指导，也往往符合儒家思想。

　　程千帆的"儒风"，也体现在他对人际关系的敏感上。

　　在给弟子杨翊强的信中，他多次强调人际关系的重要性。如："来信收到。能到荆师，最好。如果实现，希望做到下列三句话：多做事，少说话，不吵架。（极重要）（能容于物，物亦容矣！）"如："业务上要争气，人事上要和气。"这是正面的指点，也有反面的批评，如："你对李先生提出比赛，完全是书呆子，不通世故，徒然增加不必要的坏印象。不策略之至！"

　　那么，怎样才能搞好人际关系呢？程千帆认为，必须能忍，不争，大度，谦虚谨慎，不计前嫌。在给弟子张宏生的信中，他说："你在客中，饮食起居要自保重。近来一切很顺，要接物待人谦冲自牧，不独显示个人，也代表师承也。"在给弟子蒋寅的信中，程先生说得更具体："照目前看来，你的生活住宿存在着一定的困难，这要有一些书呆子气才能抗得住。孔夫子说，士志于道，而耻恶衣恶食者，未足与议也……如果人事处采取的办法不合你的意，千万不要和他们争执，切记切记。才来一个单位，要给人事部门留一个好的印象。"

　　杨翊强是程千帆的老门生，此人也曾被打成"右派"，经历坎坷，为人戆直，最不擅处理人际关系。对这位弟子，程千帆可谓不厌其烦，反复开导，一再提醒他要大度，要向前看。如"到了新地方，往事一笔勾，要绝口不发牢骚，显得有气度。"如："一切过去了的，让它过去吧。世界永远属于乐观的现实主义者、实干家。"程千帆说的这番话，使我们很自然地想起孔子对我们的教诲，所谓"成事不说，遂事不谏，既往不咎"。由此可知，程千帆是按照孔子的教诲来处理人际关系的，并且，直到晚年，他还认为自己的所作所为与孔夫子的要求相差甚远："人际关系乃一门'终身由之而不知其道'的大学问，我到快要向孔二先生报到时，才意识到他老人家所说的'有一言而可以终身行之者乎''其恕乎！已所不欲，勿施于人'实在是极平凡、极伟大。有点知道，仍然不能实践，这实在是人生道路上的一种永恒的悲哀。"

说"有点知道，仍然不能实践"，这当然是程先生的谦虚了，其实，在"忠""恕"两方面，程先生已做得相当好了。

程千帆一再要求弟子要忍，要不耻于恶衣恶食，要待人和气，然而，遭逢乱世，想做到这一点，何其难也！

在给弟子杨翊强的信中，他曾说："我这个病一不能劳累，二不能动感情。一生气就发病，其应如响。今天我才明白，处世为一忍字为最难，张公百忍所以传为美谈也。"不过，饱经忧患的程千帆知道，不管什么事，再难忍也得忍，所以，他常以苏东坡一番话聊以自慰。在给杨翊强的信中，程千帆说："昔东坡谪居惠州，人以为苦，坡曰：'譬如原是惠州不第秀才。'其地缺衣少药，坡曰：'京师国医手中死人尤多。'祖棻之祖父自号退安，或问其义，则曰：'退一步想，自心自安也。'与吾弟共患难时，亦尝借此思想度厄。"

由此可见，"退一步想，则心自安"正是程千帆化解忧愁、除却烦恼、忍受厄运的首选妙方。程千帆在南京大学工作时，住房狭小简陋，但因为能"退一步想"，对此他也就"心自安"了，在给弟子吴志达的信中，提及自己的住房，他说："我住二楼，两间房，约30平方不到一点。这是暂时的，听说以后要调整。胜牛棚多矣，士志于道，则不耻恶衣恶食。随缘吧！""我在南大十五年，只是在退休后三年，乃分得一劣宽之屋，亦不如弟今所舍。先贤有云：退一步想则心自安，幸善自葆爱。"

当弟子遇到类似的问题，他授之以同样的"药方"。程千帆认为，对住宿上的困难要"抗得住"，对他人的褒和贬也要"抗得住"。程先生在给弟子的信中，多次引用了庄子的一句话来开导他们："呼我为马，则应之以马。呼我为牛，则应之以牛，斯可已矣。贬者如此，褒者亦然。"

"呼我为马，则应之以马。呼我为牛，则应之以牛"，表面上看，这是逆来顺受，骨子里却透着一种自信。《论语》里有这样一段话："司马牛问君子。子曰：'君子不忧不惧。'曰：'不忧不惧，斯谓之君子乎？'子曰：'内省不疚，夫何忧何惧？'"

既然能做到"内省不疚"，别人的褒和贬也就无关痛痒了。

对弟子的职称问题，程先生一方面很关注，因为，职称与住房、工资等待遇直接挂钩；另一方面，他也告诫弟子要以平常心对待职称的晋升与否。在给弟子蒋寅的信中，他说："关于晋升的事，主要靠实力，也要看'缘法''关系'等等。并不完全是本领问题。竹子总要冲出墙的。所以要抱'成固欣然，败亦可喜'之态度，不必学习贾长沙、李长吉也。"

程千帆是一位儒家，他自然信奉孔子所说的"不患人之不己知，患其不能也"。既然相信自己并非无能，既然相信"竹子总要冲出墙的"，也就不必为职称晋升大动脑筋、大费心思、大伤感情了，不妨顺其自然、听之任之。

程千帆安贫乐道，与世无争，但这并不表明他是个无原则之人，并不表明他对什么都可以忍；对什么都无可无不可。倘若事关人格尊严，事关学术大义，他也会毫不妥协，决不让步。

粉碎"四人帮"后，武汉大学欲返聘程千帆，程千帆则毫不犹豫一口拒绝："前时武大邀复职，以积三十年之经验，觉此校人情太薄，不能保余生之清吉平安，已峻拒之。"之后，南京大学邀其复出，他则慨然允诺，其原因是南京大学的领导能待人以诚，用程千帆的话来说就是"相待以礼以诚"。在给他人的书信中，程千帆一再提及南京大学对他的知遇之恩："此间相待以礼以诚，大异武汉，想来可在此间以著述终老。""当事者以礼相待，或可老死于此矣。"感激之情溢于言表。

孔子曰："君使臣以礼，臣事君以忠。"看来，程千帆舍武大就南大，做出这样的选择完全是儒家文化熏染的结果。

在一次谈话中，程千帆告诉弟子们，哪些事要看淡，哪些事要抗争：

至于物质生活，我希望你们首先认识到，世界上有比金钱和金钱所能获得的物质生活更有价值的东西。钱是需要的，是好的，关键是'不义而富且贵，于我如浮云'。认识并坚信这一点，不仅不会羡慕别人，而且会过得很快乐。应该坚信你们本身的价值是会被肯定的。不是说现在的环境就蛮舒服的，就令人满意了，目前环境对知识分子来说还是很困厄的。如果你心里老想着别的，一心以为鸿鹄将至，做学问就挺苦的。我不仅要求你们学问出人头地，也非常希望你们'大德不逾闲'，有义利之辨。对不公正的待遇，要始终坚持抗争。做学问要顽强，做人也要顽强，当然是要讲道理的顽强。

程千帆虽终身潜心学术，但他并不是一个"两耳不闻窗外事，一心只读圣贤书"的"隐士"。相反，从他写给弟子、朋友的书信中，我们可看出，程千帆其实是一位密切关注现实，敢对当下发言的"猛士"。正如其弟子莫砺锋所说的那样："程先生在日常生活中显得恂恂如也，相当的平易近人，可是其内心却刚强不可犯。"